本书是2019年国家社科基金重大招标项目“我国四大古典文学名著维吾尔文、哈萨克文译本的接受、影响研究及其数据库建设”（编号：19ZDA283）的阶段性成果

思考与探索

Sikao Yu Tansuo

Sida Mingzhu De Fanyi Lungao

四大名著的翻译论稿

阿布都外力·克热木 主编

中央民族大学出版社
China Minzu University Press

图书在版编目（CIP）数据

思考与探索：《四大名著》的翻译论稿 / 阿布都外力·克热木主编 . —北京：中央民族大学出版社，2023.1（2023. 3 重印）

ISBN 978-7-5660-2074-1

I. ①思… II. ①阿… III. ①古典小说－维吾尔语（中国少数民族语言）－文学翻译－研究－中国－明清时代 ②古典小说－哈萨克语（中国少数民族语言）－文学翻译－研究－中国－明清时代 IV. ① I207.41 ② H215.59 ③ H236.59

中国版本图书馆 CIP 数据核字（2022）第 017320 号

思考与探索——《四大名著》的翻译论稿

主　　编　阿布都外力·克热木

责任编辑　买买提江·艾山

封面设计　舒刚卫

出版发行　中央民族大学出版社

北京市海淀区中关村南大街 27 号　　邮编：100081

电话：（010）68472815（发行部）　传真：（010）68933757（发行部）

（010）68932218（总编室）　（010）68932447（办公室）

经 销 者　全国各地新华书店

印 刷 厂　北京鑫宇图源印刷科技有限公司

开　　本　787 × 1092　1/16　　印张：19.25

字　　数　280 千字

版　　次　2023 年 1 月第 1 版　2023 年 3 月第 2 次印刷

书　　号　ISBN 978-7-5660-2074-1

定　　价　86.00 元

目 录

从我国四大名著维吾尔文、哈萨克文和柯尔克孜文译本来看“文化润疆”光明前景

阿布都外力·克热木
（西北民族大学中国语言文学学部　甘肃兰州　730030）

我国四大名著，又称为四大古典文学名著，即《红楼梦》《水浒传》《三国演义》《西游记》，是中华民族优秀传统文化遗产，在传承与弘扬中国古典文学经典过程中发挥着不可估量的作用。作为优秀古典文学佳作，四大名著的国内外翻译问题也是拓展四大名著研究领域的新型“分支学科”。基于中国知网数据库系统，我们统计了我国四大古典文学名著多语种译本研究的相关文献，发现四大名著中外译本及其研究的文献数千篇，这些显著的研究成果促进了四大名著对国内外的文化交流。据数据库分析，我们发现四大名著译本研究是从1979年开始正式起步的。改革开放40多年来，四大名著蒙古文译本、藏文译本、满文译本、维吾尔文译本和朝鲜文译本等我国多种少数民族译本研究取得了较为突出的成绩。自从明清开始，以西方人士为主的海外译者翻译了我国四大名著的英文、法文、俄文、德文和日文及韩文等外语译本，拓展了我国四大名著的传播和接受范围。中华人民共和国成立70年来，尤其是改革开放40多年来，泰国、马来西亚、哈萨克斯坦、乌兹别克斯坦和埃及等亚非国家和地区翻译和介绍了四大名著。随着四大名著电影和电视剧的制作和放映，影视传播

加快了四大名著的传播速度，对外传播和弘扬了中华民族优秀传统文化。

2020年9月25—26日，习近平总书记在第三次中央新疆工作座谈会上的讲话重点阐述了新时代党的20字方针和八个“坚持”的治疆方略，为今后很长一段时期新疆社会经济发展指明了工作方向。“依法治疆、团结稳疆、文化润疆、富民兴疆、长期建疆”的20字方针，立意深远，内涵丰富，意义深刻，与八个“坚持”一并构成了新时代新疆工作的主要内容。四大名著作为中华文化的伟大经典，在“文化润疆”实施过程中发挥着积极作用。我们从四大名著的翻译、传播和接受来看中华优秀传统文化在新疆传播与弘扬的可行性。

一、四大名著的维吾尔文、哈萨克文和柯尔克孜文的翻译

四大名著的维吾尔文、哈萨克文和柯尔克孜文翻译是20世纪70年代组织开展的。《红楼梦》《水浒传》的维吾尔文和哈萨克文是翻译组团体完成的。翻译组分工明确，发挥各自特长，集体商议，尽量彰显原作的艺术魅力和文学精华。一些诗人承担了《红楼梦》《水浒传》的诗词翻译工作。他们按照维吾尔、哈萨克诗歌格律翻译了这两部文学经典的诗词作品，保留了原作诗词的艺术水平。

20世纪70年代中期，新疆分别成立四大名著维吾尔文和哈萨克文的翻译工作组，以团队合作模式完成了四大古典文学名著的翻译工作。从1975年7月至1979年3月开始陆续出版了《红楼梦》维吾尔文八卷本，引起了较大的社会反响。这些翻译团队有诗人、作家、文学翻译家和历史学家等各种人才，对《红楼梦》中的诗词、成语、专有名词和典故故事翻译得十分准确，翻译质量极高，成为了汉维翻译的文学典范。1974年至1978年间，翻译小组翻译了《水浒传》维吾尔文八卷本。《水浒传》的维吾尔文译本首版是用拉丁字母版的维吾尔文新文字出版的。之后，《水浒传》维吾尔语老文字版以四卷本的形式重新出版发行。20世纪80年代，

翻译组共同完成了《三国演义》的维吾尔文译本，并由新疆人民出版社出版。木合塔尔·买合苏提和玛丽亚木·买买提依明合译了《西游记》维吾尔文全译本，1988年2月，由新疆青少年出版社出版。之后，这本书重印了三次，每次发行量上千本，很受青少年读者的欢迎。第一次印刷1400册；10年后，1998年2月第二次印刷，先后共印刷6900册。2008年12月，《西游记》维吾尔文全译本由新疆人民出版社重印一次，后共印刷8000册。2005年7月，民族出版社出版发行了《西游记》维吾尔文译本改写版，该版是由吴承恩著、张延辉改写的。2012年4月，霍加艾合买提·优努斯翻译了恒如改写的《西游记》维吾尔文译本青少年版。2005年，民族出版社编辑出版了《红楼梦》《水浒传》《西游记》的缩写本。2010 年，新疆科学技术出版社出版发行了《红楼梦》《水浒传》《三国演义》《西游记》维吾尔文译本连环画本。

1975年至1980年间，新疆人民出版社哈萨克编辑室编辑出版了哈萨克文翻译组团体翻译的哈萨克文的《红楼梦》和《水浒传》全译本，均为八卷本。1981 — 1984年间，翻译组共同完成了哈萨克文的《三国演义》和《西游记》全文的翻译工作，均为四卷本。2012年，新疆青少年出版社出版了四大名著缩写本，各名著有独立的译者，均为一本。克孜勒苏柯尔克孜文出版社出版了先后用柯尔克孜文节译的《红楼梦》《西游记》《水浒传》《三国演义》中的精彩故事，出版了四大名著故事选本。在《克孜勒苏文学》杂志上，翻译介绍了四大名著及其作者情况。

二、四大名著的文化传播

（一）四大名著为新疆少数民族群众传播了中华传统文化。四大古典文学名著内容丰富，形式优美，结构独特，篇幅宏伟。《红楼梦》作为清代揭露封建社会百态的章回体小说，涉及哲学、宗教、美学、民俗、语言艺术、伦理道德和民俗节日等多种领域。阅读《红楼梦》能够了解中国封建社会、传统哲学、传统道德、传统民俗和传统教育及中国民俗。《红楼梦》中描写了人民日常生活，尤其是封建贵族的家风、礼仪和风俗。阅读之后，少数民族读者能够了解传统文化，这是一部学习中华文化的优秀作品。毛泽东同志曾经说过："不读《红楼梦》，就不了解封建社会。"现代红学家周汝昌评价道："《红楼梦》是我们中华民族的一部古往今来、绝无仅有的'文化小说'。如果你想要了解中华民族的文化特点特色，最好的——既最有趣味又最为捷便（具体、真切、生动）的办法就是去读通了《红楼梦》。……《红楼梦》是一部以重人、爱心、唯人为中心思想的书，是我们中华文化史上的一部最伟大的著作。《红楼梦》是我们中华民族文化的代表性最强的作品。"（周汝昌.红楼十二层[M].太原：书海出版社，2005：6–8.）由此可见，《红楼梦》的维吾尔文、哈萨克文、柯尔克孜文译本对新疆少数民族读者而言，是学习和了解中华文化系统的最好文学作品。《三国演义》中隐藏了中国智慧和中国古代军事知识；阅读《红楼梦》能够了解《孙子兵法》中的一些计谋，能够了解中国古代政治和社会知识；《水浒传》为读者提供了封建社会、封建礼仪和封建等级制度方面的珍贵资料，阅读这一经典文学作品，少数民族读者可以认识和了解中国古代文学传统、中国民俗文化和中国人际关系，进一步掌握中国传统文化中的仁义、忠诚、讲义气、孝道和讲诚信等优秀道德品质；《西游记》以唐玄奘西天取经的历史事件为主线，塑造了孙悟空、猪八戒、沙和尚等神奇人物形象，反映了唐代文化交流现状。

（二）四大名著为新疆少数民族群众培育了爱国主义精神。四大名著不仅仅是中华传统文化的集大成者，也是热爱家乡、保卫热土、为民除害、热爱人民的爱国主义佳作。《水浒传》中描写了梁山好汉招安之后与方腊、辽等入侵者开战，打退入侵者，保家卫国的故事情节，抒发了梁山英雄豪杰的爱国主义情怀。梁山好汉打劫封建地主和腐败官吏，接济平民百姓，表达了热爱老百姓的仁义情怀。在《西游记》中，唐僧每到一个国度，自报来自东土大唐，表达了以祖国为荣、以祖国为骄傲的爱国思想。

《西游记》维吾尔文、哈萨克文、柯尔克孜文译本对新疆各民族群众的影响十分深刻而广泛。《西游记》中的唐僧、孙悟空、猪八戒和沙和尚等人物形象以彩铃、表情包和民族语言配音等多种方式在网络传播，深深地渗入到新疆少数民族群众日常生活之中。《西游记》里爱国主义思想始终贯穿在整个作品之中。阅读这部小说，读者能够受到生动的爱国主义教育。《红楼梦》的故事情节以家为主，“千万家是国家”的家国情怀得到了充分的体现。《三国演义》是以国家统一为主题的章回体小说。人民群众热切期望关爱人民的诸侯能够结束封建割据的局面，希望像蜀国刘备这样仁慈爱民的君主统一国家，维持政治秩序和社会秩序，造福人民。爱国主义精神在四大古典文学名著中以不同的方式得以体现，其维吾尔文、哈萨克文、柯尔克孜文图书和影视剧译本不仅娱乐了新疆各族人民群众，而且培育了爱国主义精神。

（三）四大名著为新疆少数民族群众传播了国学知识。我国传统历史、哲学、伦理、教育、文学艺术和民俗医药诸多领域产生了数量可观的国学文献。在党和人民的关怀下，各级文化出版部门组织翻译人员，翻译了一系列国学经典，资助出版了其维吾尔文、哈萨克文和柯尔克孜文译本，向少数民族地区大力传播与普及了国学知识。四大名著以不同的形式涉及《论语》《道德经》《大学》《中庸》《孙子兵法》《春秋》等国学经典。如在《红楼梦》中的贾宝玉偷看《西厢记》和《金瓶梅》等小说,《红楼梦》人物吟诵唐诗宋词，接受《论语》《中庸》《大学》《道德经》等国学经典教育。在《三国演义》中，诸葛亮、庞统等谋士深受传统哲学、伦理、天文地理和医学领域知识的影响。三国上层经常讨论春秋战国治国策略，彼此用古人计谋明争暗斗。在《水浒传》中，好汉豪杰常用古代典故，把忠诚、仗义和友谊放在十分突出的位置。在《西游记》中，四个主要人物的言行提倡了尊师之道、知足常乐、修行修心、为民除害等中华传统美德。这些国学知识以文学娱乐和审美欣赏的方式影响了新疆少数民族读者，提升了他们的国学水平。

三、以四大名著翻译与传播来看中华文化经典宣传与接受

四大名著在我国民族地区文化传播中的典型案例，启发我们通过文化名著翻译、宣传介绍和研究阐释等诸多途径，加强中华民族优秀文化遗产的传播。更重要的是，加强文化认同，铸牢中华民族共同体意识。

（一）加强对中华文化经典的翻译，弘扬优秀传统文化。四大名著的维吾尔文、哈萨克文、柯尔克孜文译本翻译通俗易懂，语言精练，叙述顺畅，审美魅力强，在传播与弘扬中华优秀传统文化中，发挥了积极作用。我们从四大名著的翻译与传播中得到启发，组织翻译中华民族文化经典，尤其是文学经典之作。这一工程对于新疆各民族人民学习、接受和认同伟大的中华文化具有十分积极而现实的意义。例如对《论语》《道德经》《三十六计》等翻译与介绍，有利于使新疆少数民族人民群众更加深刻地认识和了解中华文化经典的深刻内涵和精神价值，有利于促进中华优秀传统文化的进一步传播和接受。

（二）加强优秀翻译著作的研究。四大名著翻译是一个跨语言、跨文化的翻译现象，其外国语译本的翻译属于跨国、跨语言和跨文化的文化对话。这一现象需要文化阐释学和文化解构主义的阐释和解读，需要探讨两种文化的对话和交流，这一跨文化阐释现象是比较文学译介学研究的主要内容。我们需要从多学科多角度论述四大名著译本的词汇、语法、修辞、审美、文化、接受和传播等综合问题，才能够较为客观地研究四大名著译本的内在规律，为我国译介学打下坚实的基础。我们要以马克思主义辩证法为指导，坚持翻译学研究基础，拓宽四大名著译本的文学接受和文化阐释研究，得出符合科学事实的一个文化判断和价值观点。除此之外，我们要加强《诗经》《道德经》《三字经》《百家姓》《吕氏春秋》《大学》《中庸》《孟子》和《孙子兵法》等国学经典的维吾尔文、哈萨克文、柯尔克孜文翻译的研究，进一步阐述其深刻文化内涵，教育广大少数民族群众。我们还要加强楚辞、汉赋、唐诗、宋词、元杂剧和明清小说及现当代优秀

作品的民族译本的深入细致研究，促进少数民族群众对中华文化经典的学习、理解、接受和，加强中华文化认同，让这些文化经典变成铸牢中华民族共同体意识的中介资源。

（三）加强文化经典灵活多样的宣传教育。四大古典文学名著译本在影视文学的大力推动下得到了更为广泛的传播，中华文化得到了的进一步的普及与接受。从四大名著影视译制片传播来看，其宣传教育作用十分突出。我们充分利用这一效果，以动画宣讲、百家讲坛和文化经典听书等形式多样的方式翻译和介绍中华文化经典，大力弘扬中华优秀传统文化。我们还要坚持中华优秀文化与本土民族文化相结合，革命文化、社会主义先进文化与本土民族文化相结合，在中华民族优秀传统文化格局下力求做到民族优秀文化的传承与保护。

在庆祝中国共产党成立95周年大会的讲话上，习近平对文化自信特别加以阐释，指出“文化自信，是更基础、更广泛、更深厚的自信”。中华文化博大精深，四大古典文学名著作为中华文化的重要组成部分，其民族语言翻译版为向我国少数民族群众传播与弘扬中华优秀传统文化发挥了积极有效的作用。

（作者系西北民族大学中国语言文学学部教授，西北民族大学《玛纳斯》研究中心主任）

[本文系国家社科基金重大招标项目“我国四大古典文学名著维吾尔文、哈萨克文译本的接受、影响研究及其数据库建设”（项目编号为19ZDA283）的阶段性成果]

救世英雄的原型文化解读:《西游记》中的孙悟空与科幻片《奥特曼》中的奥特曼

阿布都外力·克热木
（西北民族大学中国语言文学学部　甘肃兰州　730030）

摘要：日本动漫电视连续剧《奥特曼》中的奥特曼是打败为人类带来灾难的怪兽的救世英雄，孙悟空是《西游记》中的战胜妖魔鬼怪、保护师父唐僧以及平民百姓的英雄人物。在这两位为民除害、为民造福的英雄人物身上有许多共同之处，如无畏、勇敢、聪慧、执着和高尚。中国古典小说《西游记》拍摄成电视连续剧之后成为深受我国青少年观众喜爱的电视影片，逐渐成了我国儿童保留项目。奥特曼系列动漫片是日本动画片文化产业的一个组成部分，在中国儿童中影响极深，从动漫片到玩具的开发、一直到卡通儿童画册，在我国文化市场上形成了一系列文化产品。在我国动画片《西游记》和日本动画片《奥特曼》中，有如下几个共性：其一，英雄主义主题；其二，预兆、阴谋、搏斗和取胜等系列母题；其三，探头、使坏、伤害、求助和获胜等系列功能。在这些情节层面中虚构结构和价值取向隐藏着一个“人类与自然灾害和社会恶势力奋斗到底”的原型思维。

关键词：英雄原型；奥特曼；孙悟空

孙悟空是我国家喻户晓的神奇人物形象，他是神通广大、刀枪不入的神灵，从仙石蹦出来的神猴，掌握七十二变化术和筋斗云，驾云飞行十万八千里。他以在花果山立自己为“齐天大圣”和大闹天宫出名，被天宫招安任为弼马温的小官，因不安于约束和无法忍受高官侮辱，混进蟠桃盛宴，大闹天宫，最终被如来佛祖（释迦牟尼佛）压在五行山下悔改自新。他是一个为民除恶、打抱不平和一心想为民造福的民间英雄，他身上的野性、狂妄自大和我行我素的自由主义色彩很浓，最后在唐僧佛教思想教育和感化下修身成佛。 在古典小说《西游记》故事情节的基础上，我国先后制作了动画片《西游记》和电视连续剧《西游记》，深受我国广大少年儿童的欢迎。

20世纪90年代，我国引进了日本系列动画片《奥特曼》，在我国儿童群体中受到了广泛的关注和欢迎。这是一部日本科幻系列动画片。如果说《奥特曼》是日本当代科技与神话故事相结合的产物，那《西游记》就是唐玄奘西天取经传说与神话故事相结合的产物。虽然古神话英雄孙悟空与当代神话奥特曼有表现形态和叙述时空的差距，但二者在主题、母题、功能和原型文化内涵诸多方面具有共性。

一、英雄主义主题

英雄主义是奥特曼形象和孙悟空形象的核心内容，其表达了以战胜超自然的恶势力或社会黑势力而造福人类的主题思想，主要体现在个人超人的打仗能力和个人超人的本领。日本从20世纪60年代开始制作生产“奥特曼”系列英雄以来，就将奥特曼巨人与怪兽搏斗的较量模式作为体现奥特曼系列英雄（赛文奥特曼、杰克奥特曼、艾斯奥特曼、泰罗奥特曼、雷欧奥特曼和迪迦奥特曼等等）的英雄气概和英雄本色的主要场景和情节。奥特曼通过打败或战胜来自海底或地下的怪兽，为民除恶，为人造福。

孙悟空在保护师父唐僧的过程中打死强盗、吓跑野兽、三打白骨精、战胜沙漠王、攻打牛魔王等一系列情节，展现了自己的英雄本色，体现了无畏勇敢、聪慧伶俐和大气的性格特征。在《西游记》和《奥特曼》动画片系列中，通过一系列的重复循环的善恶斗争，分别塑造了孙悟空与奥特曼无可战胜和刀枪不入的英雄豪杰形象，表达了“善最终胜恶”的主题思想，突出了个人英雄主义色彩。

二、故事情节

故事是由事件、情节、情景和人物等因素组成的。《西游记》和《奥特曼》具有共同或相近的故事情节模式：妖魔鬼怪或怪兽出没害人（夺走或劫走唐僧、怪兽抓人或伤害平民）— 英雄寻找妖魔或怪兽 — 妖魔或怪兽隐蔽不出 — 英雄顺着线索找到对手 — 一场恶战，战胜凶猛残忍的对手（妖魔或怪兽）— 营救受害者凯旋而归。孙悟空与奥特曼在循环反复的善恶斗争情节过程中出现了预兆、陷阱、考验、较量和死而复生等母题与移动、探头、使坏、伤害、求助和获胜等一系列情节功能，值得我们深入分析和研讨。

英雄系列母题是英雄史诗中常用的传统叙述方式，主要描述或歌颂英雄人物的非凡能力和神奇功能。如在我国《江格尔》《格萨尔》《玛纳斯》等史诗中，英雄的父母祈子，其母亲神秘怀孕、难产，英雄非凡的诞生（他们的诞生与神灵有密切关系）、奇特的成长经历、少年立功、考验和阴谋等细节构成了祈子母题、神秘受孕母题、特异诞生母题、奇特成长母题、少年立功母题、考验母题和被阴谋母题等英雄系列母题。

特异诞生母题是英雄非正常诞生的叙述方式。《西游记》里说他是从石头里蹦出来的，这一点就很奇怪，姑且不论石头究竟能不能孕育生命，仅是这种形式就是绝无仅有的，是一个非人类出生的特异诞生方式。英雄奥特曼也是一位复活的巨人，用高科技武装自己的人类后裔。他们的奇特诞生情节单元是他们具有非凡本事的集中体现。

预兆母题都以做梦或气象变化等形式出现。在《西游记》中，作品常用天气突变、沙尘暴和天昏地暗的方式出现作为唐僧被抓的预兆景象。在《西游记·乌鸡国》中，乌鸡国国王以做梦的形式出现在唐僧眼前，预兆真国王被妖怪祸害的真相。在《奥特曼》系列动画片中，怪兽出现之前，常以风起作浪、刮风下雨和怪音噪声等方式给人一种不好的预感。这些预兆在史诗和民间故事中常被梦兆母题所采用。

考验或较量母题是考验英雄文武才能或是聪明程度的一个叙述方式。《西游记》和《奥特曼》以英雄孙悟空、奥特曼与妖魔鬼怪或怪兽之间斗智斗勇或斗气斗力的方式进行了较量和考验。孙悟空与奥特曼常用兵器搏斗或力气较量的方式战胜对手，他们善于发现敌人的弱点，打击其要害部位，最终取得胜利。虽然妖魔鬼怪拥有神奇宝物或怪兽凶猛力大，但是它们笨拙、过于自信和自作聪明等缺点，恰恰成为英雄攻破敌手的切入点。陷阱或阴谋是敌人（妖魔鬼怪或怪兽）打击英雄的卑鄙手段，它们往往以劫走孙悟空师父唐僧或劫持奥特曼亲朋好友等方式，迫使英雄就范，陷入它们所设计的陷阱，以投机取巧地取胜，最终得到真相大白、陷阱攻破、自己被毁灭的下场。

死而复生母题也是常见的一种叙事方式，以神通广大和刀枪不入英雄的死或假死细节来加大读者或观众对英雄的崇拜或敬畏，产生一种神奇效果。死而复生母题是一个非常古老的母题。英雄人物作为天之骄子，民众的领袖，他们本身对长生不老有一种强烈的欲望。但是时间是不可抗拒的，英雄无法避免最终死亡的命运。他们想象借助圣灵手段或神秘食物，圣水、神药和巫术等，永葆生命。孙悟空在被妖怪神火烧伤之后动弹不得，失去知觉，八戒请太上老君用仙丹救活他。死而复生的母题在《西游记·乌鸡国》中以乌鸡国国王吃仙丹死而复活的故事情节中更为突出。妖怪伤害真国王之后，将其推入古井，陷害他，自己当国王。后唐僧梦见真国王，了解真相，在徒弟孙悟空的帮助下救出真国王，并从天宫取来仙丹，使其死而复生。在《奥特曼》中，奥特曼系列英雄往往以耗尽能量而倒下，再来一个奥特曼继续战斗，一直到打败怪兽为止的模式上演。能量耗完，英勇倒下，"死"去的奥特曼英雄，加入能量后又可以继续战斗。这一固定"死"而复活模式在奥特曼系列片中反复出现。

探头、使坏、伤害、求助和获胜等系列功能。

故事功能论是一个新理论观点，是俄国学者弗拉基米尔·雅可夫列维奇·普洛普（Владимир Яковлевич Пропп，Vladimir Propp，1895—1970）提出来的，在《故事形态学》一书中，他根据100个俄罗斯故事进行形态比较分析，从中发现神奇故事的结构要素及其组合规律。他指出："真正科学严谨的研究应该从'不变项'或'常项'入手。为了达此目的，普洛普从人类学中引进了一个概念——'功能'，把它作为分析民间故事的最基本单位。功能单位是指人物的行为，行为之所以成为功能单位，依赖于其在整个故事发展中所具有的功用或意义。从这个原则出发，普洛普对俄国100个民间故事做了极为细致的研究，从中归纳出了故事的31种功能，并得出以下几个重要结论：1.功能在童话中是稳定的不变的因素，功能构成童话的基本要素；2.民间故事已知的功能数量是有限的；3.功能的次序总是一致的。"① 奥特曼和孙悟空的故事的开始都是灾难来临或反派的作恶，作恶或使坏算是一个功能，然后又经过英雄探头、角斗、厮杀、斗智斗勇和用计等一系列英雄人物行为功能之后，怪兽被消灭或打败，灾难消失，恶势力被消灭，最后是大团圆。故事中常用一系列固定的人物行为功能，如出发—探路—（陷入反派）陷阱中—被抓或劫持—搏斗或交战—营救—大团圆等等。在《西游记》中，孙悟空一行上路，遇到难道，派人探路，妖魔鬼怪变形凡人欺骗他们，唐僧被抓，孙悟空寻找妖怪搏斗，战胜妖怪营救出师父。在《奥特曼》动画片或电视连续剧中，市民或村民友善地生活，天降灾难，怪兽复活出现，危害平民人身安全，奥特曼挺身而出，迎战怪兽，以智慧和能量战胜怪兽，为民造福，大家恢复往

① http://baike.baidu.com/link?url=yL2g9tW3yz3jh8BFPvcRqj_LVfmLMLVY6hGUsNExTOIFwFIxhcA4rD1xo6PkaXmRM9A7k6xdKqgFrTI8nVqYr_

日安静的幸福生活。这是在固定情节模式灾难 — 战斗 — 消灭 — 大团圆等一系列功能的基础上形成的。

三、救世英雄的文化内涵

人类为什么喜欢超人英雄？为什么不厌其烦地观看超人影片？这是值得我们探讨的一个焦点问题。虽然人类神话时代早已结束，但对神话类（恐龙、水怪和蟒蛇等怪兽系列影片）和超人类（《蜘蛛侠》《蝙蝠侠》《钢铁侠》《复仇者联盟》中的蝙蝠侠、绿巨人、雷神、美国大兵和鹰眼人等）的追求和探索从不停息。这体现了人类在大灾难面前对救世英雄的渴望和期待的潜意识和无意识心理。在灾难（地震、洪水、海啸、怪兽或其他）面前，人类变得渺小而无能，渴望一个超自然的力量拯救自己。古代神话英雄孙悟空和当代神话英雄奥特曼也是这种心理的具体表现，其隐藏着一些深层次的文化内涵。

其一，反对恶势力，传播“善胜恶”的正能量。孙悟空是中国文化体系中的理想化神奇人物形象，代表了正直、公正、诚实、善良、勇敢和聪慧的正面势力，他反对欺软怕硬、欺负百姓、祸害平民的妖魔鬼怪和官吏以及强盗，传播公正、公平、公道、平等互爱和乐于助人的正能量。奥特曼也是同恶神与大自然的怪兽斗争，保护人类，为民除害，为民造福。奥特曼以高科技与巨人相结合为混合体，以能量完成战胜怪兽的任务，而孙悟空则以神奇力量来战胜妖魔鬼怪。

其二，孙悟空和奥特曼系列故事都隐藏着一个“人类通过努力战胜自然灾害和社会恶势力”的价值取向。无论是为孙悟空设障阻挠的妖魔鬼怪，还是奥特曼打不完的超大怪兽，都是自然灾害的象征，人类与大自然的斗争永不停息。人类战胜与改造大自然是人类社会发展史的主线。人类从畏惧和敬仰大自然到认识、了解、利用和开发大自然的过程，构成了整个人类社会的经济发展史。在孙悟空故事中出现一些无理蛮横的官吏和贪娄的强盗，他们代表着社会恶势力；在天宫中，以玉皇大帝为首的达官贵族象征着一个典型的封建等级社会，往往变成了孙悟空反抗的恶势力对象。

其三，这些神话英雄隐藏着人类原始神话思维。在人类社会初期阶段，人类认识价值低，能力有限，对自然景观和自然现象，以神话来解读和解释，崇拜一些自然景象、动物或树木，从此产生了原始信仰。随着对科学的探索和科技的发展，人类掌握了大自然的内在规律，提高了对大自然的认识能力和认知水平。从此，神话创造活动结束了，但神话思维还在人类潜意识中沉淀，与本土文化相结合，以不同形态得以出现。不管是中国人的孙悟空还是日本人的奥特曼，都是这些神话思维的产物。鲁迅先生认为，孙悟空是本土文化发展演变的产物，胡适先生和南怀瑾先生认为，孙悟空是随着佛教的传播，从印度传来的外来文化的产物，具体来说是印度史诗《罗摩衍那》中的哈奴曼神猴的中国本土化。日本人的奥特曼也是日本本土神话与高科技相结合的产物，是日本工业文化与传统文化相结合的结果。日本人赋予了自己的英雄奥特曼系列原始思维固定的救世难题，这是值得探讨的文化现象。

总之，孙悟空与奥特曼是神话式救世英雄，拥有一系列情节母题和叙事功能，具有旗帜鲜明的英雄气质和英雄本色，包含了人类改造大自然的积极向上的主题思想。无论是孙悟空还是奥特曼，或是美国科幻系列英雄，都反映了渴望救世英雄的人类神话思维和原始文化心理，这是值得深入探讨的课题。

参考文献：

[1]郎樱.《玛纳斯》论[M].呼和浩特：内蒙古大学出版社，1999.

[2]普洛普.故事形态学[M].北京：中华书局，2005.

[3]杜盼盼.潜藏在《奥特曼》系列中的“文化霸权”倾向[J].名作欣赏，2016（09）.

[4]杜盼盼.潜藏在《奥特曼》主题表达的“欺骗性”探究[J].名作欣赏，2015（11）.

[5]苏安娜.百年来影视作品中孙悟空形象变迁探析[J].名作欣赏，2018（06）.

[6]赵乐屏.《西游记》孙悟空形象研究[D].锦州：渤海大学，2018.

[7]张阳.《西游记》中孙悟空的人际传播研究[J].新闻研究导刊，2018（05）.

[8]张赛.论近年来孙悟空形象在电影中的演变[J].电影评价，2018（05）.

《红楼梦》中国少数民族译文研究文献综述

纪成香[①]

（西北民族大学中国语言文学学部　甘肃兰州　730030）

摘要： 自20世纪以来，我国翻译界逐步认识到中国四大名著的影响力，海内外学者与研究人员都积极投身于四大名著的翻译工作中去，位列其中的《红楼梦》就是典型代表。本文以中国知网（简称cnki）为来源，以译本、翻译、《红楼梦》等为关键词，选取了自1979年以来诸多相关研究文献，笔者尝试性地进行归类整理，以便后来人查阅。

关键词：《红楼梦》；少数民族译文；翻译研究

一、引言

《红楼梦》是我国文化宝库中的瑰宝，是前人曹雪芹先生流传下来的名作，更是我国四大名著中的重要作品。随着时间的流逝，经济政治的发展，翻译界的学者们逐渐意识到文化传播与交流的重要性，于是出现了诸多对外版本的《红楼梦》，如英译本（乔利；王际真；杨宪益；霍克斯）[②]、

① 作者简介：纪成香（1998—），女，西北民族大学中国语言文学专业2020级硕士研究生。

② 该处系笔者列举的部分译本代表。

德译本（库恩）、法译本、俄译本（巴纳楚克）、意译本、荷译本、斯洛伐克译本等等。迄今为止，《红楼梦》已经译成20多种文字。但是，中国是一个多民族国家，除了汉族，还有其余的55个少数民族，他们更加需要了解中华优秀文化。

笔者收集的资料显示，《红楼梦》最早翻译成的中国少数民族文字是满文。根据一粟《红楼梦书录》“译本”类所述，“张宗祥先生言，曾见过满汉合译开化纸印本二、三册，‘秦可卿淫丧天香楼’回目未改”。由此可知，该满译本为开化纸印制，系清宫内廷所刊，且即便尚存于世，也多半是一个满汉合璧的残本。[1]除此之外，锡伯文译本的《红楼梦》① 也出版较早。据了解锡伯族原居住在东北地区，清代部分锡伯族人迁居于新疆。锡伯语是在满语（清朝所用）的基础上有所发展而最终形成的，《红楼梦》中就有许多满语残留，如“劳什子”（Loksin）。宝玉与黛玉初次见面时就问她了有没有玉，黛玉回答没有，宝玉气急，摘下脖子上的玉摔到地上，骂道：“什么罕物，连人之高低不择，还说通灵不通灵呢！我也不要这劳什子了！”还有较早的蒙古文《红楼梦》译本是哈斯宝翻译的，这是一个节译本，只有40回目，直到1976年才出现了全译本。除了以上两种文字，其余的像维吾尔文译本、哈萨克文译本、藏文译本出版都较迟。

随着近代社会经济的繁荣发展和物质生活的丰富，我国也越来越重视精神文化领域。作为我国重要的一分子，各个少数民族迫切需要优秀文化的熏陶与洗礼，各大高校学者和研究人员也将关注点逐步转移到古典文学的少数民族译本上来。据笔者不完全统计，1979—2020年，有关《红楼梦》中国少数民族译文的研究文献共55篇，其中硕士论文25篇。本文将以定量与定性相结合的原则进行分析，结合现实中的实际情况尝试性地得出部分结论以供他人参考。具体各少数民族译文研究文献数量分类表格如下：

① 寿谦1946年翻译，未刊布；1993年穆旭东翻译、郭基南补译，新疆人民出版社出版。

译文版本	硕士论文	期刊	共计
哈萨克文	1	3	4
藏文	3	2	5
维吾尔文	19	18	37
锡伯文	0	2	2
蒙古文	2	3	5
朝鲜文	0	0	0
满文	0	1	1

二、《红楼梦》少数民族译文研究文献发表时间

在本文中，笔者从中国知网共筛选出55篇少数民族译文研究文献，经过整理可知：在1994年至2008年之间，少数民族译文文献发表的数量可谓寥寥无几，笔者查阅到的资料里，最早的有关《红楼梦》少数民族译文的文献是廖泽余先生的《〈红楼梦〉维译本熟语翻译抉微》，作者在该文中提到：翻译熟语时，通常，如果译语中有对应的熟语，即可运用借用法。[2]总的来说，先生的观点是在翻译时方法应该灵活多样，而不是一成不变地套用翻译理论。廖泽余先生曾经说过：他要将一生献给党的教育事业，他一生的追求就是让边疆民族团结之花绽放得更加灿烂。① 而2003年至2007年里文献的发表数目就是零。直到2008年稍有起色，2016年暂时性达到峰值后急剧下滑，近几年略微回升。纵观整幅图，其发表时间分布如下：

① 摘自搜狗百科人物介绍。

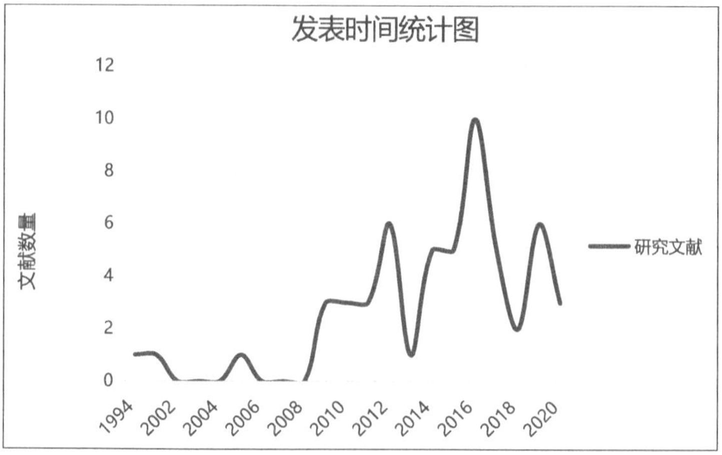

从上图我们可以看出，文献发表数量一直都是不尽如人意的，《红楼梦》少数民族译文版本在1994年只发表了维吾尔文译本一种，就是廖泽余在《语言与翻译》期刊上发表的《〈红楼梦〉维译本熟语翻译抉微》；1995—2000年，笔者没有查询到相关译文研究文献的踪迹；2001年祁玲、马翠玲的《"什么"在维译本〈红楼梦〉中的译法》[3]；2005年，徐世芳的《试析〈红楼梦〉两种藏译本的诗词翻译》[4]；随后几年里文献发表数量基本持平，具有代表性的有李少平的《〈红楼梦〉维吾尔语译本的语用学分析》[5]、赛文娟的《〈红楼梦〉中有关死亡的委婉语及其维吾尔语翻译》[6]、唐均的《〈红楼梦〉锡伯文译本述略》[7]；在2016年达到顶峰，主要贡献来源是民族院校的硕士论文，如高姣姣的《〈红楼梦〉中"死亡"用语及其维译研究》[8]、徐佩的《〈红楼梦〉中意合形合复句的维译研究》[9]、张娜的《〈红楼梦〉中物质生活民俗词汇及其维译研究》[10]；2020年主要是哈萨克语译文和蒙古语译文研究文献，如郑睿琳的《功能对等理论视角下〈红楼梦〉回目哈译研究》[11]，巴合提古丽·沙肯的《汉语和哈萨克语中熟语修辞手法的翻译技巧探究——以〈红楼梦〉哈萨克语译本为例》[12]，周敏惠、张媛的《汉语典籍民族翻译的文化过滤效应——以〈红楼梦〉熟语蒙译为例》[13]。直至现在，文献的发表数量相

较于其他研究方向的文献仍是偏低的。

三、《红楼梦》研究文献主题分类

经过笔者仔细地整理与分析，将选定的55篇研究文献归纳为以下六大类别：

序号	译文类别	数量统计
1	独字	1
2	词汇	28
3	篇章	12
4	译本研究	7
5	文化影响	4
6	翻译策略	3

（一）独字

该部分符合条件的只有1篇文献。2018年发表于中国知网的《浅谈维译本〈红楼梦〉中“红”字的翻译》，该文献作者童童主要是通过比较汉维文化中对于红色内涵的不同认知，仔细分析了《红楼梦》中的“红”字的维译技巧，最后作者得出结论：在进行翻译时，要充分考虑到文化背景不同对翻译的影响，翻译技巧应因时因地地灵活多变。

（二）词汇

该部分共筛选出28篇相关文献。根据笔者的分类，55篇研究文献中的主要内容就是该部分——词汇。依据不同的判定标准，词汇的定义也是有些许的不同，这样看来，词汇概念极其广泛。黄伯荣、廖旭东版本的《现代汉语》是这样定义的：词汇又称语汇，是一种语言里所有的（或特定范围的）词和固定短语的总和。从广义上来说，一种语言（或方言）里的所有的词就构成这种语言的词汇；从狭义上来说，一个人所使用的全部词或一本书或一篇文章所使用的全部词也可以是“《红楼梦》的词汇”“鲁迅的词汇很丰富”等，词汇是语言的建筑材料。[14]词汇包括许多类别，而不单单是词语，还有拟声词、歇后语、成语、俗语、习语、典故、呼语等，种类丰富。

关于熟语，众所周知，是人们常用的定型化了的固定短语，是一种特殊的词汇单位，它包括成语、谚语、惯用语和歇后语。① 2020年，巴合提古丽·沙肯的《汉语和哈萨克语中熟语修辞手法的翻译技巧探究——以〈红楼梦〉哈萨克语译本为例》，该文主要介绍了译本中的熟语是怎样表达的，熟语修辞该如何处理等，她分析了译文与原文熟语经常使用的一些修辞手段。《浅谈哈萨克文译本〈红楼梦〉翻译熟语策略》也是她的文献，本文侧重的是翻译策略的内容，笔者会在下文继续介绍，这里就不再赘述。2012年，西北民族大学澳丹的硕士论文——《基于语料库的〈红楼梦〉熟语蒙译研究》，主要分析、讨论了《红楼梦》与赛因巴雅尔《红楼梦》蒙译本对熟语翻译的异同点，从而总结出译者风格。1994年，廖泽余的《〈红楼梦〉维译本熟语翻译抉微》，作者搜集了《红楼梦》维吾尔译本中大量熟语，并权衡某些熟语翻译中的利弊得失，这样一来便于作者从中探索熟语翻译的特殊规律。

关于成语，2016年，彭杰的《〈红楼梦〉》成语维译方法研究》、2012年景玥的《浅谈〈红楼梦〉维译本中的成语翻译方法》、2009年巩晓的《〈红楼梦〉中的成语及其维译方法研究》，这三篇文献都重点介绍了熟语中的一个分支——成语。三者的共同点即它们主要以《红楼梦》中的四字格成语为研究对象，通过对作品的仔细分析与比较，总结出翻译成语时的基本方法、特点以及翻译时应该注意的问题。关于歇后语，2010年狮

① 摘自黄伯荣、廖旭东《现代汉语》（增订五版，上册）第253、254页。

艾力的《维译本〈红楼梦〉歇后语翻译初探》注重歇后语背后所蕴涵的深刻的民族文化内涵，作者把维吾尔译本与原本中的例子进行对比赏析，终于明白翻译时懂得变通的重要性。关于习语，2014年，包风英的硕士论文——《从文化视角对比分析〈红楼梦〉英、蒙译本中习语的翻译》，着重以劳伦斯·韦努蒂的归化与异化理论为支撑，对两个不同译本中的文化元素进行分析，最终得出“译者应当根据翻译目的去选择恰当的翻译方法”的结论。关于双关语，《〈红楼梦〉中的双关语及其维译研究》《〈红楼梦〉中的地名、人名双关语及其维吾尔语翻译》，这两篇文献都是赛文娟的作品，前者涵盖的内容更加广泛，不仅仅涉及到人名，还包括诗词、酒令、灯谜等，后者则将重心放在人名与地名双关方面，叙述更加细致。

除却以上内容，《红楼梦》中所描述的是以上层贵族社会贾、史、王、薛四大家族为背景，以宝黛爱情为主线的中国末代社会兴衰之景，从书里所描写的景象来看“烟柳繁华地”，这里的生活可谓是繁华奢靡之极。少数民族译文中还涉猎了其他多个领域，物质生活、服饰、饮食词汇、生活环境等，如于庆伟的《〈红楼梦〉维译本中园林建筑的翻译方法分析》、苏梦洁的《〈红楼梦〉维译本中的饮食词汇研究》、李雅雯的《〈红楼梦〉中服饰词维译研究》、张娜的《〈红楼梦〉中物质生活民俗词汇及其维译研究》，这些文献主要介绍了《红楼梦》一书中所描绘的各大场景的用词之特色。回归书面词语研究，如杨文玉的《〈红楼梦〉维译中人称代词的语料库考察》，作者主要是在前人的基础上对《红楼梦》原著及维吾尔译本中的人称代词翻译情况进行探讨；阿比旦·居热艾提的《〈红楼梦〉中拟声词的维译研究》，该文以汉维拟声词为研究对象，分析了《红楼梦》中拟声词的特点以及影响维吾尔文译时的因素；陈岗龙的《论哈斯宝〈新译红楼梦〉的诗词翻译》，作为蒙古文译本的代表，它区别了以往蒙古文学的翻译观点，以自己独到的思考将《红楼梦》中的诗词与其故事情节看作是密不可分的，而在以往译文中多是省略不译；张金霞、王梦莉的《功能对等理论下汉语呼语在维吾尔语中的功能表达——以维译本〈红楼梦〉

为例》，通过此文，笔者了解到呼语是用来招呼对方的词或词组，也叫作称谓语。呼语具有礼貌、情感表达等功能，但这些功能之间并不是各自独立的。[15]卿萍的《关联理论视角下〈红楼梦〉维译本中隐喻的翻译》，作者借助关联理论去分析翻译隐喻时的注意要点以及相关因素，最终得出结论：无论使用什么样的翻译方法或翻译技巧，只要不违反关联原则，就可以最大程度地保留读者的最佳阅读感受、修辞风格。

此外，部分研究人员另辟蹊径，探索了鲜为人知的内容，如刘洋的《〈红楼梦〉詈骂语汉译维研究》，詈骂语是指用恶语侮辱他人，作者选取了这样非常特殊的一种口语形式，与此同时作者发现在二者语言中詈骂语代表着不同的意义，所以，对此进行翻译研究能够促进汉维文化之间的交流与融合。翟亚清的《〈红楼梦〉中模糊语言的维译研究》，该文作者试图从模糊语言的角度研究译者对模糊语言的翻译处理与原著的区别。张淑君的《〈红楼梦〉中数词模糊语义现象及其维译研究》与上篇所提到的文献有着异曲同工之妙。赛文娟的《〈红楼梦〉中有关死亡的委婉语及其维吾尔语翻译》，该篇文献选取了人们心中一直以来的黑色禁忌——死亡为主要内容进行研究，对其内涵及其维吾尔语翻译进行简要分析。提到死亡，很多人本能地联想到失去、难过、悲痛等而避之不及，但作者却直面死亡二字，围绕“驾崩”“卒”“不禄”“圆寂”等委婉说法进行论述。

综上所述，该部分内容占据了本文较大篇幅，也是本文较为重要的一部分。据统计，熟语（包括成语、歇后语等）类迄今为止共计11篇文献，社会生活类共计17篇文献。因该部分内容较杂，遂制作一图便于读者浏览。

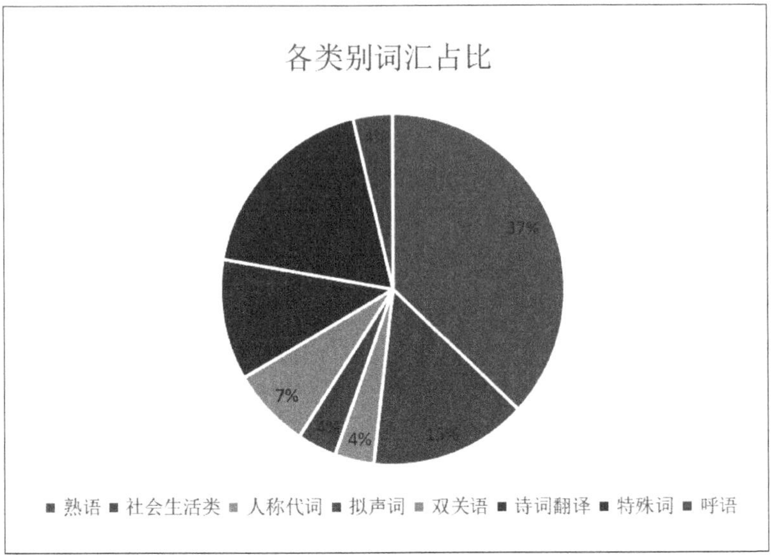

（三）篇章

该部分共计筛选出12篇文献，可再详细地划分为四个部分，分别是：目录翻译、句子语法、篇目解读、人物细节。

1. 目录翻译方面共计 2 篇文献

2020年郑睿琳的《功能对等理论视角下〈红楼梦〉回目哈译研究》，该文献是以奈达的功能对等理论为基础，以哈译本的《红楼梦》为语料来源，她主要是从词汇特色和修辞风格两个方面进行分析，着重探讨功能对等理论在翻译中的运用情况。2009年钱星的《浅析〈红楼梦〉章回目录的维语翻译》，作者简要地从一个侧面解析维吾尔文译本《红楼梦》的翻译技巧，与前者不同的地方就在于此。

2. 句子语法方面共计 4 篇文献

2016年徐佩的《〈红楼梦〉中意合形合复句的维译研究》，作者指出意合形合复句是一种语言现象，是汉维语中重要的组织手段，属于语法范畴。[16]作者摘出《红楼梦》前八十回中典型的七种复句进行对比分析，意欲找出其中的对应关系并进行分类。同年，高姣姣的《转折关系结构句子的翻译探讨——以〈红楼梦〉维（克）译本[①]中为例》，该文献就作者选取的部分具有转折关系的句子进行描述，通过一系列的举例分析，最后作者认为在翻译时虽然句子结构相似，但是翻译结果却大相径庭，因此，翻译时需考虑各方面因素。2015年马晓红和马海国发表的两篇姊妹篇文献分别是《汉语与维吾尔语比喻辞格喻体来源比较——以〈红楼梦〉维译本为例》《汉语与维吾尔语比喻辞格差异原因探析——以〈红楼梦〉维译本为例》。作者梳理出作为文化载体的语言必定受到各民族特色文化的影响，因此，作者简要总结了一些汉、维设喻时的共性。

3. 篇目解读方面共计3篇文献

2015年唐均的《多语种视野下的锡伯文迻译〈好了歌〉解读》以多个外文译本为参照，对后续的锡伯文译本进行解读，他指出了《好了歌》锡伯文译本的局限性，特别是这其中的“好”与“了”。2012年周楠的《〈葬花吟〉维译本修辞风格传递管窥》，该文献其实也可划入语法类别，但因其涉及到一个完整的篇目，遂将其归入篇目类。作者是根据刘宓庆先生提出的风格翻译理论进行分析的，比照原文，对其翻译进行研究。2011年德吉卓嘎的《〈红楼梦〉藏文版序言》，作者简述了《红楼梦》的成书历史和主要内容、思想意义等。

4. 人物细节方面共计3篇文献

2019年麦尔瓦依提罕·麦麦提阿卜杜拉的《〈红楼梦〉人物描写维译研究》，该硕士论文的重点在于总结《红楼梦》中的外貌描写在翻译成维吾尔语时运用的翻译方法和技巧（以2012年译本为主）。2016年孟博文的《〈红楼梦〉中塑造王熙凤性格的语句翻译分析》，作者将原文与维吾尔译本进行对比以探求出汉民族和维吾尔族在人物描述时语言表达的异同点。2011年娜斯拉·阿依掩拉的《浅析〈红楼梦〉哈萨克语译本中人物语言的翻译》，作者发现在原文中人物对话特别能够突出说话人的个性，

① 此处维（克）译本笔者尚未找到合理的解释。

所以她以哈萨克语译本进行分析，仔细揣摩其译本的翻译手段是如何再现人物风貌的。

（四）译本研究

译本研究共7篇文献。这部分内容虽不及词汇与篇章那般丰富多彩，但可谓是遍地开花、着色均匀，各主要少数民族译本均有出场。2019年，张春阳的《清代徐瀛〈红楼梦论赞〉之满文译本初探》，该文主要是有助于后代人们了解清代满文的文学样貌，在一定程度上突出了其时代特色。2018年由再纳汗·阿不多、阿布都外力·克热木、冯瑞三人合力完成的《〈红楼梦〉维吾尔文译本述评》，该文献主要对历年来多个维吾尔文译本状况、翻译背景、研究现状、现实意义等进行简要的评点。2017年秦瑞英的《中国古代四大名著的维文翻译及研究现状》，作者综述了满文本、蒙古文本、维吾尔文本等多个译本进行比较分析，为文学互译提供一些资料。同样是多个译本放在一起进行比照的来自《广西民族大学学报》的《〈红楼梦〉中国少数民族语种译本研究探析》，作者张瑞娥选取1979—2010年多语种译本进行描述性的探讨，总结其中存在的问题并提出建议与展望未来。2016年朋毛当知的《〈红楼梦〉两种藏译本的比较研究》，因笔者不识藏文，只能从作者的文献摘要里了解其主要内容。作者提到以两种藏译本比较为主去评析译文中出现的错误。锡伯文也不甘落后，2012年唐均的《〈红楼梦〉锡伯文译本述略》，作者梳理了译文特征，并对专有名词的类型进行探讨，为翻译学提供新的材料支撑。最后，笔者还整理出一篇关于《红楼梦》维吾尔语译本的研究文献综述，即2016年杨德明、景萍的《维译本〈红楼梦〉翻译研究文献综述》，作者对维吾尔语译本的《红楼梦》进行了多层次、多角度的整理与概括。

（五）文化影响

该部分共计4篇文献。2019年额尔很巴雅尔的《〈红楼梦〉蒙译及其对蒙古族文学的影响》，作者论述了蒙译学者哈斯宝的重要贡献。2019年扎西南杰的《〈红楼梦〉藏译本文化意象翻译研究》通过三个不同的藏译本《红楼梦》去解析不同译本对文化意象的策略和思考。2014年李少平的《〈红楼梦〉维吾尔语译本的文化翻译》，作者从文化词语的角度观察分析了《红楼梦》维吾尔语译本的文化现象的处理，并指出这两种文化之间需要调和。

（六）翻译策略

该部分共计3篇研究文献。最具有代表性的文献就是发表于2017年徐文婷的《翻译目的论视角下的〈红楼梦〉维译策略研究》，该文献以《红楼梦》维译本前八十回中的典型例句作为研究对象，她选取了文化背景较深的一部分词语，探讨维译时翻译策略的使用。

四、《红楼梦》期刊分布

据统计,《红楼梦》少数民族译文研究文献发表的主要来源如下图：

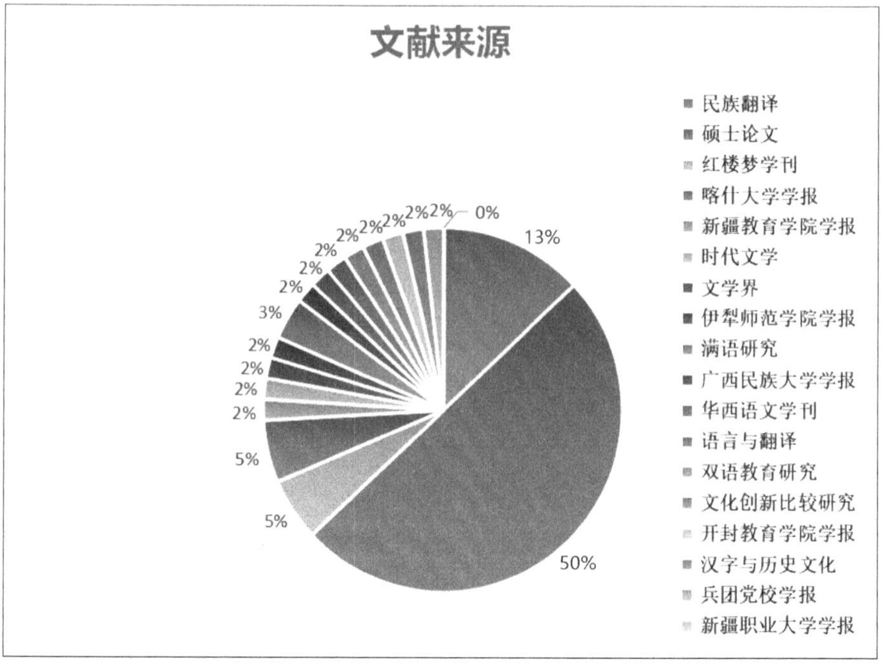

由上图所示，排在第1位的是各大院校硕士的毕业论文，我们可以清楚地看出硕士论文在这里的占比是遥遥领先的，且已经达到了50%的份额，因为专业的特殊性，这里的硕士论文也主要来自一些民族院校的少数民族专业学生。目前设有中国少数民族语言文学专业的学校仅有几所，这样的情况令人堪忧且又无可奈何。

排第2位的就是国家重点学术期刊——《民族翻译》，占比是13%。该期刊的内容就是以民族语文、民族语文翻译和翻译理论研究方面的论文为主，为学术界提供了许多最新的、最前沿的研究成果。

并列第三的是《红楼梦学刊》与《喀什大学学报》，占比是5%。因为《红楼梦》是我国古代四大名著之一，内容丰富、具有极大的学术研究价值，因此中国艺术研究院为其专门成立了国家级核心刊物，即《红楼梦学刊》。此期刊主要就是发表有关《红楼梦》作者生平、版本问题、书中诗词翻译、思想内容、现实意义等内容，具有非常高的专业水平。

除去以上三种期刊与学生的毕业论文，其余的期刊占比势均力敌，如《语言与翻译》《时代文学》《文学界》与部分民族院校的学报。

五、《红楼梦》少数民族译文文献作者分布

因该工作的专业性与学术性较强，所以从事有关《红楼梦》少数民族译文研究文献工作的主力军还是各大高等院校的教授与其所带领的硕士研究生、著名杂志的编辑等。笔者在这里简要列举部分具有代表性的人物：新疆大学人文学院的教授赛文娟，她发表了诸多关于《红楼梦》的维吾尔语译文献，如《浅析〈红楼梦〉中的谐音双关及其维吾尔语翻译》《〈红楼梦〉中有关死亡的委婉语及其维吾尔语翻译》《〈红楼梦〉中的地名、人名双关语及其维吾尔语翻译》；西北民族大学的杨德明教授、阿布都外力·克热木教授，他们致力于少数民族文学的研究，特别是目前阿布都外力·克热木教授还主持了一项四大名著的国家社科基金项目；北京大学外

国语学院亚非系蒙古语专业教授陈岗龙先生对蒙译本《红楼梦》的研究较为突出，其文献如《论哈斯宝〈新译红楼梦〉的翻译底本问题》《论哈斯宝〈新译红楼梦〉的诗词翻译》；硕士论文代表主要是西北民族大学的狮艾力，于2010年发表的《维译本〈红楼梦〉歇后语翻译初探》、2011年的《维译本〈红楼梦〉俗语翻译研究》。

六、《红楼梦》少数民族译文文献不足及建议

随着我国综合国力的不断提高和社会经济政治水平的逐步发展提升，我们知道目前翻译界的学术研究成果是令人欢喜的，但是，结合笔者前文所述，我们不难发现《红楼梦》少数民族译文研究文献的发表数量可谓寥若晨星、弥足珍贵。这样一来，我们就知道各行各业的发展在继续，而《红楼梦》的中国少数民族译文研究文献却有止步不前之势，且笔者在此次整理、分析资料的过程中发现了一些问题，遂斗胆提出几点不足之处。

（一）不足

第一，研究《红楼梦》中国少数民族译文的人群单一。根据以上信息我们已经清楚地知道《红楼梦》少数民族译文研究文献的发表数量相对其他译本是远远落后的，当笔者以“英译本”输入检索框，检索结果高达几千条，而以“维译本”“藏译”“翻译”等关键词进行筛选时，结果只有几十条甚至查无此文。这样的结果究竟是什么原因导致的呢？笔者个人认为是其从事相关研究的人员太少，除了专业需要的院校教授与研究生，其他人根本有心无力研究。毕竟少数民族的语言学习就是一道有形的坎，加之语言环境的缺乏，目前这种情况对少数民族语言及其相关工作的发展而言简直就是雪上加霜。

第二，研究范围过窄。笔者在进行文献主题分类时就已经察觉到类别单一，许多学术研究人员的重点都放在词语或者特色语句翻译方面，可以理解这种针对性较强的研究活动，可是，我们都知道《红楼梦》是一部宏篇巨著，其内容之丰富、思想之深刻、场景之繁杂等，即便是历经上百年的岁月沉淀也没有被时代的长河所淘汰。本文开篇之处笔者就整理了各种

译本的译文数量，如独字的相关翻译研究仅筛选出一篇文献，除去关键词的问题，研究范围局限于某一处的问题也不可避免。因此，各位学者在进行《红楼梦》少数民族译文研究时可将其范围不断扩大，与后世的现实意义积极联系起来。

第三,《红楼梦》少数民族研究文献发展不平衡。结合前文的分析，笔者发现虽然《红楼梦》已经出版诸多少数民族语言文字版本，如维吾尔语译本、锡伯文译本、蒙古文译本、藏文译本、满文译本等，然而可研究文献却主要集中于维吾尔语译本，硕士论文加上期刊杂志的数量，比重可高达67%，而谈及其他少数民族译本研究文献夸张地说就是“凤毛麟角”，如朝鲜文译本的研究文献，在笔者此次统计数据中就没能出现。更加令人遗憾的现实状况是部分学者文献中论及少数民族译文的《红楼梦》并非其研究的主要方向，只是略微涉及。

（二）建议

第一，国家加大对我国少数民族语言的支持力度。我国是一个多民族国家，民族团结、政治经济能够顺利向前发展，人民生活幸福安康，这些成就离不开国家政策的指示与引导。中国少数民族语言、文学作为我国优秀文化的一部分，我们要积极对外传播，为祖国增光添彩，而要实现这些确确实实离不开国家的支持与宣扬。

第二，学者与研究人员分散开研究。目前我国《红楼梦》中国少数民族译文文献研究人员主要是期刊主编、民族高等院校的教授与其培养的硕士研究生、博士研究生，他们的研究领域重复率还是比较高的，所以，笔者考虑众多研究人员应该分散开来，以遍地开花的姿态面向学术界。

第三，增开更多相关专业，培养更多专业人才。俗话说，巧妇难为无米之炊，想要将《红楼梦》中国少数民族译文文献研究得透彻与全面，必定需要更多专业人才与时间的投入。各大高等院校应积极申请相关专业，为少数民族译文文献研究增添更多专业人才。

七、结语

综合来看此次文献的整理过程，笔者感触良多。直至现在,《红楼梦》的中国少数民族译本已有七种，可是相关研究文献的数量却寥寥无几，而这其中的研究也并不充分。可能随着时代的发展在接下来的岁月里会有许多代表性人物出现，笔者万分期待，期待学术界能够不断涌现出专业人士，认认真真、彻彻底底地将《红楼梦》或其他名著研究充分，以更精、更深的角度全面地展示给后人。

参考文献：

[1] 一栗.红楼梦书录：增订本[M].上海：上海古籍出版社，1981.

[2] 廖泽余.《红楼梦》维译本熟语翻译抉微[J].语言与翻译，1994：72–85.

[3] 祁玲，马翠玲."什么"在维译本《红楼梦》中的译法[J].新疆职业大学学报，2001：72–73.

[4] 徐世芳.试析《红楼梦》两种藏译本的诗词翻译[J].民族翻译，2010（4）：69–74，77.

[5] 李少平.《红楼梦》维吾尔语译本的语用学分析[J].双语教育研究，2015（5）：71–76.

[6] 赛文娟.《红楼梦》中有关死亡的委婉语及其维吾尔语翻译[J].时代文学（下半月），2014（6）：141.

[7] 唐均.《红楼梦》锡伯文译本述略[J].满语研究，2012（2）：110–117.

[8] 高姣姣.《红楼梦》中"死亡"用语及其维译研究[D].喀什：喀什大学，2016.

[9] 徐佩.《红楼梦》中意合形合复句的维译研究[D].喀什：喀什大学，2016.

[10] 张娜.《红楼梦》中物质生活民俗词汇及其维译研究[D].喀什：喀什大学，2016.

[11] 郑睿琳.功能对等理论视角下《红楼梦》回目哈译研究[D].伊宁：伊犁师范大学，2020.

[12] 巴合提古丽·沙肯.汉语和哈萨克语中熟语修辞手法的翻译技巧探究——以《红楼梦》哈萨克语译本为例[J].文化创新比较研究，2020，4（23）：169–171.

[13] 周敏惠，张媛.汉语典籍民族翻译的文化过滤效应——以《红楼梦》熟语蒙译为例[J].西部学刊，2020（2）：147–150.

[14] 黄伯荣，廖旭东.现代汉语：增订五版[M].北京：高等教育出版社，2011：205.

[15] 胡传成.维吾尔语词汇语法大纲[M].北京：民族出版社，2016.

[16] 徐佩.《红楼梦》中意合形合复句的维译研究[D].喀什：喀什大学，2016.

《三国演义》《水浒传》《西游记》英译德译法译本研究综述（1980—2020）

孟林①
（西北民族大学中国语言文学学部　甘肃兰州　730030）

摘要：本文从中国知网检索了1980—2020年发表的有关《三国演义》《水浒传》《西游记》英文德文法文译文研究的博士论文、硕士论文以及期刊论文，运用数据分析与归纳的方法对所得数据进行分析、归类和总结，期望能对改革开放以来我国对于该三部古典白话小说的研究有个大致了解，希望能对后来者有所裨益。

关键词：三国；水浒；西游；翻译研究

一、引言

我国的四大名著《三国演义》《水浒传》《西游记》与《红楼梦》是诸多古代长篇白话小说中的佼佼者，无论就其文章结构还是文字内蕴来说都是无可比拟之作，不管是在历史上还是在当下，其文学与社会意义一直为人所津津乐道，因而从古至今对其研究的文章著作也是浩如烟海。改革开放以来，随着国家富强、民族自信心的增强，我国掀起了新一轮中国文化

① 作者简介：孟林（1996—），男，西北民族大学中国语言文学专业2020级硕士研究生。

热，众多学者对以四大名著为代表的传统文学研究热情高涨。

《三国演义》《水浒传》《西游记》（下文简称三国、水浒、西游）不仅在中国及亚洲妇孺皆知、影响巨大，在欧美也具有很大的影响力与辨识度，三国、水浒、西游具有多种译本，其英语、德语和法语主流译本大致如下，三国译本有尹芳夏德译本，泰勒英译本，邓罗英译本，罗慕士英译本，杨宪益、戴乃迭夫妇英译本，张亦文英译本，虞苏美英译本；水浒译本有弗朗茨·库恩德译本、雅克·达斯法译本、赛珍珠英译本、沙博理英译本、杰克逊英译本、约翰·登特·杨和阿莱克斯·登特·杨父子英译本；西游有林译本、小发德译本、亚瑟·韦利英译本、詹纳尔英译本、余国藩英译本、海伦·海耶斯英译本。限于才学与精力，本文截取改革开放至今（1980—2020）的研究文章，以英文、德文和法文译本为切入点，以三国、水浒、西游为研究对象。通过知网对以上条件进行检索，将所得数据进行分析，得出以下结论，并找出不足，提出研究的建议。

二、三国、水浒、西游英译德译法译本研究文献发表时间

自改革开放新时期以来，我国对于四大名著的研究经历了很长一段时间的沉滞期，进入新世纪之后才日趋升温，研究成果也是随时间的发展而增量并提质，下图是相关数据。

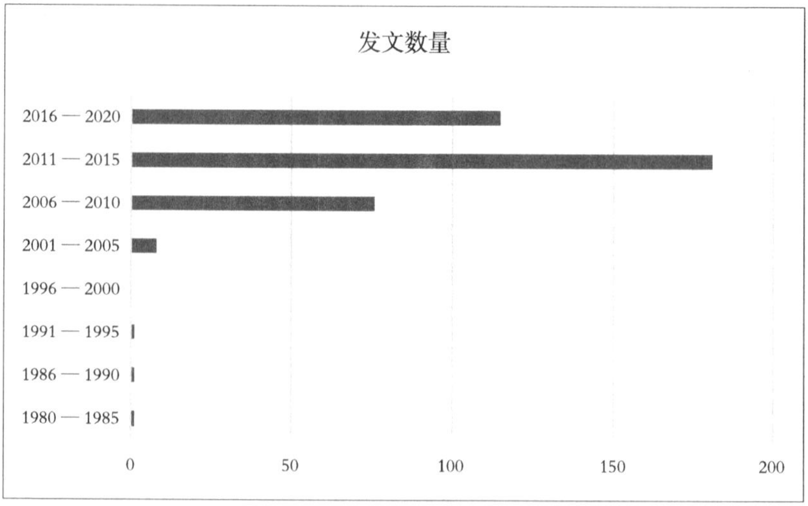

1980年至今已有40年时间，研究三国、水浒、西游的译本的文章总计380篇，数量确实不尽如人意，1980—1985年相关研究文章为0，1986—1990年和1991—1995年各有1篇，分别是1988年周燕、周维新发表在《上海外国语学院学报》的《评〈三国演义〉的英译本——兼谈中国古典小说的翻译》和1993年发表在《世界文学》期刊上的一篇题为《〈三国演义〉新英译本在美问世》的介绍新书性质的文章。2001—2005年开始缓慢增加，这5年间共有8篇相关研究的文章。但我们从上图数据可以明显看出，新时期以来，我国对于相关文献研究的文章总体上呈上升趋势，且增速显著加快，在进入21世纪的第三个5年之后达到第一个高峰，2011—2015年发文数量达到181篇，是前30年发文数量总和的两倍多。

二、三国、水浒、西游英译德译法译本研究内容分类

对于三国、水浒、西游英译德译法译本的研究，从改革开放至今，其内容可谓蔚为大观，笔者将所搜集到的379篇研究论文进行整理，下图是

其研究内容分类及各项占比：

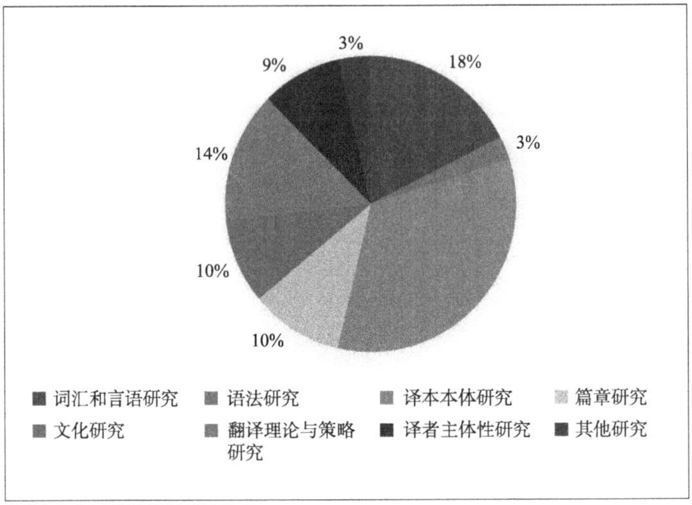

（一）词汇和言语研究

经过筛选，三国、水浒、西游英译德译法译本研究关于词汇和言语研究的论文和专著共有67篇。根据分类，该部分主要是研究词汇，包括俗语、特定词汇、特定的字以及具体言语。

1. 俗语

汉语俗语是人们之间口语相传、流传于民间的通俗语句，包括谚语、歇后语、惯用语和俗成语。我国历史源远流长，而其包含的文化内涵也很深厚。作为带有市民性质的古典长篇小说的四大名著，运用大量的俗语是其一大特色，这一特点在水浒中表现得尤为突出，也因此，研究者把该部分的研究重点大多聚焦在水浒上。据统计，共有11篇研究俗语的论文，内容涉及世俗俗语和宗教俗语，其中9篇是研究水浒俗语的，如李晓艳于2018年发表的《中国文化走出去语境下的俗语翻译——以〈水浒传〉法译本为例》，在中国文化走出去语境下，分析法译本《水浒传》中的俗语翻译实例，探讨译者面对中法文化差异，如何在忠实于汉语文本的同时，成功地把俗语背后的文化信息传递给法语读者。戚旭阳2015年的硕士论文《〈水浒传〉两英译本中汉语俗语的翻译策略的研究》，首先将水浒中的俗语分为五大类，而后对比沙译本和赛译本进行研究。研究三国中俗语的一篇，罗义霞《归化异化视角下对汉语俗语翻译的比较分析研究》，通过分析《三国演义》两个英文全译本（即罗幕士译本和泰勒译本）中富含文化内涵的汉语俗语的翻译，阐释归化和异化策略在汉语俗语翻译中的运用及其取得的效果。研究西游俗语的共有两篇，彭婧珞2014年的《浅谈〈西游记〉两译本中的俗语英译》，从《西游记》中选出120句俗语，用Word中的可读性统计信息为导入，从直观的量上对两个译本进行比较，通过分析两个英译本在俗语翻译时的用词特点和语句特点，探讨得出两位译者对文中俗语的再现情况。

2. 特定词汇

本部分研究的重点侧重于译本中具体而微的词汇，例如文化负载词、叠词、指示语、汉释梵词、人物名称（角色名称）、地名、封建君主自称词、道教神仙称谓、中国古代科技、兵器名称、敬谦语、衡量词、职官名、人物绰号、习语、骂词、四字格结构等，涉及面广范，内容丰富。本部分值得注意的是关于“文化负载词”的研究，研究者倾向于在某种具体的理论指导下开展系统全面的研究，如梁倩文2013年的论文《文化图式理论视角下文化负载词的翻译》，作者从文化图式理论角度出发，以詹奈尔《西游记》英译本为例对《西游记》中的文化负载词的翻译进行分析，证明了文化图式理论在文化负载词翻译中应用的积极意义，并且总结出只有当文化负载词的文化图式在两种语言文化中对应相对较好、译者对两种文化图式掌握水平较高时，文化负载词的翻译才能实现语言层面和文化层面的准确交流，从而实现跨文化交流的目的，并且总结出相应的翻译策略。

此外还有对于译本词汇误译和是否误译进行探讨并总结翻译方法的，如秦雪、张顺生的《〈三国演义〉泰勒英译本词汇误译研究》和杨静娟的《“误译”还是“故译”？——〈西游记〉詹纳尔译本里的年龄翻译》。

3. 特定的字

关于特定字的研究目前为止还是相对较少的，笔者对近30年来的三国、水浒、西游英译德译法译本研究进行查阅，仅发现一例，即曹灵美、柳超健2018年发表的《“草”隐喻的英译认知研究——以〈水浒传〉四个译本为例》。根据Pragglejaz Group提出的MIP隐喻识别程序，穷尽性识别《水浒传》前70回中的汉语“草”隐喻语料。基于象似性原则、概念隐喻理论和体验哲学的隐喻“三位一体”认知分析法，剖析其四译本中“草”隐喻的象似性表征、跨域映射和认知体验，提出了直译喻体、转换喻体、直译喻体+释义、转换喻体+释义的英译方法，减少喻体亏损，努力使译文读者产生与原文读者一致的喻体意象。

4. 具体言语

具体言语相区别于具体词汇，是对句子乃至句群的研究，如倒装句、言语幽默、双关语 、隐语、对偶句、言内意义、人物对话以及书名的命名。对于倒装句的研究有熊莎莎2018年发表的《小说翻译中倒装句的语篇构建作用》，文章从语篇性的角度，结合韩礼德和哈桑的衔接理论，对罗贯中《三国演义》邓罗、罗慕士及虞苏美的三个英译本进行对比分析，比较三位译者在倒装句使用上的差异，对其中的倒装句进行分析，进而探讨其在小说翻译中的语篇构建作用，以期能为今后在小说翻译中弥合汉英语篇构建方式差异方面提供新的视角。对于人物对话的研究有崔素花2006年发表的《〈水浒传〉沙博里英译本中人物对话研究》。双关语的研究则有金海萍2015年发表的《两个〈三国演义〉英译本的双关语翻译研究》。对于隐语的研究则有李晓艳2017年发表的《深度翻译视角下的隐语研究——以〈水浒传〉法译本为例》，文章结合深度翻译理论对《水浒传》法译本中的隐语翻译策略进行探讨，从具体实例中总结译者在翻译隐语这一特色民俗语言形态时如何把背后的隐含意义传递给目的语读者，以期对汉籍外译提供一些借鉴。

（二）语法研究

三国、水浒、西游英译德译法译本研究中有关语法的研究共有9篇，分别从词汇范畴、及物性、语用这三个方面进行研究，其中对于语用的研究占据很大的比重。如闫娜2016年发表的《〈三国演义〉英译本中模糊限制语的语用分析》，通过对《三国演义》罗慕士译本中有关例句及其模糊限制语的语用功能分析，进一步丰富模糊限制语应用研究，探索模糊限制语的运用对凸显古典译著中人物性格，实现人物间交际目的等方面的积极作用。李鹏辉2013年发表《论〈三国演义〉罗慕士英译本中人物对话的语用对等》，运用言语行为理论梳理罗慕士英译《三国演义》的实践，了解其在翻译人物对话实践中的运用，从语用对等方面研究了其语用意义在罗译本中的体现，旨在为具体情境语境条件下人物对话翻译提供系统实用的理论指导和可行的翻译方法。

（三）篇章研究

对于篇章的研究共有39篇论文，经过整理，这部分又可以细分为修辞风格和人物形象两部分。首先是修辞风格。杜晶、李新新、罗丰婷、安燕2013年《从功能对等角度分析〈水浒传〉英译本中常见修辞手法的处理——以登特·杨的译本为例》。范煜2015年发表的《从语言学角度看〈西游记〉译本中的修辞手法》，从语言学角度分析了在《西游记》中一些修辞手法的应用，如隐喻。邓玉华《从翻译美学视角看文学作品中的概念隐喻英译——以〈水浒传〉的沙博理译本为例》。任黎明2011年发表的《小说语言风格在译文中的再现》，文章结合翻译和问题理论，从动词、文化词的翻译技巧，对原文中双关、明喻和反讽等修辞手段的处理方式对詹纳尔的译本与原文作对比研究。董琇2014年发表的《翻译风格的球体量化模型：基于〈水浒传〉英译本的翻译策略研究》，借助该模型，可标示代表《水浒传》赛珍珠、沙博理、登特·杨和杰克逊翻译风格的各点，考察各风格之间的关系，发掘影响翻译风格形成的内外因素，突显译者的主体意识所起的作用。该多元化的立体评价模式，为更加客观全面地认识译作、评价译者提供了保证。孟召军《〈三国演义〉译本中人物语言风格及翻译研究》。此外人物的口吻与语言也是构成风格的重要方面，在这方面的研究有黄粉保。《论小说人物口吻、神态在译文中的再现 —— 以〈三国演义〉罗译本片断为例》。

其次是人物形象，张媛2020年的《赛珍珠〈水浒传〉译本中女性形象的重构与翻译途径》从原著、读者、译者三个角度分析赛珍珠的翻译实践及其翻译策略。相似的，胡婵、刘萍2015年发表的《〈水浒传〉赛珍珠英译本中的女性人物形象解读》，以沙博理和登特·杨（男性译者）所译《水浒传》为对照本，结合译者赛珍珠（女性译者）的双语文化背景及女性身份两大要素，探讨不同性别的译者传译《水浒传》女性形象时的翻译策略与立场差异；还有陈坚、金曙江2012年发表的《从目的论看沙博理〈水浒传〉英译本中的人物外貌描写》；张晓红、江颖2017年发表的《〈三国演义〉全译本比喻形象英译评析》，通过《三国演义》两个全译本对于比喻形象英译的实例进行对比分析，探讨了如何处理比喻形象的英译。贺显斌2017年发表的《古典小说英译中的人物形象建构 ——〈三国演义〉两个英译本中的貂蝉形象比较》；李苗2014年发表的《〈三国演义〉人物外貌翻译对比与研究 —— 以〈三国演义〉两英译本为例》；王泳海2020年发表的《〈西游记〉德语译本女性译者视角下的殷温娇形象的塑造》，本研究根据《西游记》德语译本的女性译者的翻译，考察她们在殷温娇形象的塑造中的翻译表征。通过研究发现，女性译者在翻译《西游记》过程中其文化身份产生的影响比女性身份的影响要大，文化身份决定了原文殷温娇形象的总体塑造，但是译者的女性身份会对形象的塑造进行一定程度的修正和改变，使其更具有自主意识。胡婵2013年的论文《赛珍珠〈水浒传〉译本中的女性形象翻译研究》，借助西方女性主义翻译理论，着重探究赛译本中的女性形象。在整个分析过程中，以赛译本为主，沙博理及登特·杨父子合译本作为参照，将对比分析法和文献资料法贯穿全文，深入地探究三译本中女性形象的细微差异，以及赛译本为构建积极反叛的女性形象，而采用的女性主义翻译策略，如增补、劫持及前言。

（四）译者主体性研究

译者主体性是指作为翻译主体的译者在尊重翻译对象的前提下，为实现翻译目的而在翻译活动中表现出的主观能动性、受动性、为我性的特征。对于译者主体性的研究共有34篇论文。施歌2014年的论文《从〈水浒传〉英译本解读译者主体性在文学翻译中的体现》中首先介绍了译者主体性理论的发展历程并指出译者主体性在翻译中的三个重要方面的作用，再从两个英译版本在标题、人物绰号、修辞方法、文化负载词以及谚语和习语的翻译这五个主要方面的异同着手，探讨译者主体性是如何体现在译文中的，并通过举例分析造成这些异同的译者主体性因素。欧晓南、贾德江2012年发表的论文《浅析译者主体性在文学翻译中的体现——以〈水浒传〉两英译本中的谶言翻译为例》，文章对《水浒传》两个英译版本——赛珍珠及沙博理译本中的谶言翻译进行比较评析，探讨译者主体性在文学翻译中的体现。

在译者主体性研究方面有个值得注意的相似的研究内容是作者的创造性叛逆，在不同语言背景文化背景翻译活动中，作者在主客观条件的制约下不可避免地会对原文本进行“创造性叛逆”，如柯岷、董岩2020年发表的《〈西游记〉英译本中的中国传统养生文化“创造性叛逆”研究》一文中对比詹纳尔与余国藩两个《西游记》英译全本对养生文化的阐释过程中，研究解读创造性叛逆现象。高洁2019年发表的《文学翻译中译者的“创造性叛逆”——赛珍珠、沙博理〈水浒传〉译本对比分析》，主要从文化层面分析文学翻译中译者“创造性叛逆”的客观存在及其意义，并进一步探讨影响译者翻译策略的因素。

（五）文化研究

翻译不仅仅是不同语言文字间的简单粗暴的转换，对于深藏其后的文化的翻译和对语言的翻译同等重要，因此对于翻译中的文化问题的研究不可忽略。经过分析统计，关于文化的研究的论文共有36篇。王珊珊、方廷钰、陈锋2019年合发的《〈西游记〉英译本中的中医药文化误读》，以《西游记》的两个英文全译本为研究对象，从中医学基本概念、中医疾病诊断与症候、中药等方面举例分析，探讨了詹纳尔、余国藩对中医药文化翻译的得失，并尝试修正其中的文化误译。宋孝廷2011年发表的论文《论〈三国演义〉罗慕士译本中隐士文化的传递》，以《三国演义》到目前为止最完善的罗慕士英译本为素材，通过对比中西隐士文化的内涵意义探讨了该译文中隐士文化的传递。巫丹2009年发表的《从互文性角度看〈三国演义〉英译本中文化内容的翻译策略》，从互文性角度分析《三国演义》的英译本，将此书中所涉及的文化内容细分为物质文化、制度文化、心理文化，并从这三个角度分析罗慕士对于互文符号的处理方式以及总结行之有效的翻译方法。

除了直接研究文化外，还有部分研究者从译本中表现出的文化缺省补偿、文化缺失角度进行研究，曾诚2019年发表的《余国藩〈西游记〉英译本文化缺省及翻译补偿研究》，以余译本《西游记》为研究对象，结合奈达和纽马克对文化的分类以及原文本特点，将文化缺省的例子进行了相应分类，并分析了译文中余国藩教授对于不同文化缺省现象的处理方法，此外还归纳了其译文中针对文化缺省所采取的补偿办法。王美岭2011年发表的《目的论视角下的文化缺省及翻译补偿》，探讨了沙博理翻译《水浒传》的目的，并从目的论视角分析了沙博理对《水浒传》中文化缺省的翻译。

（六）翻译理论与策略研究

如果说以上所涉及的是微观具体的研究，那么对于翻译理论和翻译策略的研究就属于宏观的方法论性质的研究了，本部分共有54篇研究论文。该部分的论文大多是在某种翻译理论的指导下对三国、西游、水浒进行研究，如陈媛2013年的论文《余国藩〈西游记〉英译本中深度翻译的应用》，研究余国藩译本中深度翻译策略使用的对象以及策略的类型。王婵2011年发表的《从女性主义翻译观看赛珍珠〈水浒传〉英译本的翻译策略》，首先探索了赛珍珠女性主义的根源，然后运用女性主义翻译策略——“增补”“劫持”“前言和脚注”分析了赛珍珠的《四海之内皆兄弟》。最后讨论了赛珍珠翻译过程中所体现的女性主义思想和使用的女性主义翻译策略。牛百文、李依畅2016年发表的《关联理论视角下的中国文化负载词英译策略研究——以〈三国演义〉罗慕士译本为例》，结合关联理论视角下的明示、推理、认知语境、关联原则等内容，从罗慕士英译本中挑选出具有代表性的中国文化负载词翻译语句进行分析，以期在具体语境中探讨中国文化负载词翻译的具体策略。

另外一种类型就是从文本翻译中提取总结相关翻译理论，如张志全、原灵杰2015年发表的《文化翻译策略研究——以〈三国演义〉两个英译本为例》，根据奈达对翻译中文化因素的分类，以《三国演义》的两个英译本为例，系统对比分析两位译者对于文化的翻译策略，并探讨文化翻译策略的制约因素。研究发现：罗慕士采用了“以异化为主，归化为辅”的文化翻译策略，而邓罗采用了“以归化为主，异化为辅”的文化翻译策略；对于文化翻译策略的选择主要受翻译目的和译文的预期读者等因素的制约。张丽云、李娜2014年发表的《〈水浒传〉两译本的翻译策略》，通过具体的翻译例子，对比分析了赛珍珠和沙博理两个《水浒传》英译本对书名、部分标题和俗语等的处理，探讨了译者间的策略异同。

（七）译本本体研究

译本本体研究即立足于整体，研究三国、水浒、西游英译德译法译本。经过筛选，译本本体研究共有127篇论文，其中又可以细分为单一译本研究、译本对比研究和译文接受研究三大部分。首先是单一译本研究，在这方面，研究者更多的是在某种理论指导下对译本展开研究，一方面指出译本不足之处，另一方面总结翻译策略，如赵丽丽2014年发表的《阐释学视角下〈三国演义〉罗慕士英译本解读》，阐述阐释学与翻译的关系，归纳罗译本翻译策略。面对海伦·海耶斯的《佛教徒的天路历程》在《西游记》的英译史上占据着重要位置，但在国内却少被关注的情况，王文强、单君2019年发表了《跨洋出海记 —— 海伦·海耶斯〈西游记〉英译本探析》，文章围绕译者身份、翻译选材、翻译底本、翻译策略这些内容，对该译本展开研究。也有从译本内涵及其影响出发进行研究的，如周远航《论詹纳尔〈西游记〉英译本的异质性及意义》，着重探讨了译本体现的中国古典文学中的文化之异、文体之异、语言之异，而后通过阐述“归顺式”翻译的缺陷、翻译之本质来彰显詹纳尔译本“异质性”的意义。亦有对译本做出综述性质的研究，梳理对某具体译本的研究的，如朱芳2014年发表的《〈水浒传〉赛珍珠英译本的历时研究综述 —— 基于现代认识论的研究》。

其次是译本对比研究，正如本论文开头所言，三国、水浒、西游英译德译法译本都不止一个，因此便可以从各个方面对同一部小说的不同译本进行对比分析，与单一译本研究类似，译本对比研究也有一大部分是在某种研究理论指导下开展的。如梁伟达2018年发表的《译者审美心理视角下〈水浒传〉两英译本的比较研究》，从译者审美心理视角比较两位译者的审美心理构成，发现尽管赛珍珠和沙博理都试图尽力接近原著，但在翻译过程中不可避免地将他们自己的审美特点带入其中，赛译本追求的是对原文语言风格的保留，而沙译本选择的是精细准确。或辨析不同译本某些部分的优劣，或通过对比得出某种翻译方法，或给译本的不公正评价进行翻案，如陈甜2014年发表的《〈三国演义〉邓罗译本差译之伪》，实事求是，从译本的频繁重印、社会影响、同时代的赞誉以及译本中的若干佳译等方面驳斥“《三国演义》邓罗译本差译之说”。

最后是译本的介绍、传播与接受研究，这一部分在本研究中所占比例稍小。译本介绍如鲍啸云2014年发表的《余国藩的〈西游记〉英译本简介》，从创作背景、译本内容、特色和价值几个方面对余国藩的《西游记》英译本进行全面介绍。传播与接受研究如冉明志2019年所作《〈三国演义〉英译本在美国的接受情况研究（上）》，选取《三国演义》中“草船借箭”的三个英译本设计了调查问卷，并以普通美国读者为研究对象，采取定量分析的方式，重点考察目的语读者对三个英译本的反应和接受情况，并从译介任务的发起人、译者、出版机构、读者群以及翻译策略等方面提出了建议。此外，小说带给人们的不止是小说本身，还有深藏其后的文化，有研究者便以此为研究方向，如王镇2018年《〈西游记〉英译本在英美的文化传播》。

（八）其他研究

经过整理筛选，本部分的研究文章共有13篇，虽说在三国、水浒、西游英译德译法译本研究中占比微乎其微，但也是不可忽略、另辟蹊径的研究方向，对于丰富三国、水浒、西游的英译德译法译本研究，拓宽研究面，深化研究内容具有重要作用。其他研究包括副文本、符号学研究、文学性、语料库等。在其中比较突出的一个研究便是基于语料库的研究，马婷2015年发表的《基于对比语料库的〈水浒传〉沙博理译本英语句式研究》，任东升、张玉凌2016年发表的《基于语料库的〈水浒传〉沙博理译本汉英衔接性副词对比研究》，运用语料库进行大数据式的分析与研究。

四、三国、水浒、西游英译德译法译本研究期刊和作者分布

三国、水浒、西游英译德译法译本的研究期刊和作者总体上来说是相对丰富的，经过检索，有关三国、水浒、西游英译德译法译本的研究379篇论文中有141篇发表在各高校学报或者署名各高校，占全部研究论文的70.8%，其他的刊物和出版平台诸如《大众文艺》《语言语翻译》《语文学刊》《海外英语》《外国语言文学》《戏剧之家》等等占比相对比较低，占29.2%，说明了在三国、水浒、西游英译德译法译本的研究中，全国各大高等学校是研究的主阵地，而高校的教授及其研究生和本科生是这项研究的主力军。值得注意的一点是，在这70.8%的占比中，硕士研究生和博士研究生论文又占据很大一部分，有141篇论文（其中西游46篇，水浒60篇，三国35篇），约占52.4%。高等学校研究生论文的占比较大，说明该

领域研究门槛高，研究结果也相对客观、准确，对于推动研究向深层次、宽领域的发展大有裨益。

五、三国、水浒、西游英译德译法译本研究方法与理论

三国、水浒、西游英译德译法译本研究中所使用的方法和理论种类繁多，在研究方法上主要是采用举例分析法和对比研究法，三国、水浒、西游内容丰富、篇幅巨大，例证自然丰富，而且每部小说各有不同译本，因此提供了译本之间对比研究的可能。理论则大致有多元系统理论、顺应论、目的论、后殖民主义、关联理论、语域理论、忠实理论、抵抗式翻译理论、信息论、生态翻译理论、归化与异化理论、语言顺应论、改写理论、文化相对论、功能对等理论、文化图式理论等。其中生态翻译理论、功能对等理论、关联理论、后殖民主义理论运用较多，特别是生态翻译理论所占比例较大，如王丹2019年发表的《生态翻译学视域下詹纳尔英译本〈西游记〉文化负载词翻译研究》、王冠2108年发表的《浅析关联理论视域下的〈水浒传〉两英译本社会称谓语对比研究》等。

此外，接受美学、诠释学、语言学、文体学、语用学、社会符号学等学科知识也被应用到三国、水浒、西游英译德译法译本的研究中，如辛伊2019年发表的《接受美学视角下林小发〈西游记〉德译本的分析》，作者首先简要介绍了译者林小发和她的《西游记》德译本以及相关研究背景和研究现状；接着介绍了接受美学与翻译相关的思想，并分析了接受美学与文学翻译的关系及其对文学翻译的影响；随后本文从接受美学的视角分析该德语全译本，重点在于研究德译本怎样满足目标读者的期待视域，以及德译本怎样重建《西游记》汉语文本的召唤结构；进而在此基础之上对翻译的核心要点以及该德语全译本对文学翻译的启示做出归纳。

六、三国、水浒、西游英译德译法译本研究不足及建议

通过以上的数据分析，我们发现关于三国、水浒、西游英译德译法译本的研究相对于30年前已经取得了突破性进展和实质性的成就，无论是论文数量还是论文质量都在稳步前进，可以说可喜可贺。但是时代在进步，研究方法在更新，我们不能一味向后看，更要向前看，立足过去我们的研究中仍有许多不足之处，在此略提几点建议与不足，实望能有益于以后的研究。

（一）不足

首先，研究主体单一。上文已经谈及，高校教授及其学生是本领域研究的主力军，在数量上其对于研究的贡献占比70.8%，其他的专家及学者占比不足30%，可以说本领域的研究参与者构成相对单一和不均衡。其次，研究范围相对较窄。三国、水浒、西游这样的三部皇皇巨著，今人对其研究却仅仅停留在少数几个层面，而且将重心放在少数几个小部分，诸如译者主体性和词汇与言语研究。不得不承认，这两个部分相对来说也是本领域研究的重点，但是将大部分精力集中于此便会忽略对于其他部分的研究，长此以往，这对于全面铺开三国、水浒、西游的译本研究利大于弊。最后，研究数量不足。在同样的条件下，笔者检索了同为四大名著的《红楼梦》，其英译本研究共912篇论文，而三国、水浒、西游三部名著论文之和才379篇，相比之下差距立见。

（二）建议

首先，国家支持，政策鼓励。研究相对不足，国家应给予政策支持，设立专门的三国、水浒、西游译本研究科研基金，在保证质量的前提下，相对降低研究门槛，不仅高校可以参与研究，有资质的出版机构、文艺语言研究机构以及个人也可以申请相关经费，进行深入研究，这样一则会增加研究论文数量，二则提高专业人才的参与度，对于改善三国、水浒、西游译本研究的整体风气大有益处。其次，创新研究思路，目标化征求稿。

根据三国、水浒、西游译本研究情况，动态确定研究内容，引领研究者齐头并进劲往一处使，共同攻坚克难。最后，研究不仅靠兴趣，更要靠扎实的功夫。高等学校统筹国家需求，立足三国、水浒、西游研究现状，加大开设相关理论与实践课程力度，一方面把名著搬进课堂，学生在耳濡目染间深入了解中国古代优秀文化，另一方面系统培养学生对于本领域的研究思维，为将来的研究培育大批人才。

八、结语

当今世界不仅在经济上全球化愈演愈烈，文化全球化也是方兴未艾。中国综合国力的提高不仅需要在经济、科技和军事上更上一层楼，更需要中国优秀传统文化走出去的助力。斗转星移，大浪淘沙，时间证明三国、水浒、西游是中国古代小说的优秀代表，承载着中华优秀传统文化的内核，是理所应当走出国门，为中华民族屹立于世界民族之林贡献一份力量的。因此对于三国、水浒、西游译本的研究不仅是学术需要，更是时代需要，国家需要，民族需要。限于知识水平和科研能力，笔者此次对于三国、水浒、西游译本的研究的整理还不甚翔实，权作抛砖之效，庶几对后来者的研究略有裨益。

文化环境对翻译的影响

——以《三国演义》维吾尔语翻译为例

张利娟

（西北民族大学　甘肃兰州　730030）

摘要：人类文化既有共性也有特性，共性来自于人类自身原始的需求及本能，特性则是由于生活环境不同而导致的。文化上的共性使得译者在进行翻译时可以将一些事物或现象进行对应翻译，但翻译具有文化特性的事物或现象却有很大难度。为顾及原文与译文读者的需求，需要采取各种翻译手段。本文以《三国演义》中的一些汉文化特色词汇为例，简单分析文化环境对翻译的影响。

关键词：文化环境；翻译；维吾尔语；《三国演义》

一、引言

中国地域辽阔，自然环境丰富，不同的自然条件造就了不同的文化环境，但所有文化都是人类创造的，其本质上都有相通之处，再加上我国历史上人口迁徙、商贸沟通，各地区交流频繁，相互取长补短，彼此交流借鉴，形成了我国多元文化特征，各地区文化环境有同有异。一些相同的文化现象翻译时可以找到对应的词汇，但是一些具有自身特色的文化内涵丰富的词汇翻译起来难度较大。

《三国演义》为我国历史小说之首，以汉末至晋初三国纷争为历史背景进行了文学创造，小说内容丰富，涵盖了天文、地理、政治、经济、兵法等诸多内容。经过清康熙年间，毛纶、毛宗岗父子增删修改后成为现在通行的一百二十回的《三国演义》。《三国演义》代表着古代历史小说的最高成就，从古到今一直广受大众追捧，具有很高的文学价值与研究价值。

本文以上海古籍出版社2009出版的《三国演义》以及新疆人民出版社2012年出版的维吾尔文版《三国演义》为研究载体，以《三国演义》中的兵器、道教文化词、诗歌为例，简要分析文化环境对翻译的影响，以及翻译时如何对文化共性、特质进行处理。

二、《三国演义》中部分兵器的翻译

《三国演义》中部分兵器的命名带有汉文化内涵，如青龙偃月刀、开山斧。青龙偃月刀中的偃月是指刀的形状，而青龙则代表了中国传统文化中的二十八星宿文化，这是中国本土天文学创作，用来说明日、月、五星运行所到的位置，广泛应用于古代的天文、宗教、文学及星占、星命、风水、择吉等术数中，对应内容十分复杂，可以对应四象、四兽、四维、四方神，青龙的代表意义有少阳、东方、青色、木、春季等等。文学作品中人物与兵器都隐隐契合，关羽战袍就是绿色，即“绿锦战袍”，这身衣着绝不应该是与其红脸作衬，而是与其整体形象相关联。青龙偃月刀出现在《三国演义》第一回：“玄德谢别二客，便命良匠打造双股剑。云长造青龙偃月刀，又名‘冷艳锯’，重八十二斤。张飞造丈八点钢矛。各置全身铠甲。”①

维吾尔语译文将青龙偃月刀译作《qara ejdiha süretlik uzun sapliq

① （明）罗贯中.三国演义[M].上海：上海古籍出版社，2009：3.

egme qiliq》[①]，即黑色龙图案的长柄弯刀。为什么不将“青龙”译为“kök ejdiha”则与两地区的地理位置和气候条件有关，一方水土养一方人，无论文化、医学、还是生活习惯，心理认知都取决于先天条件，即大自然环境。中国幅员辽阔，横跨多个气候区，维吾尔族生活的气候区位于温带大陆性气候，森林稀少，戈壁沙漠较多，春秋较短，夏冬较长；汉民族生活聚居区涵盖温带大陆性气候、温带季风气候、高原山地气候、亚热带季风气候，气候条件丰富，反映在文化上自然有些差别。汉文化有五行，维吾尔文化有四素，汉文化五行之中春主木，代表色为绿，而维吾尔四素有春却无木，以土代之，因此青龙被译为“qara ejdiha”（黑龙）。

“开山斧”的来源更加源远流长，是好几位神话人物的兵器或说工具。它是大禹治水时劈山开道的治水神器，也是二郎神杨戬劈山救母的神兵利器，见于记述的是二郎神的兵器，《二郎宝卷》记载为：“开山斧，两刃刀，银弹金弓；升天帽，蹬云履，腾云驾雾……”[②] 二郎神原型是李冰的二儿子，也是治水能匠，当时的开山斧也有疏通河道的用途，到后来佛教的传入，融合目连救母等佛教故事，二郎神的开山斧也用来劈桃山救母了。总而言之，开山斧给人一种历史悠久、朴实厚重、能量巨大的感觉，他的文化内涵来自于民间信仰和神话传说。《三国演义》中开山斧出现在第九十二回：“时有西凉大将韩德，善使开山大斧……”[③] 维吾尔语将“开山大斧”意译为“qong aypalta”，即“大的月牙斧、板斧”，没有任何感情色彩，这当然是因为在维吾尔文化中并没有相契合的文化典故，也就译不出它的文化内涵。

① （明）罗贯中.三国演义：维吾尔文：第1册[M].乌鲁木齐：新疆人民出版社，2012：11.

② https：//baike.baidu.com/item/%E5%BC%80%E5%B1%B1%E6%96%A7/22563450?fr=aladdin

③ （明）罗贯中.三国演义[M].上海：上海古籍出版社，2009：523.

三、《三国演义》道教文化特色词语的翻译

《三国演义》有许多道教文化色彩，神话色彩也比较浓重，还有一些占星术、占卜术、巫术、相术等天文学、医学相关的内容。以《三国演义》第二回为例："张宝就马上披发仗剑，作起妖法，…… 交锋之际，张宝做法，风雷大作，飞沙走石，黑气漫天，滚滚人马，自天而来。"①

جاڭ باۋ چېچىنى چۇۋۇپ،شەمشىرىنى ئوينىتىپ جادۇگەرلىك قىلغانىدى،......
تازا ئېلىشىپ تۇرغاندا جاڭ باۋ ئارۋاق قىلىۋىدى،بوران-چاپقۇن چىقىپ گۈلدۈرماما گۈلدۈرلىدى-دە،قۇم ۋە تاش ياغدى.قارا تۇتەك پۈتۈن ئاسماننى قاپلىدى،ئاسماندىن لەشكەرلەر چۈشتى.②

《三国演义》中张角得南华老仙以天书三卷授之，与其弟张宝、张梁号称"天公将军、地公将军、人公将军"，这无疑是道教文化的确切展示，道家称"天地人"为三才。张宝在作战中所使用的的妖法毫无疑问是道教法术的一种，比较有名的道术还有撒豆成兵、点石成金、移山填海、飞沙走石等等。道术也来源于原始巫术，它保留了原始巫术的部分外形，即披发做法，念动咒语，使用道具（"剑、符箓"），融合了道家文化作为内核，比如念的咒语有《道德经》里面的经文，祈祷的对象是太上老君等被道教神话了的人物。道教的道术以残存的萨满巫术形式为外壳，以道家文化以及一些神话传说为内在，借助道术，普通人也能发挥出巨大的能量，赋予自然物神奇的力量，对人造成伤害。张宝所做妖法，工具不过是纸人草马而已，用其形，赋予其精神力量，使它们"活过来"，成为妖兵，壮大张宝的兵力，破解之法也比较简单朴实，秽物即可破之。

维吾尔族最初也是信奉萨满教的，在维吾尔文化中至今还有萨满教文化遗留，如跳大神、间接接触巫术等等。另外，无论是维吾尔族还是汉族，都将血液、粪便当作不洁的物质，不洁即不吉，两个民族也都有对不

① （明）罗贯中.三国演义[M].上海：上海古籍出版社，2009：6.

② （明）罗贯中.三国演义:维吾尔文:第1册[M].乌鲁木齐：新疆人民出版社，2012：23.

洁物质的相关的禁忌，比如经期妇女不能打猎、上坟、上香拜佛等等。

因此《三国演义》中张宝的妖法翻译成维吾尔语有直接的对应词，“妖法”维吾尔语译为“Jadugerlik”，这不仅仅是语言上的对应，也是认知上的对应。巫术虽然形式上发展得有所不同，但其本质上是一致的，所以维吾尔语译文并不存在认知理解困难。

四、《三国演义》诗作的翻译

诗作的翻译难度也比较大，因为诗作带有较高的文学性、艺术性，是诗人的匠心独作与才思的浓缩展示。诗作的翻译对意境、语言结构的要求非常高，好的诗作语言朗朗上口、思想深入人心，才得以传唱古今。汉语维吾尔语诗作虽然语言不同，但诗作都讲究意义与形式。在语言形式上，汉语诗歌讲究平仄、对仗、韵律，维吾尔语没有音调，因此没有平仄，但也讲究韵律。从韵律上来看，汉语诗作一般为四言、五言、七言，维吾尔语诗作有八到十六个音节，汉语诗作押韵一般押尾韵，维吾尔语诗作有头韵也有尾韵。《三国演义》第一回末尾有一首诗：

人情势利古犹今，谁识英雄是白身。
安得快人如翼德，尽诛世上负心人。①

维吾尔语译文为：

مادارادا قاراپ مالۇ كۈچىگە ئىش تۇتۇش زادى،
قەدىمدە ھېلىمۇ ئوخشاش بولۇپ كەلدى ئۆزۈلمەستىن.
تۆرەلدى بۇ جاھان ئارا تېپىلماس ئاق كۆڭۈل جان فېي،
ۋاپاسىز ـ بەتنىيەتلەرنى يوقاتقاي بىرنى قويماستىن.②

维吾尔语和汉语都讲求诗歌的韵律美，但由于语言不同，韵律上稍微

① （明）罗贯中.三国演义[M].上海：上海古籍出版社，2009：6.

② （明）罗贯中.三国演义：维吾尔文：第1册[M].乌鲁木齐：新疆人民出版社，2012：19–20.

有所不同。

汉语一字可以为一词，一个音节，维吾尔语以词为单位，一个词往往多个音节，因此两种语言的诗歌在进行翻译时可能无法在音节上达成完全一致。然而，两种语言诗歌都有音节的划分，存在节奏上的美感，也都讲究押韵，因此，在美感认知上两种语言可以相通。

这首诗从韵律形式上看是七言诗，也就是每句七个音节，押尾韵；维吾尔语译文每行十六个音节，押的也是尾韵。因此，在诗歌的形式上汉语诗歌译成维吾尔语不会丧失诗歌原有的美感。特别需要注意的是，汉语诗为了押韵用的是“翼德”，维吾尔语诗歌为了押韵，将“翼德”译为了“张飞”。而在诗歌内涵上，维吾尔语诗歌采用意译与直译相结合的手段，将原作的愤懑之情也展现了出来。

五、结语

语言是文化的载体，翻译是语言转换、文化交流的渠道，也是促进文化进步的手段。不同地区的文化环境虽然不尽相同，但也有殊途同归的地方，对于这些共通之处，翻译时可以考虑直接替换翻译；而对于那些具有自身文化特色的内容需要尽量保留原文文化特色，否则就失去了文化交流的意义，但只采取直译法会使译文读者不能理解译文，甚至产生阅读障碍，这就需要对译文进行灵活处理，采用多种翻译方法或技巧、创造新词，或者加注释等。将原文内容表达出来，让译文读者能得到原文文化营养，从而丰富知识，升扩眼界，与自身文化进行交流碰撞，从而产生新的东西，促进文化进步。

参考文献：

[1]（明）罗贯中.三国演义[M].上海：上海古籍出版社，2009.

[2]（明）罗贯中.三国演义：维吾尔文：第1册[M].乌鲁木齐：新疆

人民出版社，2012.

[3]刘宓庆.文化翻译论纲[M]. 2版.北京：中国对外翻译出版公司，2016.

[4]权继振.《三国演义》中英雄人物所用兵器的文化解读与翻译探究[J].重庆交通大学学报：社会科学版，2018，18（02）：140-144.

[5]孙秋云.文化人类学教程[M].北京：民族出版社，2004.

[6]易中天.易中天中华史：铁血蒙元[M].浙江：浙江文艺出版社，2018.

[7]乐黛云.多元文化发展与跨文化对话[J].民间文化论坛，2016(05)：10-14.

[8]秦晨，胡成功.11世纪维吾尔文化与中原文化的交流——基于《福乐智慧》的分析[J].山西财经大学学报，2019，41（S2）：109-114.

[9]张宏超.维吾尔诗歌的格律和形式（下）[J].新疆社会科学，1987（02）：77-94.

[10]张宏超.维吾尔诗歌的格律和形式（上）[J].新疆社会科学，1987（01）：109-120.

《西游记》维吾尔文译本述评

日孜万古力·喀哈尔[①] 阿布都外力·克热木
（1.福建江夏学院科研处 福建 福州 350108 2.西北民族大学中国语言文学学部 甘肃兰州 730030）

一、引言

《西游记》是我国古典四大名著之一，在我国文学史上占有重要的地位，也是中华灿烂文化的瑰宝，具有深远的文化底蕴和极高的文学价值。

虽然《西游记》中的内容，即玄奘取经的故事早在1000年前被回鹘翻译家生光法师译成回鹘文，但是吴承恩所著的《西游记》在1964年才翻译出部分内容（孙悟空三打白骨精）并由新疆人民出版社出版，而《西游记》的全译本是在20世纪80年代由穆合塔尔·买合苏提和玛丽亚木·买买提伊明翻译成维吾尔文，由新疆青少年出版社于1988年出版。

由于国内外学者对《西游记》维吾尔文全译本几乎没有介绍，与其相关的研究论文更没有几篇，所以很有必要对《西游记》维吾尔文全译本做全面的介绍。笔者2019年12月17日至23日与《西游记》翻译者穆合塔尔·买合苏提和玛丽亚木·买买提伊明二人通电话进行交流及访谈，了解

① 日孜万古力·喀哈尔，女，维吾尔族，博士，助理研究员，福建江夏学院科研处。

了《西游记》维吾尔文译本的有关情况。

二、《西游记》维吾尔文全译本版本概况

《西游记》的主要内容（玄奘传）已经在《西游记》编写之前在西域被翻译和广泛传播，然而维吾尔文译本（全译本）仅有20世纪80年代翻译出版的《西游记》维吾尔文全译本一种。该版本由新蕾出版社1979年12月第一版1983年1月第3次印刷本翻译，于1984至1988年陆续翻译并出版发行。此全译本共分四册，每册涵盖约25回合内容，一共1976页。因旧版本和新版本有所不同，下面具体介绍各版本情况。

《西游记》维吾尔文全译本（2019年12月10日摄于西北民族大学图书馆）

《西游记》维吾尔文全译本第一版由新疆青少年出版社1988年2月出版，印刷 1400册；1998年2月第二次印刷，先后共印刷6900册，全书1976页。

第一册：1988年2月第一版1989年3月第一次印刷，共1400册；476页。

第二册：1988年2月第一版1989年3月第一次印刷，共1400册；452页。

第三册：1988年2月第一版1989年3月第一次印刷，共1400册；511页。

第四册：1988年2月第一版1989年3月第一次印刷，共1400册；465页。

《西游记》维吾尔文全译本由新疆人民出版社于2008年12月第二次出

版，2008年12月第一次印刷，共印刷3000册。2010年3月新疆人民出版社第二次印刷先后共印刷5000册。

第一册 2008年12月重版 2010年3月第二次印刷，印刷为5000册；427页。

第二册 2008年12月重版 2010年3月第二次印刷，印刷为5000册；469页。

第三册 2008年12月重版 2010年3月第二次印刷，印刷为5000册；463页。

第四册 2008年12月重版 2010年3月第二次印刷，印刷为5000册；419页。

再次2012年11月由新疆人民出版社出版第二版，第一次印刷5000册。

还有《西游记》维吾尔文全译本由新疆青少年出版社1988年2月出版，该版本和由新疆人民出版社2008年12月出版版本的译者同为穆合塔尔·买合苏提和玛丽亚木·买买提伊明。

三、《西游记》维吾尔文译本其他版本（缩小版和青少年版及连环画本情况）

1）《西游记》维吾尔文译本缩小版：该版由吴承恩所写，张延辉改写，2005年7月由民族出版社出版发行。（一本）

2）《西游记》维吾尔文译本青少年版：吴承恩原著，恒如改写，霍加艾合买提·优努斯译，由新疆青少年出版社于2012年4月出版发行。（一本）

3）《西游记》维吾尔文译本连环画本：吴承恩著，2010 年由新疆科学技术出版社出版发行。（共5卷）

四、《西游记》维吾尔文译本国内外研究现状

《西游记》自出版发行以来，已陆续翻译为多个国家和民族的语言文字，引起了很多国内外学者的关注，并从各角度开展了相关研究。国外关于《西游记》维吾尔文译本的研究几乎没有。

国内，由西北民族大学阿布都外力·克热木教授担任首席专家申报的国家社科基金重大项目“我国四大古典文学名著维吾尔文、哈萨克文译本的接受、影响研究及其数据库建设”（项目编号为19ZDA283）荣获目前为止与《西游记》维吾尔文译本研究相关的最大课题。还有笔者主持申报的“中央专项资助博士研究生科研创新项目接受美学视野下《西游记》维吾尔语译本研究”2020年成功立项了。

此外，之前对《西游记》维吾尔语译本的研究极少。笔者在中国知网查询《西游记》维吾尔文译本相关研究，共6篇硕士论文，与新疆少数民族有关的论文2篇以及维吾尔语译本2篇，共10篇左右。显示论文中，汉文占80%，维吾尔文占20%左右。目前为止对《西游记》维吾尔语译本研究的成果主要为以下论文：

1）《西游记》中佛教称谓语及其维译研究

该论文以《西游记》中的佛教称谓语为落脚点，探讨这些佛教称谓语的维吾尔文译方法，并分析翻译过程中对于文化差异的处理方式。该论文分为四个部分：第一部分详细说明了作者的选题依据，简述了佛教称谓语及其翻译的研究现状，简单介绍了论文的研究内容及研究意义；第二部分以对称谓语、佛教称谓语的概念界定为基础，以姓名称谓语、身份性称谓语和泛称称谓语三个类别对《西游记》中的佛教称谓语进行分类；第三部分归纳了《西游记》中佛教称谓语在不同情况下的维吾尔文译方法，其中在对等情况下采用的方法有直译法、直译加注法、意译法，在不对等情况下主要采用的是音译法、音译加注法、音意兼译法、直译法、意译法和省译法；此外，这一部分还对《西游记》中佛教称谓语在维吾尔文译过程中

出现的个别误译现象产生的原因进行了分析和解释。

2）论《西游记》回目中专有名词的维译研究

该论文的一个创新之处在于，专门针对《西游记》译本的回目开展了研究，以章回目录的翻译方法为落脚点，结合历史、文化等因素，对其中出现的各类专有名词进行分析探讨，以适当精准的翻译方式减少《西游记》（维吾尔文译本）读者的阅读障碍和理解难点。

3）《西游记》维译本中妖怪名称的翻译分析

该论文以《西游记》维吾尔文译本为基础，以《西游记》中妖怪名称为切入点，分析译者在对于各种妖怪名称的翻译方法，并尝试对其进行归纳总结。同时，此篇论文的作者还运用了“对等理论”对《西游记》（维吾尔文译本）中妖怪名称翻译的特点进行分析。

4）《西游记》维译本中人物名称翻译研究

此篇论文中，作者将《西游记》汉文中的人物名称分为三大类，探索人物名称的翻译方法，并将翻译这三类人物名称时所运用的翻译方法进行归类、统计和分析。在此过程中，作者还分析了维吾尔文译本中译者解决原文人物名称时所运用的翻译方法的得失，研究了译者在处理不同类型人物名称时所使用的翻译方法的规律和特点。同时，作者还对维吾尔文译本人物名称翻译的质量进行了评价，考察译者所选择的翻译方法是否实现了原文的文化风采。

5）浅析维译本《西游记》中佛教词汇的翻译

该论文以《西游记》（维吾尔文译本）为基础，探讨翻译文中佛教词汇的不同方法，分析个别词汇在翻译上的优劣之处。论文分为三个版块，第一版块说明了研究意义和目的；第二版块概述《西游记》（维吾尔文译本）中佛教词汇的分类，以及对应的翻译方法；第三版块的重点在于对维吾尔文译本《西游记》中佛教词汇翻译时所采用的翻译方法和翻译技巧进行归纳分析。

6)《西游记》中神魔名称及其维译研究

该论文以《西游记》的维吾尔语译本为落脚点，探讨《西游记》中部分神仙妖魔的名称及其来源，以及在翻译过程中采取的翻译方法和特点。并且文中指出，在翻译小说中的神仙妖魔名称时，应当综合考虑原文的历史、文化等因素，选用适当的翻译方法及技巧，以此保持原文的文化内涵，同时减少广大读者的阅读障碍。作者将论文分成三大部分：第一部分中主要对《西游记》中部分神魔名称进行分类，并研究了这些神魔名称的主要来源；第二部分中首先讲述了主要的翻译理论，然后进一步举例分析了《西游记》神魔名称在翻译过程中所运用的一些基本翻译方法。

7)《西游记》在新疆少数民族中的传播

该论文整理了《西游记》在新疆少数民族中的早期传播以及现代传播，梳理了早期《西游记》与新疆少数民族的渊源以及早期蒙古文本《西游记》在新疆少数民族中起的重要作用。指出现代《西游记》在少数民族中的传播途径，包括影视、各种语言译本、改编小品、网络彩铃等。同时，作者还比较系统地分析了《西游记》在新疆少数民族中的传播。

8)《西游记》在新疆少数民族中的传播状况及其对民族文化交流的启示

该论文就《西游记》这一文化瑰宝在新疆少数民族中的传播状态浅谈民族文化交流，对《西游记》在新疆的传播与接受状态进行分析和实地考察，探讨如何就《西游记》的内容和文化特性以及传播特征来进一步促进少数民族与汉族的文化交流，罗列如何传播优秀传统文化、加强新疆各民族的文化交流，以及如何提高少数民族对中华文化的认识和对中华传统文化的认同。

五 、《西游记》维吾尔文全译本翻译背景与翻译策略

1）译者自序

笔者通过专访以及采取电话、微信、QQ邮箱等各种方式采访两位《西游记》维吾尔文翻译者与三位翻译学者专家[①]。了解《西游记》维吾尔文译本的研究背景和研究策略。

一、穆合塔尔·买合苏提提到《西游记》翻译的背景和目的：翻译的目的就是将我国四大名著之一《西游记》介绍给维吾尔族读者，让他们有机会通过本民族语言欣赏这一经典作品。因为当时其他古典名著《红楼梦》《水浒传》《三国演义》都已经翻译出版，翻译水平很高，受欢迎程度极高，影响力很广，广大读者期盼着《西游记》的翻译出版。

二、从翻译难度看,《西游记》的翻译难度并不比其他三部古典名著的难度低，一是它是用文言文写的，二是作品中出现的大量的天上人间水底的鬼神的名称在维吾尔语中很难找到直接对应词语。三是作品中大量的佛教词语需要准确应用梵语中的佛教名称。仅仅这三点不仅需要翻译者要有广博的知识和语言能力，而且要翻阅参考大量的材料。

三、我用三年时间完成了第一、第二卷，也就是前五十回的翻译。刚开始翻译时速度很慢，前十回用了三个多月时间，再往后对文言文熟悉了，对其他名词术语的翻译也找到了技巧，后面就顺了。翻译过程中当然也收到了老一辈学者、翻译家的支持指导书。

四、一部作品两个人的翻译风格肯定有所不同。但是我们忠诚于原作，名词术语是由责任编辑负责统一。

五、翻译诗歌同样难度很大，翻译出来不仅要内容准确而且要像诗歌，要像维吾尔族诗歌，所以诗歌的翻译是真正意义上的二度创作。诗歌的翻译肯定会受到个人风格的影响。因为一首诗十个人翻译会有十种风

① 注释：2019年11月至12月专访著名翻译学家、新疆翻译局原局长特来克·依不拉音先生和著名诗人、文学翻译家依明·艾合买提先生。

格，一首诗一个人翻译十次会有十种版本。

玛丽亚木·买买提伊明在访谈中回忆了她当时在翻译《西游记》时遇到的困难：

一、关于天上、地上的众多神仙的术语（名词），这也直接关系到佛教术语。她以前基本上没看过有关佛教的各种材料或图书，所以在这方面可以说是没有基本知识。于是她首先开始这方面的探索，去找以前在新疆人民出版社工作过的著名语言家、老编辑伊明·吐尔逊请教，因为她知道他以前负责《西游记》全译本的翻译和编辑工作。他知道情况后，热情地给予帮助，并把为翻译这本书而准备的很多名词和术语的译文材料都送给了她。这些材料对她翻译这本书帮助很大。

二、妖怪、凶神太多，它们都有独特而古怪的名字和称号。一些怪兽只有在古代传说中出现过，但它们也有名称。所以她读了三本古今解释词典，尽量按照正确的名字或接近其性格的名词来表述。

三、唐僧从西国带回来的36部佛书的翻译问题。这些佛教书本的书名必须正确地翻译出来。于是她在各方打听联系，最后找到在新疆展览馆工作的一名专家，请他帮忙，他也很热情提供帮助。她就这样解决了这个大难题。

四、翻译中还有一大难点是《西游记》中存在一定数量的诗词。诗词的形式不同于日常用语，翻译上存在的困难较大，而诗词翻译的好坏与否很大程度上会影响整本书的翻译质量。她自己没有这方面的能力，为了提高诗词翻译水平，她又请教专家。首先她去找在新疆广播电视台文艺部从事文言文翻译工作的汉族邻居，这位邻居也是个诗人。他帮助玛丽亚木理解书中全部的诗词，然后玛丽亚木为了更好地表达诗词的表述风格，又去拜访新疆有名的诗人、邻居吐而干·沙吾丁，请他修改翻译完的诗词。这样一来整本书里的诗词翻译更让人满意了。

就这样，经过各方面探索和付出大量的努力，玛丽耳木·买买提伊明比较成功地完成了这本书的翻译工作。

她在这本书的翻译上花费了半年时间。因为那时，玛丽亚木白天上班要完成自己的工作，晚上才能抽出时间翻译这本书。这本书虽然是由两人翻译的，但是她与另外一个翻译常联系、交流意见和看法，有用的材料相互借鉴，因此，也较好地实现了翻译的统一。因为这项任务，她的翻译水平更上一层楼。

翻译的文化词以古书的表达方式为主，部分词语是用现代书的方式翻译的，于2008年由新疆人民出版社再版。这时第一版中的一些不足和不同的名词大多已被修改，整本书的质量更高了。

她在我们的谈话中回忆《西游记》的翻译过程："1980年以后，新疆人民出版社为了把我国古典四大名著介绍给各族广大读者，计划用维吾尔文、哈萨克文、蒙古文翻译出版我国古典四大名著，并召集有关单位的资深翻译工作者专门组织编译组，出版了《红楼梦》《三国演义》《水浒传》。但当时《西游记》的翻译工作因翻译者的年纪较大，工作较多等原因一直没能开展，所以最终也没能翻译出版全译本。后来，也就是到了1986年，新疆青年出版社策划翻译出版《西游记》的少年版，由该出版社的编辑库尔班·巴拉提负责组织翻译。由于《西游记》的汉文少年版是两本书，字数也较多。 于是我接到通知要我翻译第二本（下册），维吾尔文版第三第四（卷）……"

2）老一辈专家学者叙述的情景

特来克·依不拉音：不论按从前还是现在的翻译要求来看，《西游记》的维吾尔语译本，与汉文版一样，深深刻印在了广大维吾尔族读者（观众）的心里。《西游记》全篇都有大量描写神话人物、朝代、社会习俗等方面的词语，而这些词语，在维吾尔语中没有完全对应的词，译成维吾尔文时往往会造成词义的空缺，很难做到准确翻译和表达。如对于汉文版中的"玉皇大帝""王母娘娘""大禹治水""人参果"等在中华文化中家喻户晓的典故词，译者采取了比较灵活的意译、音译、音意兼译的翻译方法，达到了让读者充分理解、便于体会的目的。再如，孙悟空、老孙、猪悟能、八戒、傲来、五行山等采取的是直接音译的方法；紧箍咒、金角大王、黄袍怪、齐天大圣、八卦炉、仙石、三星洞等采取的是直接意译或音意兼译的方法。笔者认为这些翻译方法是十分妥当的。

另外，原著中大量的佛教词语在翻译时采取的是直接按原音音译的方法，达到了译文用词丰富多样的目的。如释迦摩尼、观音菩萨、如来佛、灵吉菩萨、阿弥陀佛、阿难答、迦叶、袈裟等。上述词语的翻译都比较符合翻译的基本原则和要求。

他认为，对我国古典文化作品展开研究，十分有利于筑牢中华民族共同体意识，对于产生积极的文化共识有着实际的推动性作用。

依明・艾合买提：我国四大名著的翻译对民族文化来说是巨大的喜事，四大名著是我国文化的宝贵精品。《西游记》维吾尔文译本译者态度认真，使用的语言丰富多彩。值得一提的是《西游记》原著中有少部分古典诗词，对于译者而言，难度不言而喻。但是读维吾尔文译本时，能够达到阅读原文的感觉。这也许要归功于译者穆合塔尔・买合苏提和编辑库尔班・巴拉提不仅是文学翻译家，同时也是著名的诗人。

六、结语

习近平总书记在2019年9月27日北京举行的全国民族团结模范先进个人和先进集体表扬大会上发表重要讲话，提到“铸牢中华民族共同体思想和意识”，这一指示精神在翻译研究方面同样具有不可忽视的意义。有鉴于此，本论文试图从新时代着眼，与时俱进，分析概述《西游记》的维吾尔文译本书评，这也是研究的必要性所在。此外，笔者认为，对《西游记》维吾尔文译本还应继续挖掘并持续关注，如《西游记》维吾尔文译本与英文译本的方法比较，《西游记》对维吾尔文学的影响研究，《西游记》在维吾尔族中的传播等。

《西游记》的翻译在维吾尔族的传播中处于很重要的地位，古典文化引起的共鸣能够促进民族间的文化交流，推进中华优秀文化的传播，对于铸牢中华民族共同体意识有着不可小觑的作用。综上，研究《西游记》维吾尔文译本具有重要意义，也出现了新的发展方向和研究需要。因此紧抓这一机遇，对其进行创新性的比较研究有着一定的学术价值和意义。

参考文献：

[1]唐红.《西游记》在新疆少数民族中的传播状况及其对民族文化交流的启示[J].东南传播，2014（3）.

[2]唐红.《西游记》在新疆少数民族中的传播[J].新闻爱好者，2011（12）.

[3]周风琴.接受美学视角下《西游记》英译本研究[J].漯河职业技术学院学报，2018（7）.

[4]郑锦怀，吴永昇.《西游记》百年英译的描述性研究[J].广西社会科学，2012（10）.

[5]王丽娜.西游记外文译本概述[J]，文献，1980（12）.

[6]陈文慧.我国接受美学与翻译理论研究综述[J].昆明理工大学学报，2018（1）.

[7]姚斯，霍拉勒.接受美学与接受理论[M].沈阳：辽宁人民出版社，1987.

[8]吴承恩.西游记[M].穆合塔尔・买合苏提，玛丽亚木・买买提伊明，译.乌鲁木齐：新疆青少年出版社，1988.

[9]左芝兰.《西游记》的接受和演绎[M].成都：四川大学出版社，2015.

[10]严治平.《西游记》维译本妖怪名称的翻译分析[D].乌鲁木齐：新疆师范大学，2016.

[11]努日曼古丽・买买提江.《西游记》维译本人物名称翻译研究[D].兰州：西北民族大学，2015.

[12]贾义龙. 浅析维译版《西游记》中佛教词汇的翻译[D].乌鲁木齐：新疆师范大学，2014.

[13]邹艾璇.《西游记》中佛教称谓语及其维译本研究[D].喀什：喀什大学，2016.

[14]谢瑾. 论《西游记》回目中专有名词的维译研究[D].乌鲁木齐：新疆师范大学，2016.

[15]高宁.论译介学与翻译研究空间的扩展[J].中国比较文学，2002（01）.

[16]谢天振.译介学导论[M].2版.北京：北京大学出版社，2018.

可译性限度分析《西游记》中熟语的翻译方法

努尔艾力·库尔班
（西北民族大学中国语言文学学部　甘肃兰州　730030）

摘要：长篇小说《西游记》作为四大名著之一，用词巧妙、富含中华民族文化内涵，其中大量熟语的运用使作品在翻译过程中对译者的翻译水平提出巨大挑战，译者需要仔细斟酌用词、灵活使用翻译方法才能尽可能达到与原文相同的效果，进而更好地传播中华文化、增进民族交流，所以《西游记》中的熟语翻译是有一定学术研究价值的。本文力图从可译性的角度，对书中部分熟语的翻译方法进行分析。

关键词：可译性；熟语；翻译方法

《西游记》作为古典长篇小说，有着丰富幽默的艺术形象、生动曲折的故事情节、灵活鲜明的人物形象、打造出了明代以来中国长篇小说和文学史上不可多得的鸿篇巨制。语言与文化相互依存、相互影响，语言是文化的重要载体。《西游记》中运用了大量的熟语，这不仅强化了语言的表达效果，也更好地展现了《西游记》的文学价值。

《西游记》中的熟语代表着明代时期的生活习俗、文化传统、社会制度的变革和社会生活。这些熟语在语言研究和翻译研究中有着重要的作用和地位。但这样对译者来说是一个很大的挑战，在翻译《西游记》中的熟语时既要必须保留原文内容和文化信息，又要贴合译语的表达习惯。索绪尔指出："一方面，一个民族的风俗习惯会在它的语言中有所反应，另一方面，在很大的程度上，构成民族的也正是语言。"① 熟语是语言词汇系统最重要的组成部分之一，在每一种语言的词汇系统中有着极其重要的地位和作用。《西游记》中熟语的象征意义和维吾尔文译本中的意义相比较，还是有差异的。在特殊的地理环境和生活方式的氛围中养成了整体观照世界的思维方式、对概念的掌握、对事物的理解从来都不是孤立的，而是由此及彼，从一物一事联想到与之相对、相关的另一物另一事。这种认识世界的方式反映在对语言的理解上，就形成了一个民族由此及彼通过联想、引申、比喻等方式扩充熟语的特点。

一、《西游记》中的熟语及分类

《西游记》是中国明代中期一部浪漫主义小说，《西游记》以积极浪漫的创作方法，为我们创造了一个神奇的丰富多彩的幻想世界，开拓了我国古代长篇神话小说创作的新领域。《西游记》中的熟语大多是通过鲜明生动的形象来比拟事物，说明事理的。因而象征性是熟语最具代表性的特点。象征某一事物是否恰当，直接影响到熟语翻译的成功与否和译者的水平高低。但在翻译过程中，由于两种语言的差异所表述的象征事物不同，显然形成了鲜明的形象特征。在本论文中，《西游记》的熟语分为以下几类：成语、谚语和俗语、惯用语、歇后语。按这种分类对《西游记》中熟语的主要特点以及翻译进行探讨。

（一）《西游记》中的成语

成语是人们在长期的社会生活的经验积累中形成的，形式简单而表达的意义精深，因此人们在日常生活、交流和书籍中广泛使用，在《现代汉语词典》中关于成语的界定是："人们长期以来习用的、形式简洁而意思

① 费尔迪南·德·索绪尔.普通语言学教程[M].高名凯，译.北京：商务印书馆，1985：43.

精辟的、定性的词组和短句。汉语成语大多由四个字组成，一般都有出处。”① 王德春先生在《语言学通论》中对成语的界定是：“成语是熟语的主体，它是一种习用的固定词组或固定短句，内部有词和词的结构关系。成语在使用时相当于词，语义上是统一的，表示不可分割的概念，一般担任句子成分。”② 成语是词汇的重要组成部分，“举凡自然界格证事物及社会上各种现象几乎都可以用成语来表达”③ 。对成语的界定不同的学者有着不一样的概念和解释，但是表达的意思是一致的。总而言之，成语是劳动人民在长期的社会生活中流传下来，代代相传的固定的短语和短句。每个人对某一件事物的思维方式、看法和理解都有差异，因此对成语界定的概念和解释每一位学者都有自己的看法。《西游记》中的成语占全书熟语的79%,《西游记》中成语有悠久的历史渊源，所包含的文化内涵十分丰富，语言表达生动形象，在这部小说的语言表达起着独特的作用。

漂洋过海　　dengizlarda leylep

飞沙走石　　qum- sheghillarni uchurush

五谷丰登　　toqchiliq，yurtning bayashatliqi

神通广大　　kamaletke yetken maharet

（二）《西游记》中的谚语、俗语

谚语、俗语作为一种特殊的语言现象，不仅把问题以各种形式表达出来，而且具有哲学性、社会性。王德春在《语言学通论》中给谚语、俗语的定义是：“谚语是习用的固定句子，可表示相对完整的思想，使用时可以成为句子成分，也可以做独立的交际单位。俗语是通俗化、口语化的习用固定，主要在口语中使用，浅显易懂，有一定的形象比喻。”可以看出谚语、俗语是民族智慧和民族文化的典型反映，是各民族语言中较为普遍

① 中国社会科学院语言研究所词典编辑室.现代汉语词典[Z].北京：商务印书馆国际有限公司，2018.

② 王德春.语言学通论：修订本[M].北京：北京大学出版社，2006：144.

③ 刘洁修.成语源流大词典[M].南京：江苏教育出版社，2003.

的一种通俗语言材料和语言宝库。谚语、俗语是民族价值观的判断，经验和总结，寓意深刻、结构紧凑，表达出来的意义具有民族特色。

常言道："物有几等物，人有几等人。"（第88回934页）

konilarda："mal türi bilen，adem xeli bilen" deydighan gep bar.

天有不测风云，人有旦夕祸福。（第10回91页）

bala-qaza körünüp kelmes，put-qolini sanggilitip.

十日滩头坐，一日行九滩。（第99回1048页）

koza künde sunmaydu，künide sunidu.

《西游记》中的谚语、俗语从结构上看有长句和短句，既可以作为句子成分，也可以单独使用。谚语在结构或意义上都包含着各民族语言特色。在广大劳动人民的口头语言中，还有著名的作品中都得到了代代相传和广泛使用。谚语、俗语有单句、成对的偶句和三句式结构，形式上是固定的句子，表达的意义相对来说比较完整。

（三）《西游记》中的惯用语

《西游记》中惯用语具有明代时期的语言特征，大部分是来源于人们的口头之中，感情色彩很丰富，具有隐喻和引申意义，语言简练易懂，通俗朴实，趋于口语化。但是《西游记》中的惯用语在现代汉语的语用习惯中很少见，甚至一部分惯用语根本就不用了。当然，还有一部分惯用语随着时代的发展保留并使用。从意义上讲惯用语比成语、谚语的比喻和形象特征更生动，运用更幽默易懂，语言表达有着深刻的意义。

弄长舌（第4回，39页）chong sözlesh

拿班儿（第23回，219页）hemminglarning köngli tatidu

（四）《西游记》中的歇后语

《西游记》中歇后语的表达形式，反映了明代时期的文化习惯与生活习俗。歇后语中包含着丰富的修辞手段，因此，从修辞的角度看《西游记》中的歇后语有两个很明显的特点：一是生动形象性。《西游记》中的此类歇后语取材于明代社会中人们的现实生活，通过想象和超越人们的常规的逻辑，给人们一种耳目一新的感受。二是诙谐幽默性。《西游记》中的部分歇后语是由两个部分组成的，前一部分制造悬念，给别人产生疑惑和不解，后一部分加以贴切的注释，给人一种意料之外，但又是情理之中的结果。《西游记》故事传播以后，人们联想到现实生活中的事物、人物行为与《西游记》中的人物、故事情节和主题思想，创造出新奇的歇后语。例如：

如来抓悟空 —— 易如反掌

白骨精骗唐僧 —— 一计不成又生一计

六耳猕猴充悟空 —— 冒牌货

孙猴子的脸 —— 说变就变

这种类型的歇后语随着时代的发展数量增多，人们通过口头创造流传下来，具有语言口语化、通俗易懂、生动形象、妙趣横生等特点，还有一部分歇后语意义及形式不固定，意义会随着时代的发展显现出新的含义。

二、《西游记》中熟语的翻译方法

（一）熟语翻译的原则

伟大的翻译家唐朝人玄奘（602 — 664）提出的翻译原则是：“既须求真，又须喻俗。”“求真”指的是追求准确性，准确性是翻译工作的基本要求；“喻俗”指的是通俗易懂，使读者大众理解，而这是强调翻译的效果。19世纪末，也就是清末时期著名的翻译家严复提出翻译的三个原则“信、达、雅”，“信”是忠实内容，“达”是通顺，“雅”是保持风格。美国著名的翻译理论学家尤金·奈达（EugeneA.Nida）20世纪60 年代提出了功能对等理论，奈达功能翻译的原则指出翻译不仅是词汇意义上的对等，还包含着语义、文体和风格的对等。① 王德春教授在《语言学通论》书中把翻

① 尤金·A.奈达.语言与文化[M].严久生，译.呼和浩特：内蒙古大学出版社，1998：112.

译的标准分为三种："一是等值的再现原著的意义内容。二是等值的再现原著的话语风格。三是译文的语言表达要做到与原文相应的通顺。"[①] 以上诸多的学者对翻译原则的表达形式不一样，但是表达的意义内容是一样的。学者们讲到的理论实际上都是一样的，翻译时对原文所表达的内容的忠实、翻译时保持原文的话语风格、翻译时保持译文和原文一样语言流畅。从学者们提出的翻译原则来看，首先每个人都以译文的准确性为前提，然后提出了译语的流畅和简洁易懂，译者在翻译实践中，根据原文选择最恰当的词来翻译，才能准确完整地表达原文的意思。

翻译中的忠实原则是对译者和译语的最高要求之一，熟语翻译中译者为了体现熟语的意义及文化含义，翻译时需要适当地调整熟语的的语言结构来表达原语的文化因素。由于汉、维两种语言的表达习惯和语法结构存在着一定的差异，所以翻译时忠实于原语的表达习惯和语法结构是很难的。译者翻译《西游记》中的熟语时，为了忠实于原文，并保持译语的流畅，结合语境中的故事情节，会灵活处理熟语的翻译。例如：

玉帝传旨，即着雷部众神，分头请三清、四御、五老、六司、七元、八级、九曜、十都、千真万圣，来此赴会，同谢佛恩。又命四大天师、九天仙女、大开玉京金阙、太玄宝宫、洞阳玉馆，如来高座七宝灵台，调设各班座位，安排龙肝凤髓，玉液蟠桃。

上例"龙肝凤髓"熟语中的"龙肝"的维吾尔语意思是"ejdaha jigiri"，凤髓的意思是"somurugh yiliki"，其实熟语的字典意义是比喻极其难得的珍贵食品，这"龙、凤"是很神圣的，很尊贵的动物。

译者在维吾尔文译本中翻译成"türlük nazu nëmetlirini, ësil sharap enbiyal arni"意义是"很多好吃的，各种山珍海味"，意义结合语境中的故事情节，语境中的意义为基础，词义作为附加翻译的。

① 王德春.语言学通论：修订本[M].北京：北京大学出版社，2006：331.

（二）翻译方法

《西游记》中的熟语包含着汉字文化的精彩部分，在日常生活中给人们带来诸多的乐趣。翻译汉语熟语是一件十分复杂和困难的事情。熟语与历史文化、语言和文字密切相关，但由于人类的思维方式有相同点，因此汉语熟语的维吾尔文翻译是有可能的和必须的。翻译以内容为主，形式为准，译者在熟语翻译实践中要依靠语境和自己的创造力。

1. 理解中的选义

翻译是沟通两种文化的语言活动。从本质上看，翻译是一种特殊的交际过程，即一种双语言、双文化的语言交际过程。翻译过程中的理解是有准确的目的性的，以尽可能地再现原文的意义和内容。翻译要全面地理解原文，内容细致、意义深入。翻译是两种语言之间的交流，所以理解过程中想象力、思维是双向交替进行的，因此翻译中的理解在翻译实践过程中很关键，也十分复杂。

翻译作品，要求译者对原文理解要准确、完整和保持译文的易懂流畅，在翻译过程中对原文的理解是最重要的，要想完整地理解原文，就必须对原文的语言和文化有充分的理解，这样才能准确地把握作品的内容，准确地理解它的含义。理解是原语作品再现过程中的首要阶段，是保证译文质量的前提和基础。理解中首先需要将词义结合上下文。其次，理解好语法关系，因为词汇是语言的建筑材料，语法是语言的组织规律。最后，理解在翻译过程中需要译者的广博知识。例如：

大圣道："胜负乃兵家之常。古人云：'杀人一万，自损三千'，况捉了去的头目乃是虎豹、狼虫、獾獐、狐狢之类，我同类者未伤一个，何须烦恼？他虽被我使个分身法杀退，他还要安营在我山脚下。"（《西游记》第五回52页）

urush degende yengish yengilish bolup turidu, dëdi sun wukung buni anglighandin këyin, konilar «chiqimsiz ghelbe bolmas» deptiken, uning üstige tutup këtilgenler sapla yolwas yilpiz, böre janda tülkiler iken. bizning uruqimizdin birimu ziyan zexmetke uchrimaptu, buninggha qayghuridighan nemisi bar, gerche ularni men sëehirygerlik bilen chëkindürgen bolsammu, ular yene tagh turarmizgha këlip bargah tikleydu .

理解在翻译过程中需要译者的广博知识，例中“杀人一万，自损三千”，字典意义是在打仗时杀了敌人的好多人，但是自己损失也不少，维译本中“chiqimsiz ghelbe bolmas”的意思就是，没有付出就没有成功。从例句中不难发现译者对原文的背景是了解的，且知识也很广博。如果译者的知识不够，句中的熟语“onming adem öltürüp, üchming ziyan tartish”直译，一方面不符合译文的逻辑和表达习惯，另一方面影响对原文的理解，无法传达原文的内容和思想。

2. 表达中的选词

翻译中，译语应遵循用词贴切、恰如其分，行文简洁、文从字顺、语体吻合及风格一致的准则。理解是表达的前提，没有确切的理解，就不可能有正确的表达；表达是理解的结果，如果没有正确的表达，理解得再好也没有用。因此，在译语表达选词时注意词义的广义和狭义、词的适用范围、词义的褒贬以及语体风格要搭配得当。例如：

那妖邪将三藏捉住，引群精径回水府，厉声高叫：“鳜妹何在?”老鳜婆迎门施礼道：“大王，不敢！不敢！”妖邪道：“贤妹何出此言！‘一言既出，匹马难追。’”原说听从汝计，捉了唐僧，与你拜为兄妹。(《西游记》第四十八回503页)

jaduger alwasti tang senzangni tutuwalghandin këyin mexluqlirini qayturup këlip:

– singlim chatisi, qëni sen?– dep towlidi.

qëri chasti: padishahi alem, men bu yerde, dëginiche ishiktin salam bërip kirdi. nimanche tartinchaqliq qilisen, qedirlik singlim, – dëdi jaduger alwasti, – “yolwas izidin, yegit sözidin yanmas” deptiken, men sëning mesliheting boyiche tang senzangni tutuwalghandin këyin, sen bilen qol bëriship aka singil bolimen dep wede qilghan .

例句中“马”译成维吾尔语时借用动物“yolwas”来表达意义。借用法是在成语中所表达的意义，翻译时应注意成语中具有象征意义的词，译入语中找出包含象征意义和原语相近的词语进行翻译。

3. 翻译中的灵活性

翻译中的灵活性体现在处理不同文化之间象征意义的差异和翻译方法上。前面所说，熟语是文化镜子。《西游记》中熟语包含着丰富的象征意义，译者在翻译实践过程中根据上下文灵活处理熟语所包含的象征意义。熟语的象征意义具有一个文化独有的特点，包含着一个民族的文化信息。《西游记》中熟语的象征意义和维吾尔文译本中的意义相比较，还是有差异的。在特殊的地理环境和生活方式的氛围中养成的整体观照世界的思维方式、对概念的掌握、对事物的理解从来都不是孤立的，而是由此及彼，从一物一事联想到与之相对、相关的另一物另一事。这种认识世界的方式反映在对语言的理解上，就形成了一个民族由此及彼通过联想、引申、比喻等方式扩充熟语的特点。《西游记》中包含象征意义的熟语十分丰富。例如：

三藏闻言，点头夸赞："正是'离家三里远，别是一乡风。'我那里人家更无此善。"(《西游记》第十五回150页）

bu sözni anglighan tangsenzang bëshini lingshitip turup maxtap ketti we：－"jahan kezseng közüng echilar" dëgen shu-de!bizning u yerdiki kishilerning qolidin hergiz bundaq yaxshiliq kelmeydu，－dëdi.

例句中的“三里”表概数，形容距离近。“乡风”乡里的风俗习惯。译者在翻译时采用直译法译成“jahan këzsëng közüng echilar”，所表述的含义是：多出去走走看看世界，让你大开眼界，使用意译法表达了原语中的意义。

4. 翻译中的多样性

翻译中的多样性指的是，翻译实践过程中原语用词丰富多彩，而又语体吻合、贴切得当的语言形式。把反复出现而又意思不变的的句子、词语、词组、固定短语在译语中翻译成生动活泼、符合译语的表达习惯来表达原语的意义。在翻译实践过程中译者注意译文的多样性也是十分重要的。同一篇文章或文学作品中，一个词语、词组、句子、成语会反复使用。如果译者对这些词句不做处理，千篇一律，这说明译者的词语贫乏，并且译文的表达效果会显得枯燥无味。在不同的上下文中，译者应对这些词语、词组、句子、成语采用多种翻译方法，用不同的译文进行处理，而译出同样语意，就能使整篇译文或整部译著词语显得丰富、生动有趣。《西游记》这部神魔小说共有一百回，同一个熟语反复出现多次，甚至十几次。译者对这些重复出现的熟语，运用多种翻译方法灵活处理，充分显示了翻译中的多样性。以“神通广大”为译例：

①巨灵神回至营门，径见托塔天王，忙跪下道：“弼马温神通广大！末将战他不得，败阵回来请罪。”（《西游记》第四回39页）

sur qamet serkerde bargahqa qaytip kelgendin këyin，wayjirawanalining aldigha tizlinip olturup mundaq dëdi：miraxor heqiqeten karamet nerse iken，men uninggha teng këlelmey，yengilip qaytip keldim. kechürgeyla!

②大仙闻言，更不恼怒。道：“莫哭！莫哭！你不知那姓孙的，也是个太乙散仙，也曾大闹天宫，神通广大。既然打倒了宝树，你可认得那些和尚吗?”（《西游记》第二十五回242页）

boldi yighlimanglar!– dëdi pirkamil hatirjem qiyapette turup，siler sun wukungni chüshenmey siler，umu ershtin qoghlandi qilinghan ewliya，pem parasette kamaletke yetken nerse，ershnimu maliman qilghan，siler dere hni weyran qilghan shu rahiblerni tonuwaldinglarmu.

③三藏道：“徒弟，我这一梦，不是思乡之梦。”因这等这等，如此如此，将梦中话一一的说与行者。行者笑道：“不消说了，他来托梦与你，分明是照顾老孙一场生意，必然是妖怪在那里篡位某国。等我与他辨个真假。”三藏道：“徒弟，他说那妖怪神通广大哩。”（《西游记》第三十七回

370页）

tang senzang chüshide körgenlirini sun wukungga bir birlep sözlep berdi. buni anglap sun wukung külüp ketti. boldi sözlimeyla qoysila，uning silerning chüshlirige kirip kelgini，shübhisizki，mëni bikar qaptu dep ish tëpip bergini，u alwasti rastinla uning padishahliq tehtini tartiwalghan bolsa ，men bërip uning rast yalghanliqini bilip këley .

– u alwastini qolidin ，her qandaq ish kelidighan nerse deydu.

“神通广大”在《西游记》中重复33次，原意是指神仙法力无所不能，现比喻办法多，本领高强。译本中翻译为“heqiqeten karamet，kamaletke yetken，maharet，qolidin ishkëlidighan”（有本事的意思）。

上面所举的仅仅是《西游记》及其维译本中的部分例子。翻译中的多样性译法一方面可以使我们从多种译文中选择最佳的译文，另一方面可使原文中反复出现的词句拥有多种译法，以开拓译者思路，增加译文的选择余地，从而使整个译文既忠实于原文，又行文流畅，生动活泼。

三、可译性限度分析《西游记》中的熟语

“可译性”是翻译的基础，然而除了可译性以外，翻译中还有“不可译性”。“不可译性”理论在约翰·卡特福德的《翻译的语言学理论》中出现。德国语言哲学家洪堡特认为世界上的自然语言同时具有普遍性与特殊性，前者决定了原著的可译性，后者决定了原著的不可译性。在没有对等的词、形式结构和内容必须兼顾的情况下和原语中的词语具有文化含义等情况下，原文的词语无法在译文中表达出来。翻译中的这种情况属于“不可译性”。《西游记》中熟语的不可译现象体现了两种文化的差异，但译者在《西游记》的翻译实践过程中巧妙地采用借用法体现了原语的含义。

1. 借用法

借用法的界定是指不同的两种语言在进行翻译时，把原文表达的意义

体现在译文中，用不同的词语和形象来表达原文整体意义的方法。《西游记》维吾尔文译本中部分熟语所表达的意义相同，在翻译时遇到这样的情况我们可以采用借用法。如：

①行者道："师父错怪了我也，这厮分明是个妖魔，他实有心害你。我倒打死他，替你除了害，你却不认得，反信了那呆子谗言冷语，屡次逐我。常言道'事不过三'，我若不去，真是个下流无耻之徒。我去！我去！——去便去了，只是你手下无人。"（《西游记》第七十二回266页）

sun wukung : sili mëni hata eyiblewatidila, ustazim , bu eblex rasttin la alwasti , u silini qestlesh niyitige kelgen , men sizni asrap, uni yoqatsam, manga rehmet eytish uyaqta tursun, bu chidimas hangwaqtining ot quyruqluq qilghinigha ishinip, mëni qoghliwetmekchiboluwatila, «mertem mertem üch mertem "deptiken , men silidin ayrilsam döyüz bolup ketmemdimen? men siler ge egeshkinim egeshken menghu ketsem këtettim , biraq qol astida adem qalmi sa qandaq bolidu?– dëdi .

例中的"事不过三"意思是指同样的事不宜连做三次，如直译可译成"hemme ishlar üch qetimdin ashmasliq "，但这不符合译入语的表达习惯，所以，译者翻译时采用"mertem mertem üch mertem"，用相似的熟语来表达。

②那虎力大仙，欠身拱手，辞了国王，径下楼来。行者向前拦住道："先生那里去？"大仙道："登坛祈雨。"行者道："你也忒自重了，更不让我远乡之僧。——也罢，这正是'强龙不压地头蛇'，先生先去吧。"（《西游记》第四十五回464页）

bu chaghda, yolwas küchlük bir kalan padishahqa ghol qoshturup tazim qilghandin keyin rawaqtin chüshti. sun wukung derhal uning aldini tosup: texsir qayaqqa mangdila ?–dep soridi.–peshtaghqa chiqip yamghur tiligili, –dëdi pir kalan. bizdek yiraqtin kelgen rayipqa yol bermey, özlirige bek ishinip ketile, dëdi sun wukung sözini dawamlashturup, " yolwas öy müshükidin qizghanmas” dëgen gep bar，meyli teqsir，awwal bërip baqsila .

例中的“强龙不压地头蛇”比喻实力强大者也难对付当地的势力，直译的话翻译成“küchlük ejdiha yer yilinini basmaydu”。“龙”是中国等东亚国家古代神话传说中生活于海中的神异生物，所表示的象征意义比较神圣、强大，“蛇”的正面象征意义：一是幸运、吉祥和神圣，二是追求爱情和幸福，三是长寿、生殖和财富。维吾尔语中“龙”表示庞大的动物，“蛇”象征狡猾，恶毒的人。两种语言所象征的意义不同，如直译会遗失原语的意义，译者翻译时借用维吾尔语中的“yolwas öy müshükidin qizghan mas”搭配，所表示的意义是“老虎不会欺负家里的猫”，维吾尔语中“老虎”象征神勇与威武，“猫”象征温柔或不知好歹。意义和原语中的熟语相似。因此，借用这熟语表达原语中的意义。

2. 增词法

增词法指的是，在译文中增加一些原文字面上没有的词。加词必须在忠实于原文内容的前提下加词。如：

行者伫立岸上，对八戒说：“兄弟呀，这妖也弄得滑了。他再不肯上岸，如之奈何？”八戒道：“难！难！难！战不胜他！——就把吃奶的力气也使尽了，只绷得个手平。”行者道：“且见师父去。”（《西游记》第二十二回211页）

sun wukung qirghaqta turup deryagha bir pes tikilgendin këyin：bu jadugermu hiyligerliship qaldi，emdi chiqishi natayin，qandaq qilimiz?-dëdi jubajigha burulup：- uni yengmek ejepmu qiyin chushtighu!-dëdi jubaje，-pütün küchümni serip qildim，yenila tengliship qalduq. ular qaytip këlip ehwalni tang senzanggha ëytti .

例中的“吃奶的力气”字面意思是小孩在吃奶的时侯是要花很大力气的，比喻做某一件事把所有的力气都用上。如果用原语的直译就不符合译入语的表达习惯。因此，译者翻译时用“pütün”来表达“吃奶”的含义，维吾尔文译本中译为“pütün küchümni serip qildim”，就符合原语的表达习惯，意义贴切。

四、结语

总之，翻译实践过程中译者必须结合语境中的故事情节，结合上下文，按原文中故事情节的意义出发，以原文中表示的感情色彩具体语义为基础，才能把原文内容表达得准确无误，贴切译语的表达习惯来传达给译文读者。《西游记》维吾尔文译本的翻译很成功，译者采用的翻译法和翻译技巧都很合理。本文主要以《西游记》中熟语的维吾尔文译翻译研究为目的。首先，找出《西游记》中的熟语并分类，对《西游记》中熟语的维吾尔文译原则、标准、翻译中的选词、翻译的多样性、灵活性、可译性限度的处理等进行探讨。然而到目前为止，研究《西游记》中熟语翻译方法的文章和文献确实不多，故本文弥补了《西游记》在维吾尔语翻译方面存在的空白，旨在为研究《西游记》及其翻译的同行提供借鉴与参考。

参考文献：

[1]吴承恩.西游记：上、下[M].天津：新蕾出版社，1979.

[2]吴承恩.西游记：译本[M].乌鲁木齐：新疆人民出版社，2008.

[3] 赵江民.汉维熟语翻译的文化透视[J].新疆社科论坛，2010（02）.

[4] 谭波尔，关红.浅析汉维熟语的翻译文化内涵[J]. 语文学刊：外语教育教学，2016.

[5] 努尔艾力・库尔班，阿尔帕提古丽.从汉语词语翻译的角度看《西游记》的维吾尔语译本[J].民族翻译，2020（05）：67–73.

意深与形美:《好了歌》维吾尔文译本与英文俄文译本对比论析

再纳汗·阿不多　阿布都外力·克热木
（1.喀什大学人文学院　新疆喀什　838000　2.西北民族大学中国语言文学学部　甘肃兰州　730030）

摘要:《好了歌》是文学经典《红楼梦》中的意蕴深刻而韵律优美的诗词。《好了歌》的哲理美和艺术美引起了国内外译者的翻译兴趣，产生了多语种的译文。我们对《红楼梦》维吾尔文、英文、俄文译本中《好了歌》的形式上的翻译方法进行研究，从微观层面对《红楼梦》维吾尔文、英文、俄文意随形译方法进行分析，对译本翻译方法进行了描述性阐释，从中可以看出对同一作品翻译存在翻译审美共同感，此方面的研究对读者接受韵文形式美翻译问题有一定的价值意义。

关键词：古典诗词；古典文学;《好了歌》；维吾尔文、英文和俄文翻译

《红楼梦》的诗词研究是红学研究中的一个焦点领域。《好了歌》是《红楼梦》诗词研究中的热点问题。《好了歌》研究除了古典诗词格律和修辞研究之外，国内外多语种译文阐释和接受研究是其新拓展的一个研究空

间。接受者对艺术首先感知的是形式因素，研究作品的形式因素的翻译也极其重要。研究审美自觉，必须论及形式自觉，否则便无法真正理解审美艺术的自觉是从艺术语言基本单位开始的，诗歌的形式美因素对读者接受也有极其重要的作用，所以本文选择论及格律文体翻译中的形式问题，并且“《好了歌》堪称《红楼梦》之‘纲’”[①]，反映的是人生在世，世人想要像神仙般潇洒自在，却时刻被世事的功名、金银、娇妻、儿孙所烦恼，但也潜在的对人欲望控制有一定的功能作用。以下对《好了歌》维吾尔语、英语翻译中的形式美问题进行研究。《红楼梦》的维吾尔文译全译本是以1964年人民文学出版社2月出版的版本为底本。《好了歌》维吾尔文译作较为成功，这种成功不仅体现在作品内容上的成功，译者更加注重形式美在韵文中的作用，也体现在形式翻译的成功上，在《红楼梦》英译本中，霍克斯可称是经典。[②] 以下就该韵文的翻译方法进行比较，来探讨翻译审美共同感。

《好了歌》原文

1世人都晓神仙好，　　2惟有功名忘不了！
3古今将相在何方，　　4荒冢一堆草没了。
5世人都晓神仙好，　　6只有金银忘不了！
7终朝只恨聚无多，　　8及到多时眼闭了。
9世人都晓神仙好，　　10只有娇妻忘不了！
11君生日日说恩情，　　12君死又随人去了。
13世人都晓神仙好，　　14只有儿孙忘不了！
15痴心父母古来多，　　16孝顺儿孙谁见了？

维吾尔文译文：《obdan ve tamam》[③]

① 党争胜.《红楼梦》英译艺术比较研究[M]. 北京：北京大学出版社，2012：14.

② 其煌.《好了歌》的七种英译[J]. 中国翻译，1996（4）. 党争胜.《红楼梦》英译艺术比较研究[M]. 北京：北京大学出版社，2012：14.

③ 热合曼·马木提，等译.红楼梦[M] .2版.乌鲁木齐：新疆人民出版社，2012：25.

1 xälqi–aläm däydu birdäk pärištä obdan,

2 ämma çiqmas nam–šöhrät yadidin tamam,

3 ötkänki šu xan–wäzirlär nälärgä kätti,

4 görlirni otlar besip boldi bayawan,

5 xälqi–aläm däydu birdäk pärištä obdan,

6 ämma，çiqmas altun–kümüš yadidin tamam !

7 xäzinäm az däp kyçä–kündüz çekidu häsrät,

8 toplaydiyu，udunyaøa bolidu rawan,

9 xälqi–aläm däydu birdäk pärištä obdan,

10 ämma çiqmas sätäŋ xanim yadidin tamam!

11 hayat çaøda mehribanim däydu u sizni,

12 ölgändä siz，yat käynidin ketidu šu an,

13 xälqi–aläm däydu bir däk pärištä obdan,

14 ämma，çiqmas äs–yadidin pärzänti tamam,

15 jik hamaqät ata–ana ötti kädimdin,

16 šu pärzäntiŋ saŋa wapa qiløanti kaçan?

英文译文:《Won – Done Song》(请加以注释)

1 Men all know that salvation should be won,

2 But with ambition won' thave done, have done .

3 Where are the famous ones of days gone by ?

4 In grassy graves they lie now, every one .

5 Men all know that salvation should be won,

6 But with their riches won' thave done, have done .

7 Each day they grumble they' ve not made enough,

8 When they' ve enough, it' s goodnight everyone !

9 Men all know that salvation should be won,

10 But with their loving wives they won' thave done .

11 The dalings every day protest their love：

12 But once you’re dead，they’re off with another one .

13 Men all know that salvation should be won，

14 But with their children won’thave done，have done .

15 Yet though of parents fond there is no lack，

16 Of grate ful children saw I neer a one .

俄文译文1958版《Отом，чтовлечетичтопройдет》①

1Понятналюбомуотшельникасвятость，

每个人都知晓隐居者的神圣，

1 любогоотшельниквлечет. 所有人都羡慕隐居者。

2 Однакомечтаопочетеиславе 可是关于荣耀和光荣的梦想，

никакулюдейнепройдет. 无论如何人们都不会放过。

3 Велюможивоителей было немало，官员和将领很多，

кудажедевалисьони？他们都藏到哪里去了？

4 Курганутопаетвбурьяневысоком，古墓隐没在高高的荒草里，

кольвремяихжизнипройдет. 等到他们生命将逝去的那一刻。

1 Понятналюбомуотшельникасвятость，每个人都知晓隐居者的神圣，

любогоотшельниквлечет. 任何人都羡慕隐居者。

2 Датолькомечтаобогатственесметном 只有关于无数财富的梦想，

никакулюдейнепройдет. 无论如何人们不会放过。

3 Всюжизничеловекаоднозанимает，有一样东西占用了人全部的生命，

чтомалобогатстваему. 那就是让他感到寥寥的财富。

4 Накопитбогатство，закроютсяочи，财富积攒，眼睛也闭上，

① 刘名扬.《好了歌》两个俄译本的复译比较研究[J]. 内蒙古师范大学学报：哲学社会科学版，2015（1）：100-105.

иживзньчелавекапройдет. 那人的生命也将逝去。

1 Понятналюбомуотшельникасвятость，每个人都知晓隐居者的神圣，

любогоотшельниквлечет. 所有人都羡慕隐居者。

2 Датолькомечтаособлазнахкрасавиц 只有关于美丽女子诱惑的梦想

икакулюдейнепройдет. 无论如何人们都不会放过。

3 Красавицакаждыйденьуверяет，美女每天都相信，

чтовамблагодарнаона 她感恩于您。

4 Новотвыумрете，другойподвернется，但当你死去，她又遇着他人，

истрастьеёсразупройдет. 于是她的激情又将逝去。

1 Понятналюбомуотшельникасвятость，每个人都知晓隐居者的神圣，

любогоотшельниквлечет. 所有人都羡慕隐居者。

2 Датолькозаботаодетяхивнуках 只有关于对儿孙的担心，

Никакулюдейнепройдет. 无论如何人们都不会放过。

3 Мызнаемродителей，сердцемскорбящих，我们知道悲痛心情的父母，

инынеивдревниедни. 无论现代还是古代。

4 Абудешьискатьблагодарныхпотомков，你要寻找会感恩的后辈，

ижизньтвоядаромпройдет. 那你的生命将会白白消逝。

俄译文1995版《Отом，что"влечет"，нонeвсех"наперече》[①]

1 Про монашью святость в мире этом знаем толкивсенаперечет，

在这个世界上关于僧侣的神圣我们都知道，

2 Всеравнокбольшимчинамиславе　грешногоземляникавлечет！

人人都羡慕有罪之人拥有的巨大名望和荣誉！

① 刘名扬.《好了歌》两个俄译本的复译比较研究[J]. 内蒙古师范大学学报：哲学社会科学版，2015（1）：100-105.

3 Новедьих，вельможиполководцев，

要知道以前曾有很多达官和将帅，

3 раньшебыломного，……атеперь？而现在呢？

4 Славныемогилыодичали，高大的坟墓变得荒芜，

4 ивбурьянезахирелпочет！而荣耀也在荒草里随着枯萎！

1 Про монашью святость в мире этом знаем толкивсенаперечет，

在这个世界上关于僧侣的神圣我们都知道，

2 Всеравнотого，ктočтитбогатство，кзолотуисеребрувлечет，

那些尊重财富的人喜好金银的态度都一样

3 Алчныйчеловеквесьвексвойдолкийсетует，чтомалонакопил，

贪婪的人整个世纪都为积蓄不多而感叹长久

4 Апотомегосомкнутсяочи，而后他的眼睛闭上，

звонмонетотсмертинеспасет！钱币的叮当声也不能令其从死亡解脱

1 Промонашьюсвятостьвмиреэтомзнаемтолкивсенаперечет，

在这个世界上关于僧侣的神圣我们都知道

2 Всеравнооженшинепрекрасной所有人对待美女都是一样，

незабудешь，еслиикнейвлечет，你不能忘怀，如果爱慕她

3 Аона，поцелымднямворкуя而她整天围绕左右

иблагодарядадоброту，并感谢你的恩情

4 Улизнетнемедленнокдругому，她将很快地偷偷投向他人

еслимужвнедобрыйчасумрет …… 如果丈夫在不合适的时间死掉

Промонашьюсвятостьвмиреэтом знаемтолкивсенаперечет，

在这个世界上关于僧侣的神圣我们都知道

Предковиродителейиздревлекдетям，внукам，правнукамвлечет，

先辈和父母自古以来都喜欢子孙，

2 Ивсегдаихбылоочень много，сердобольныхдедовюныхчад，

总是有很多富于怜悯的祖辈，

3 Нобывалоль，чтобсыныивнукиправедностьюславилисвойрод？

但是能有赞美自己先辈的子孙么?

在格律方面，1995年版很好地继承了1958年版《好了歌》的诗歌韵律，“一、二、四句也都押‘－ёт’韵，……，如词尾押韵就有наперечёт，влечёт，почёт，спасёт，умрёт，пройдёт。наперечёт（全部、全体）作为副词，和все（所有、全部）一起来修饰толк（文本为复数形式толки，解释、道理），强调‘世人都晓神仙好’是众所皆知的一个固定事实。但在对应‘好’‘了’一词的翻译处理上，却未严格遵循中文文本，而是为了单纯的押韵而打乱了诗句的顺序。人称方面，1995年版也是灵活多变。有时是не забудешь（你不能忘怀）的第二人称，有时又是站在读者的角度上别出心裁地以第一人称作为主语，如знаем（我们知道），设身处地地为读者着想，也沟通了作者和读者之间的情感。前后人称不一致，也显得更为灵活。”① 与维吾尔文一个译本相比，俄文两个译本显得更充分地表达了原文的人生哲理含义和艺术含量。与英文的七种译本相比，俄译版也彰显其独特的译文魅力。

一、从标题中的舍词看意随形译的翻译方法

三种语言在题目的翻译上都舍去了影响押韵形式的词，大致运用的同样的翻译方法，维吾尔译文是《obdan ve tamam》，霍克斯把该歌谣名译为《Won –Done song》。《好了歌》中“好”和“了”是歌谣中的信息焦点词，

① 刘名扬.《好了歌》两个俄译本的复译比较研究[J].内蒙古师范大学学报：哲学社会科学版，2015（1）：100–105.

跛足道人说："好便是了，了便是好"，含义为：人只有和功利的世界了断一切联系，才是彻底的"好"。维吾尔译文中"了"翻译成"tamam"奇妙绝好，再不可有第二个维吾尔语词替代，"tamam"在维吾尔语中有两个意思：第一，全部；第二，完，终。这个词在译文中可以理解为全部终结，起到了语义双关的作用，并且原文歌谣韵脚押韵也在两个词上，维吾尔文译文也做到了在这两个词上押韵，霍克斯歌谣名译为《Won –Done song》，译文中"Won"和"Done"题目的翻译也在两个词上，不同译者运用了同样的翻译方法，遵循了"末尾焦点"的原则。维吾尔文译文《obdan"好"ve"和"tamam"终结，了"》，这里"歌"没有被翻译出来，关于《好了歌》的特色，脂砚斋的批语为"此等歌谣，原不宜太雅，恐其不能通俗，故只此便妙极。其说得痛切处，又非一味俗语可到"。[①] 从维吾尔译文中为了达到雅化，把"好了歌"中的"歌"舍去了翻译，歌谣在维吾尔古体诗名称中称为"毕依提（biyit）"，在民间文学中可以称为"kušak"，在现代可以称为"naxša"，译者可能考虑到"biyit"太维吾尔语古典化，所以没有用"biyit"来翻译，"kušak"太民间化译者也没有用，更重要的是如果翻译出来题目就缺少押韵感，霍克斯把歌直译为"Song"，在英语中歌谣为"folk song"，译者为了押韵把"folk song"中的"folk"舍去了，两个译者在翻译时都遵循押韵问题舍去了一些词的翻译，《好了歌》作者用民间语言风格，概括了人世间普遍存在心理深处的情感矛盾，《好了歌》是跛足疯道人所唱的歌，"……自然一点点文绉绉的语言都不能用，它只能用任何平民百姓，妇女儿童都能听懂的话……"[②]《好了歌》中的"歌"如何翻译有待商榷。霍克斯把该歌谣名译为《Won –Done song》（《好了歌》）中 won done 表达"赢了"之意。Song保留了原文词义"歌曲"。俄文词曲标题《Отом，чтовлечет что пройдет》（1958年版）表达了"关于羡慕和失去"，"歌"（"пецния"）省略了。влечет一词表达"羡慕、好极

① 冯其庸重校评批．瓜饭楼重校评批《红楼梦》[M]．沈阳：辽宁人民出版社，2004：17.

② 蔡义江．《红楼梦》诗词曲覆全解 [M]．上海：复旦大学出版社，2014：9.

了”之意，пройдет“经过、通过、失去、逝去”之意。1995年版的《Отом，что”влечет“，ноневсех”наперече》《关于羡慕并不是全部》，这一标题翻译看似并不是一个歌名，更像是一个文章标题。[①] “напереченёт”一词常和все连在一起，表示“全部、一切”之意。这一标题翻译与原文标题差距较大。

二、从改变原目标语词义看意随形译

王国维在《红楼梦评论》中谈到“生活之本质何？‘欲’而已矣”。[②] 在此歌谣中，世人对“功名”“金银”“姣妻”等是欲，与这些欲对立的形象是无欲的“神仙”，因为“神仙”是中国道教特有的词，也可以说是该歌谣的词眼，不管翻译成任何语种都有争议，此词的翻译着实不易，但“神仙”在此歌谣中的翻译极其重要。此歌谣中“神仙”侧重的不是无法无边的神力，而是其无欲无求人生境界,《好了歌》中的“神仙”译成维吾尔文为：“pärištä”[③]，“pärištä”本意是天使之意，“pärištä ”[④] 是仙的一种，维吾尔语天使和汉语道教的神仙是相同归属不相同意义的词。维吾尔语中有更接近的词“äwliya”，“äwliya”是能预知未来，帮助人们解决困难的仙，译文中没有用“äwliya”。维吾尔语中有更接近的词“zayit”，“zayit”也是远离人群，与世隔绝地单独生活，这和“神仙”有一点相似之处，但不太一样的地方是“zayit”在荒凉的地方生活，“神仙”是在深山有花有植物，环境美好的地方修炼，但是有相同的人生境界，译者为什么不用“zayit”“äwliya”，译者或许考虑到，此句的格律要统一押韵，选

① 刘名扬.《好了歌》两个俄译本的复译比较研究[J].内蒙古师范大学学报：哲学社会科学版，2015（1）：100–105.

② 王国维，等.王国维、蔡元培、鲁迅点评《红楼梦》[M].北京：团结出版社，2004：50.

③ 山川.佛教的传入与回鹘佛教文学[J].新疆民族文学，1984（6）：86–89.

④ 山川.佛教的传入与回鹘佛教文学[J].新疆民族文学，1984（6）：86–89.

择了“pärištä”，霍克斯译成“salvation”拯救，“salvation”与西方的文化密切相关，也改变了原文意义，在英文中也有别的词可以替代，但是在这里他考虑到押韵的问题，选择了“salvation”这个词。那么我们提出这样的问题，翻译在某种状态下也是一种艺术创作，难道艺术创作要先考虑形式再考虑内容么？这样违反艺术创作规律，从艺术创作来看内容与形式的关系问题时“从内容出发探索形式”① 是艺术创作的规律，这里翻译是否有问题，我们可以更深一步探究，艺术创作审美心理中有极其重要的审美心理机制，那就是审美想象，原作“神仙”和维吾尔语“pärištä”、英语“salvation”的审美想象有什么不同，维吾尔语“pärištä”是具有美的意象，可以产生美的意境，而另外的词，如“äwliya”“zayit”产生不了美的意境，这2个词，在读者接受的审美想象中产生不了美的意境，因为原作“神仙”中审美想象中产生的美好而轻松的生活，英语中还可以运用“Immortals”这个词，但这个词放在整个句子中就不押韵了，固运用了英语“salvation”，所以说这样的重要词汇翻译之时，两个不同地域的译者却运用了同样的翻译方法，意义随着韵文形式改变了，但笔者认为给“pärištä”“salvation”翻译时加注，既能满足诗歌形式也能满足原文意义。戴着镣铐跳舞确实很难，更何况戴着文学体裁中最美的镣铐，但是我们不得不考虑，在韵律文体翻译时，内容、形式如何处理的问题，笔者认为如果必须意随形译时，虽然错译了，但是如果产生的审美想象较接近或许也是较上乘的翻译。这是值得考虑的一个问题。在英文译本中，译者不用“天使”之意的angel，而用了本义拯救、救世之意，转义救星、救世主的salvation。俄文译本中用отшельник，即隐居者、与世隔绝者，更接近于隐士或托钵僧之意。原文第三行中“将相”，在维吾尔文中译为xan –wäzirlär，即“君王、汗王－宰相、大臣”，英文中译为the famous ones，表达“名人、杰出人才”之意，俄文中译为вельможиполководцев，

① 杨辛，甘霖.美学原理[M].北京：北京大学出版社，2013.

Велюможивоителей，这词表达了“大官贵族、官员”之意。在三种译本中，译者根据不同读者的接受语境和文化背景，选用了他们最能理解的词语，以便表达原文本义。Pärzänt儿女一词代替了原文中的“儿孙”之意。在现代维吾尔语中，我们将“儿孙”直译的话，为oghul-newre，维吾尔语中更为通俗的bala孩子这一词语也可以表达这层意思。但是，过于口语化，不利于表达汉文中的“儿孙”一词的意象。按照诗词语境之意，翻译成ewlad后代或Pärzänt儿女更为恰当。英文直接以“孩子”之意的children来表达了“儿孙”。在俄文中，对“儿孙”的翻译在两种俄文译文中有所差异。“1958年版在处理儿孙方面非常灵活，先是出现了детиивнуки（孩子们和孙子们），后面又是дети，внуки，правнуки（孩子们，孙子们，曾孙子们），在这里可以统统翻译为子孙或后辈，因为дети既包括сын（儿子），也包括дочь（女儿），同样，внуки（внук的复数）也可以包含孙女。1995年版‘儿孙’（сыныивнуки）一词的翻译。Сыны是сын的另外一种复数形式，常见的复数形式是сыновья，常用于口语，只有在书面语体或正式场合下才会说сыны。”① 在维吾尔文、英文和俄文中，要将同一词语加以不同地翻译和艺术处理，考虑各自诗歌格律的规则和音节要求。

三、从文体互文翻译看译随形译的翻译方法

朱莉娅·克里斯蒂娃借助索绪尔的语言符号学思想，与巴赫金（Bakhtin）复调理论和文学狂欢精神的启发，提出了“互文性”（Intertextuality），认为“每一个文本都是由马赛克般的引文拼接起来的，每一个文本都是对其他文本的吸收与转化② 。该红楼梦歌谣中的翻译中译者

① 刘名扬.《好了歌》两个俄译本的复译比较研究[J].内蒙古师范大学学报：哲学社会科学版，2015（1）：100–105.

② Hatim，B. & I. Mason，2001：125.

与维吾尔韵“格孜勒”文体诗歌体，进行了文体引用翻译，文体上进行了互文，意思是说，在翻译该歌谣时把歌谣押韵趋同于维吾尔“格孜勒”诗歌体形式,《好了歌》维吾尔文译文整个格律几乎是维吾尔古典“格孜勒”押头韵的押韵形式呈现，从《好了歌》的译文中可以看出头韵基本与原文相等，原文形式的1、3、5、7、9押“shi”韵，维吾尔文译文1、5、7、9、13句押“x”韵，维吾尔文译文押头韵的句式还有2、5、10、14押“ä”，3、12押“ö”，原文中2、5、10、14句并不押韵，3和12也并不押韵，译文中头韵押韵规律为A\B\C\D\A\B\A\E\A\B\F\C\A\B\G\H，其中具有同样字母的是押同样的韵，这个译文中押韵方式头韵与原文基本相符，多押了几个头韵，遵循了维吾尔古典诗歌“格孜勒”的押头韵的格式，译文比原文押头韵更规整，原文的尾韵是押“liao”，间韵1、5、9、13押“hao”，译文尾韵1、4、5、6、8、9、10、12、13、15、16句押“n”，与原文相同的韵有1、5、9、13句，译文3、11押“i”韵，2、14押“m”韵，译文尾韵规律为A\A（半押韵）\B\A\A\A\C\A\A\A\D\A\A\B\A\A，其中，具有同样字母押同样的韵，比原文押韵更为明显，更为多，维吾尔诗歌非常重视押韵和格律，此译文，翻译主体在很大程度上受到维吾尔诗歌柔巴依格律的影响，柔巴依四句为一段，柔巴依一般要表达一个完整的哲学思想，运用柔巴依形式与原文体现的哲理遥相呼应，并且尾韵格律AABA，再接着AACA，AADA，AAEA，译文严格把握了柔巴依格律诗歌韵律，更重要的是译文中在形式和内容不可兼译时选择了译形，比如“ämma çiqmas sätäŋ xanim yadidin tamam!”“姣妻”是重要的文化词，其中妻是妻子或妾的美称，中国在封建社会时期男子可以娶妾，这里的姣妻该是妻妾，在维吾尔语中这个词为“tukal”，如果姣妻只是指妻子，维吾尔语可以用“xotun”或“räpiqä”，可是这三个意义相近的词译者不用，而用 sätäŋ xanim，这种词替换成文化意义相差较远的词汇替换，比较一下，tukal和hanim的语义区别，维吾尔语翻译为sätäŋ（爱打扮的女人，俊俏女人，标志，俏丽），xanim（女士，夫人，女老师）是比较现代的词汇，维吾尔译文不用妾“tukal”或“räpiqä”“xotun”，在这里译者考虑了诗歌的意象之美和音律之美，重视了音律形式。“对‘姣妻’的翻译，1958年版翻译为соблазная красавица（很诱惑的美女），意思是指非常有吸引力的女子，但这样翻译导致身份很不明朗，这个美丽的女子可以指妻子，也可以是情人，也可以是陌生的女子。反观原文，姣妻就是指妻子；所以这个翻译不甚贴切。1995年版为женшина прекрасная（美丽的女子），较之1958年版这个复译而言，改动不大，想象空间很大。”①“姣妻”俄译文译者也是考虑俄文诗歌韵律问题，不用十分普通的“жена妻子、老婆”一词。在英文译本中，译者准确地翻译了“姣妻”一词，loving wives表示“爱妻、姣妻”，更为贴近原文词义。

维吾尔诗歌格律较严格，有自动化形成的特征，似乎诗歌前一音节出现，后面的词自然而然顺口可以套出相同韵律的词，从形式上看译文似乎超出了原文的形式美。维吾尔诗歌可以通过韵，把跳跃式的单独的诗意象构成一个整体完整性的形式，来加强结构的形式美。此译文中也体现出这样的特征，就是说用音韵创造诗歌整体美，整个诗歌似乎用“ä”和“a”这两个元音构成了此译文的整体感，这两个音就像螺丝一样把诗词组合成了具有立体结构的诗歌框架，使诗歌形式有连环紧扣的形式美。这也是维吾尔诗歌的形式美的一个特征，此译作中这个特征有非常明显的体现。从原诗歌的“形美”上看。原诗歌分为四小节，每节四句，每句七字。从结构上看，译文把原诗歌也翻译成了16句，形式相等，译者均把原诗的长短句式特点也翻译了出来，译文最长的句子包括7个单词，最短的句子包括5个单词；译文中16个句子的单词分布如下：

1——5个单词　　2——5个单词

3——5个单词　　4——5个单词

5——5个单词　　6——5个单词

① 刘名扬.《好了歌》两个俄译本的复译比较研究[J].内蒙古师范大学学报：哲学社会科学版，2015（1）：100-105.

7 —— 6个单词　　8 —— 5个单词
9 —— 5个单词　　10 —— 6个单词
11 —— 7个单词　　12 —— 7个单词
13 —— 5个单词　　14 —— 5个单词
15 —— 5个单词　　16 —— 6个单词

以上可以看出，维吾尔文译本在句子长短上非常规整。形式完美，可以看出老一辈译者的用心良苦，维吾尔文译本读起来朗朗上口，很有音乐性，使读者有与读原文同样的美感。霍克斯的英译文也受到英语诗歌十四行诗歌格律的影响，也体现出与英语诗歌文体的互文。不同的译者都有此种思维模式，因此形成了翻译形式美因素的共同感。“古希腊罗马诗体对欧洲各民族的诗体都有很大影响，它为俄罗斯诗体提供了一些基本的节奏模式，如扬抑格Хорей、抑扬格Ямб、扬抑抑格Дактиль、抑扬抑格Амфибрахий、抑抑扬格Анапест等。俄罗斯民间诗体русскоенародноестихосло жение是俄罗斯民间创作民间故事、勇士歌、民谣的主要形式，其特点是以重音决定诗的格律和节奏。”① 俄罗斯诗歌格律具有其独特的韵律和格律及结构特征。俄罗斯格律诗силлабо-тоническое-сти хосложение② 俄罗斯诗歌的音节重音诗体是以音节（слот）和重音（ударение）这两种语音要素组成的，“每一行诗歌都安排一定数量的音节，并按一定规律配置重音，使轻重音节交错出现，依次起伏，形成节奏。”③《好了歌》两种俄文译本都是以这一格律系统进行翻译的。我们将重音以“V”符号和将非重音以“–”符号代替，根据重音和非重音分析俄译文1958年版《Отом，что влечети что пройдет》，这首诗歌译文的阴部的基本图式是：

① 王宗琥.俄汉古典诗歌韵律之对比研究[J].中国俄语教学（季刊），1998（1）：18–22.

② 子叶.俄语格律诗的韵律[J].山东外语教学，1987（3）：58–62.

③ 陈学讯.新疆俄罗斯民族民歌格律浅说[M]//段宝林，等.中外民间诗律.北京：北京大学出版社，1991：828.

第一诗行：–V– |–V–| –V–V| –V–| –V–| V–| –V|

第二诗行：–V– |–V–| –V– | –V–| –V–V|

第三诗行：– V –| – V–| – – –| –V–| –V–| –V|

第四诗行：– V –|– – V–|–V–| V– –V|–V–|– – V|V––|

俄文1958年版译文都是AABA形式押脚韵，влечет/пройдет，第一第二第四诗行结尾是都以“ет”结尾的，其中二行四行都以同一个пройдет词，保持一致的韵律。

我们分析俄译文1995年版《Отом，что” влечет “，ноневсех” напересе》的重音与非重音格式，可以得出如下图式：

第一诗行：–V––|–V––|V––|–V– –|V ––|–V–|V––|

第二诗行：V– –|–V––|V–––|–V––|–V––|V––|

第三诗行：V– –|–V–|V–––|V–––|–V–|V––|

第四诗行：–V––|V––|V––|–V–V–|–V–|V––|

俄文1995年版译文都是AABA形式押脚韵，наперечет влечет，第一第二和第四诗行结尾词语是都以“ет”结尾的，保持一致的韵律。1995年版俄文译本中的第四行词语在每四行诗诗段中发生变化，并不像1958年版的пройдет一词始终不变的固定诗句。

《好了歌》在音韵、意义、形式的翻译上，主体遵循了原文音韵，形式文体上与目标语形成了文体互文，此种方式增加了《红楼梦》的译本的文学性。《红楼梦》维吾尔语全译本读者在阅读时有和阅读原文相同的形式美学效应，但是维吾尔语译文为了使诗歌更加完美，有过度翻译之嫌。

人类对美的追求，从早期人类对美的意识看，早期人类对外在事物首先是有形式感，慢慢产生美的形式，形式美是人类对事物美的更高要求，对于艺术来说，形式自觉表现为对艺术的形式因素的自觉，在文学艺术领域，接受艺术首先要接受形式，诗歌的形式美的翻译因素对接受者有着极其重要的意义。研究诗歌的形式美因素也有一定的意义，中国古典诗歌的形式美因素表现极为丰富且独具特色，翻译时任何语言应该都重视诗歌形式美的翻译技巧。

总之,《好了歌》是一首意义深刻而富有形式之美的古典诗词。诗歌翻译本来就是一个复杂的再创作活动，正如谢天振先生所说的“文学翻译的创造性叛逆在诗歌翻译中表现得最为突出，因为在诗歌这一独特的体裁中，高度精练的文学形式与无限丰富的内容紧密地结合在一起，使得译者几乎无所适从——保存了内容，却破坏了形式，照顾了形式，却又损伤了内容。”① 在不同语言中，译者基于文化语境与读者接受情况选用不同的词语也是情理之中。因此，我们应该从马克思主义文艺理论的思想性和艺术性准则论析诗歌译文的内容意蕴和形式之美。

参考文献：

[1]其煌.《好了歌》的七种英译[J]. 中国翻译，1996（4）.

[2]党争胜.《红楼梦》英译艺术比较研究[M]. 北京：北京大学出版社，2012.

[3]热合曼·马木提，等译.红楼梦[M].乌鲁木齐：新疆人民出版社，2012.

[4]冯其庸重校评批.瓜饭楼重校评批《红楼梦》[M].沈阳：辽宁人民出版社，2005.

[5]蔡义江.《红楼梦》诗词曲覆全解[M].上海：复旦大学出版社，2014.

[6]王国维，等.王国维、蔡元培、鲁迅点评《红楼梦》[M].北京：团结出版社，2004.

[7]山川.佛教的传入与回鹘佛教文学[J].新疆民族文学，1984（6）：86-89.

[8]刘名扬.《好了歌》两个俄译本的复译比较研究[J].内蒙古师范大学

① 谢天振.译介学[M].上海：上海外语教育出版社，1999：137-138.

学报：哲学社会科学版，2015（1）：100–105.

[9] 杨辛，甘霖.美学原理[M].北京：北京大学出版社，2013.

[10] Hatim，B. & I. Mason，2001：125.

[11] 谢天振.译介学[M].上海：上海外语教育出版社，1999.

[12] 子叶.俄语格律诗的韵律[J].山东外语教学，1987（3）：58–62.

[13] 陈学讯.新疆俄罗斯民族民歌格律浅说[M]//段宝林，等.中外民间诗律.北京：北京大学出版社，1991：828.

论《红楼梦》与《源氏物语》中女性人物的共性

吴桐

摘要:《红楼梦》与《源氏物语》分别是中日两国的经典名作，书里刻画了许多女性人物形象，既有相似也有不同，本文拟就《红楼梦》的林黛玉、薛宝钗与《源氏物语》的夕颜与紫姬等女性人物进行对比研究，并讨论此种对比背后的中日两国文化内涵。

关键词:《红楼梦》;《源氏物语》; 女性人物

一、引言

《红楼梦》是中国四大名著之一，“打破了一切写法”而横空出世;《源氏物语》是世界第一部长篇小说，开启了日本“物哀”式的浪漫思想潮流。两部巨著都围绕着人物爱情关系展开,《红楼梦》以封建社会末期“贾王史薛”四大家族的兴衰史和“宝黛”爱情悲剧作为线索;《源氏物语》则以平安时代全盛期，历经四代天皇的源氏的生活经历及爱情故事为背景。两本书成书年代不同，故事的角度也有不同。《红楼梦》的作者身处封建王朝即将倾塌的末期，字字泣血，书中侧重于将主角的爱情置于大环境下来描写，批判了封建社会的宗族礼教，人物的悲剧不单是个人悲剧，也是时代悲剧；而《源氏物语》则是作者写给皇宫贵族的消遣之作，本书细致地描绘了主角的爱情，批判了贵族阶级对女性的贪婪所求，人物的悲剧是个人私欲造成的。两本书的作者笔下都描写了几十位形形色色的女子，本文选取《红楼梦》（以下简称《红》）的两个人物：林黛玉、薛宝钗与《源氏物语》（以下简称《源》）的两个人物：夕颜、紫姬进行对比分析。

二、黛玉与夕颜

《红》中的林黛玉与《源》中的夕颜有着既相似又不同的地方，林黛玉容貌秀丽，气质脱俗，她的前世是一株绛珠仙草，今生来寻贾宝玉报恩。夕颜形貌艳丽，天真烂漫，她的名字在日语中代表“朝生暮死”的夕颜花，与光源氏有着短暂的恋情。二人身世经历、感情波折、凄惨命运都有着相似和不同的地方。

（一）品性良，运难测

林黛玉的前世是一株绛珠仙草，神瑛侍者对其有灌溉之恩。它脱离形木而化成人身，游离于天界之外。“饥餐秘情果，渴饮灌愁水”，内心暗含着一股痴缠之意。后来，得知神瑛侍者下凡投胎，绛珠仙草便追随其下凡报恩，愿流尽此生泪水还其露水灌溉之恩。林黛玉自小身骨柔弱，多愁善感，常以药物相伴，虽与贾宝玉相爱但始终受到来自家族的阻挠，最后郁郁寡欢，在贾宝玉和薛宝钗大婚之夜魂归西天。《红楼梦》的第五回中，贾宝玉在警幻仙子的带领下看了《红楼梦》十二曲子之《枉凝眉》，作者以诗词曲子来暗示林黛玉日后的命运：

一个是阆苑仙葩，一个是美玉无瑕。若说没有奇缘，今生偏遇着他，若说有奇缘，如何心事终虚化？一个枉自嗟呀，一个空劳牵挂。一个是水中月，一个是镜中花。想眼中能有多少泪珠儿，怎经得秋流到冬尽，春流到夏！①

林黛玉有着强烈的自我意识，史湘云劝宝玉考科举，走仕途，但林黛

① 曹雪芹，高鹗.红楼梦[M].北京：中国戏曲出版社，2007：16.

玉站出来支持贾宝玉反对科举考试，她认为贾雨村那一套学问不入流，不想贾宝玉像那些酸腐儒生一般谈经论道。同时，她也是封建社会的牺牲品，尽管与贾宝玉郎才女貌，情投意合，却终究没抵住贾母、凤姐等人为宝玉筹办的“金玉良缘”联姻。

夕颜是一种花的名字，生长在泥污角落之中，黄昏盛开日出而败，是一种永不见日的花朵，也称作薄命花。《源氏物语》中，作者赋予头中将的情人常夏以“夕颜”之名与光源氏幽会，也有此深意。初遇夕颜时，源氏公子看到的肮脏墙角盛开的夕颜花暗喻了夕颜的命运。夕颜父母早亡，家道中落，只得寄人篱下过日子，与头中将有过短暂的爱情，后因受威胁只得搬离到简陋房屋中。她的一生正如墙角的夕颜花一样，只盛开一瞬。夕颜虽然被抛弃过，但她依然对爱情充满渴望，且天真烂漫。黛玉擅长作诗，夕颜也擅长作诗，初遇源氏公子，赠与他的扇子上写着“夕颜凝露容光艳，料是伊人驻马来”，引得源氏公子对其念念不忘。相识之后的一次对诗“请君效此优婆塞，莫忘来生誓愿深”，这句诗引用了《长生殿》的典故，寓意不祥，也为夕颜的不幸埋下了伏笔。

夕颜虽然与源氏公子深深相爱，却因意外突然猝死，源氏公子为其大病一场，并许下下辈子再续前缘的誓言。和黛玉一样，夕颜虽然有着自我的灵魂，却免不了被封建枷锁桎梏，她也是封建贵族阶级的牺牲品。

（二）凡花与仙草

夕颜与黛玉虽然有着许多相似的地方，但是也有不同。夕颜身份卑微，是下等贵族出身，正如夕颜花“生长在肮脏角落的花儿”的寓意，她一直活在他人的非议之中。但她对于爱情的追求却是热情的，主动将扇子赠与源氏公子、死心塌地跟随源氏公子等都表现出了她的天真烂漫与执着。林黛玉虽也寄人篱下，但她深受贾母宠爱，过着封建贵族上层生活的日子，不必招致白眼与非议，还成立了海棠诗社，与一众好友吟诗作对。但她对爱情又是多愁善感的，贾宝玉去怡红院，林黛玉去寻他，结果晴雯闭门不迎，林黛玉便将这理解为贾宝玉的拒绝，徒劳而返，独自伤感。

夕颜和林黛玉都属于封建社会的牺牲品，不同的是，夕颜是因“男人”而死，她与头中将相恋却遭对方家人威胁，转而避之，后来与光源氏相爱，却又遭到六条御息所的诅咒而暴毙，她的悲剧从头至尾都是“男人”造成。林黛玉的死不仅是她的病体难愈，宝钗宝玉的大婚只是压死骆驼的最后一根稻草，真正逼死林黛玉的是整个家族的压迫，整个时代的悲剧。

三、宝钗与紫姬

《红》中的薛宝钗与《源》中的紫姬既有相似也有不同的地方。薛宝钗为大家闺秀，性格爽朗，从小生得“肌骨莹润，举止娴雅”，既能得到贾母、王夫人等上层长辈的喜爱，又能得到贾府下人的称赞，是个十分聪明的人物。紫姬是源氏公子继葵姬死后的第二任妻子，是光源氏按着自己心目中的妻子一手培养起来的，对光源氏有着绝对的“毫无保留”的信仰。

（一）正妻之位

薛宝钗是《红》里最接近“完美”的人物，她举止优雅，容貌富美，不仅十分擅长女红，也作得一手好诗，在秋爽斋作海棠诗，薛宝钗与林黛玉的诗不分伯仲。宝钗待人一向温柔随和，她帮助香菱免受欺负，设螃蟹宴助史湘云免遭贫寒之困，史湘云更是说过：“要是宝姐姐是我的亲姐姐该多好。”薛宝钗的温柔敦厚不仅体现在人际交往方面，更体现在对大观园的治理中。在惜春画大观园时，因复杂的地形布局，大家都束手无策的时候，她献计“小惠全大体”，使“大观园承包制”顺利进行。

在藤壶中宫死后，光源氏遇到了相貌与其十分相似的紫姬，并将其一手培养出来。紫姬在光源氏的眼中是十分完美的存在，紫姬死后光源氏时常怀念起她：“从幼年起，无论何事，凡我心中不喜爱的，她从来不做。”与薛宝钗一样，紫姬在光源氏的后宫中深受其他人的尊重，她技艺精湛，在音乐、书法和诗歌上都有很高的造诣，并且十分善于管理府上事物，在她在世之时将关系复杂的六条院打理得井井有条，是被一众妻妾都称赞的“无论何事，都办得十全十美，无可指摘，真是世间难得”的完人。

薛宝钗与贾宝玉都有一块相似的玉佩，上面分别刻着“不离不弃，芳龄永继”“莫失莫忘，仙寿恒昌”，从寓意来看恰好是一对。贾宝玉在贾母、王熙凤的“调包计”下与薛宝钗大婚成亲，促成“金玉良缘”的姻缘。薛宝钗也正式成为了贾宝玉的妻子。紫姬是在葵姬死后被光源氏立为正室，此前一直以侧室自居，她一生都活在光源氏的宠爱中，尽管光源氏不只爱她一个人。紫姬享受着正妻之位应有的待遇，众多妻妾不能做的事情只有紫姬有权利去做。

（二）不同结局

《红》的结局中，薛宝钗与贾宝玉成婚后，贾宝玉参破红尘，选择出家，远离世俗，薛宝钗作为新寡孤独终老。“纵使是举案齐眉，到底是，意难平”，薛宝钗虽然成为了宝二奶奶，她与贾宝玉却始终有着心灵上的隔阂，不如林黛玉与贾宝玉那样心有灵犀，这也是贾宝玉不深爱她的原因之一。而《源》中紫姬的结局则是郁郁而终。光源氏准备迎娶三公主，令紫姬久病难愈的身体更是雪上加霜，紫姬再不是那个万事都向光源氏坦露的女孩，而是怀有了出家、死亡等情绪，有着自己选择的活生生的人。她虽然得到了光源氏的爱，但却不是光源氏唯一的爱人，这份爱创造了紫姬，也毁灭了紫姬，唯独死亡才能令她解脱。光源氏在紫姬逝世后不久选择了出家，紫姬的死令他认识到自己错过了生命中的挚爱。从贾宝玉选择在和薛宝钗成亲后出家，光源氏选择在紫姬死后出家，都反映出她们二人在男主人公心理地位的不同，所得出的结局也就不同。

薛宝钗与紫姬虽都是外人眼中的“完美”形象，但也有所区别。紫姬是被塑造出来的完美形象，因长得与桐壶更衣有几分相似，光源氏便将其养在府中一手教导，直到紫姬长大后将其娶回。这种养育后来被归结为“光源氏计划”一词。

宝钗的完美是靠其自己苦学而来。比起长兄薛蟠，薛宝钗的父亲更爱这个女儿，将女儿送去读书，她自小读书识字，亦“杂学旁收”，对文艺、历史、医学、儒学乃至佛学经典，都有广泛的涉猎。

四、创作之社会环境

曹雪芹的《红楼梦》与紫式部的《源氏物语》都是文学史上的瑰宝，书中都呈现了当时社会制度，虽处在封建社会，但中日两国的社会背景既有共同处，也有不同之处。

（一）“一夫多妻”

在中国清朝时期是父权社会，男性拥有对妻子绝对的话语权。《红楼梦》第五十回探春就曾问过吴新登媳妇：“我且问你，那几年老太太屋里的几位老姨奶奶……”，这说明贾府至少自从二代开始就纳妾娶小，这种根深蒂固的思想也影响着贾宝玉、林黛玉、薛宝钗等人。

在古代日本，“访妻婚”是一种普遍的婚姻形式，盛行于平安时代，是指婚后夫妻双方各自居住在自己家中，隔一段时间男方便要去女方家居住，短则隔天离开，长则逗留数日。男方可以有多名妻妾“访婚”，而女子只能有一名丈夫。如果女子失宠，丈夫不再来，便自动解除婚约。日本是从母系社会直接过渡到父系社会的，通过“访妻—取妇—纳婿”的模式到了父系社会，在这种访妻婚制度下，男子拥有广泛且绝对的自由，可以随意纳娶妻子妾室，女性的地位极为低下，哪怕贵为皇亲国戚，也没有任何主宰自己命运的权利，只能成为政治的牺牲品，夕颜、紫姬一生都未逃脱男性附属品的悲剧，就连上层贵族葵姬也是其父亲用作与光源氏政治联姻的牺牲品。日本学家说：“用美貌和才学来侍奉宫廷和博取高级贵族的宠爱是平安贵族妇女的唯一出路。”①

① 井上靖.日本妇女史[M].上海：上海：三联书店，1985：50.

（二）“家族通婚”

中国古代和日本古代都有家族内部通婚的现象，但这种通婚中日两国也有所不同。如《红楼梦》中贾宝玉与薛宝钗、林黛玉都有着亲戚关系，薛宝钗是贾宝玉的姨姐，林黛玉是贾宝玉的表妹，这种结亲是被世俗认可、接受的。《红》中许多下人之间的性关系、已婚和未婚之间的情感纠葛都是不被作者以正眼看待的，继父女、继母子更是被认为“罔顾伦理”“败坏风俗”的大事，贾宝玉流连众多女性或许可以理解为“恋母情结”的转移，但绝对不会有实质性的行为，因为这不符合中国的伦理传统。

日本的平安时代是一个性关系混乱的年代，两性关系复杂。上述行为在中国父权社会被认为违背伦理道德的现象，在日本平安时代却习以为常，甚至将与已婚女性婚外情当作至高地位的体现。《源》中光源氏与情妇的关系十分复杂，他与继母桐壶中宫有着畸形的感情，更是将养女紫姬娶为妻子，与已是帝王的宠妃胧月夜偷情，还将空蝉强行据为己有，等等，这些行为在平安时代的上层贵族男性中甚为流行，甚至诞生了一个词——“光源氏计划”，意思是将女孩从小按自己的计划培养为妻子、老少恋等。男性并不觉得这种娶母、娶女、偷情的行为是一种羞耻，反而认为是自己魅力的表现。这一点中日观念相距甚大。

五、结语

《红楼梦》与《源氏物语》都是非常伟大的文学作品，其中描写的女性人物都各有千秋。《红》中的林黛玉与《源》中的夕颜身上都与“仙草”“凡花”等草木植物有联系，如同这些植物一样有着悲惨的命运，但二人也有不同，一个是封建叛逆者，另一个是封建社会下男性的依附品。《红》的薛宝钗与《源》的紫姬同为正妻，皆受众人赞赏夸奖，有着自己的处事智慧，将府中事情打理清楚；但薛宝钗并非贾宝玉挚爱，贾宝玉甚至在成婚后看破红尘，选择出家，他们的婚姻是时代的悲剧。而紫姬是光源氏心中的挚爱，紫姬在世时光源氏没有意识到，其死后光源氏便失去了支撑，选择了出家，他们的婚姻以光源氏的教养开头，也以紫姬个人意识的觉醒而结束。中日两国的封建制度对他们的故事起到了十分重要的影响作用，一夫多妻制、家族通婚制都是造成主角悲剧的原因，女性地位的低下更是需要现代文明来解放。

参考文献：

[1]曹雪芹，高鹗.红楼梦[M].北京：中国戏曲出版社，2007.

[2]紫式部.源氏物语[M].北京：人民文学出版社，2015.

[3]刘晨阳.《红楼梦》与《源氏物语》中的女性悲剧——基于作者以及女主人公紫姬与薛宝钗的相似性探究[J].安徽文学（下半月），2011（06）：146–147.

[4]王若冲.《源氏物语》夕颜与《红楼梦》林黛玉比较研究[D].吉林：吉林大学，2015.

[5]赵慧佳.论《源氏物语》中的女性形象[D].哈尔滨：哈尔滨理工大学，2018.

[6]井上靖.日本妇女史[M].上海：上海三联书店，1985：50.

[7]于秀丽.看明清时代的一夫多妻制[J].黑龙江史志，2009（07）.

猪八戒形象在新疆维吾尔族中的传播与接受

艾克拜尔·阿米都拉

（乌鲁木齐职业大学成人教育学院　新疆乌鲁木齐　830002）

摘要:《西游记》作为一部经典的古典文学作品，塑造的大量人物形象深受新疆维吾尔族群众的喜爱，猪八戒形象就是其中之一。在当前文化多元化传播的背景下，对猪八戒形象在新疆维吾尔族中的传播与接受度研究，可以了解该形象在新疆少数民族群体中的影响，从而为文化的进一步融合和创新发展提供现实性的信息支持。文章首先从新疆维吾尔族文化的视角对猪八戒的形象进行了解读，然后对该形象在新疆维吾尔族中的传播力以及接受度进行了相应的论证分析，进而探索出猪八戒形象在新疆维吾尔族中的传播渠道。

关键词: 猪八戒形象；新疆维吾尔族；传播与接受；文化认同

一、前言

长期以来，关于《西游记》传播与接受情况的研究是新疆维吾尔族文化研究中的典型课题。在研究的角度方面，更多研究者主要是从小说整体的人物、故事情节等进行艺术性、文化性的解读，从而明确维吾尔族读者需要汲取的文化营养。在研究的人物方面，研究者更多地是对师徒四人中的唐僧和孙悟空这两个典型角色进行分析，对猪八戒、沙僧等人物形象的传播与接受研究的内容相对较少。但相关研究表明，事实上，猪八戒形象在新疆维吾尔族中有一定的传播力和接受度。例如，在唐红撰写的《〈西游记〉在新疆少数民族中的传播状况及其对民族文化交流的启示》一文中显示的调查数据：在546人的样本数中，对猪八戒形象的接受度较高，位居师徒四人中的第二，超过了唐僧和沙僧的接受度[1]。虽然在整部小说中，猪八戒被塑造为好吃懒做的形象，但在一些故事情节中的行为表现也展示出了该形象呆萌、可爱、最具人情味儿的特点，而这也成为新疆维吾尔族中猪八戒形象接受度比较高的原因[2]。当然，猪八戒形象在新疆维吾尔族中的传播与接受还有其他一系列原因的作用，而这些原因是本文重点关注探讨的内容。

二、基于新疆维吾尔族文化视角的猪八戒形象解读

文学作品中的角色形象解读往往会受读者所处的大的文化背景的影响。从新疆维吾尔族文化视角对猪八戒的形象进行解读是掌握猪八戒形象在新疆维吾尔族中的传播与接受的基础视角。结合新疆维吾尔族的文化来看，猪八戒的形象可以解读为以下几点。

（一）贪吃、爱抱怨

贪吃是维吾尔族读者在译著或者影视剧中直观看到的猪八戒形象的特点，主要体现为多食多餐，即无论是在高老庄还是取经的路上，猪八戒都会经常提到“饿”这一词语，而这也折射出该形象好吃的特质。除了贪吃以外，猪八戒形象还表现出了明显的爱抱怨的特点，即在遇到问题和麻烦时，倾向于推托、撇清责任，缺乏主动承担的精神。例如，在营救唐僧时，猪八戒往往会表现出懒散、怠慢的行为特点，比不上孙悟空表现出的积极主动。

（二）率真可爱

率真可爱是众多新疆维吾尔族读者或观众对猪八戒形象的感受和评价[3]。

说猪八戒率真是因为师徒四人中，猪八戒是最具七情六欲、最有人情味儿的，这一朴实的形象符合维吾尔族受众的生活观念和审美观念；说猪八戒可爱是因为影视剧中通过演员表演、场景衬托等综合塑造出的身形圆润、憨厚老实的形象令受众看到后就不觉一笑，产生可爱的直观感受。当然，猪八戒率真可爱的形象还与新疆维吾尔族群众长期以来对猪这种动物的良好印象及相关的文化信仰有着密切的关系。

三、猪八戒形象在新疆维吾尔族中的传播力分析

通过解读可以看出，猪八戒形象在新疆维吾尔族受众的心目中并没有过于明显的负面性特征，而是拥有很强的喜剧性特点，也正是因为该形象的朴实、可爱，使得较多的受众从内心深处认同猪八戒的形象，并通过各类文学艺术形式来传播猪八戒的形象。就目前来看，猪八戒形象在新疆维吾尔族中的传播力大致可以通过以下三方面呈现出来。

（一）猪八戒形象传播的渠道

随着文化传播渠道的多元化发展，猪八戒形象的传播渠道也越来越丰富。总体上来看，形象的传播主要有三种渠道。

渠道一：语言传播。语言传播是猪八戒形象在新疆维吾尔族传播的基本方式，其主要表现为学校教师对学生的语言讲解和长辈对晚辈的故事分享。通过语言传播的猪八戒形象在语言上更加接近维吾尔族的文化特色和受众的生活习俗，并且该渠道具有很大的灵活性，传播者可以将自己关于猪八戒形象的主观认识和理解融入到语言中加以传播。

渠道二：名著书籍。书籍是猪八戒形象塑造和理解的原始载体，也是受众了解最初的猪八戒形象的重要渠道。2002年，新疆青少年出版社出版了1—4套的维吾尔文版《西游记》，该套书籍成为新疆维吾尔族受众了解猪八戒形象的重要渠道，也成为受众构建基于自己主观思想基础上的猪八戒形象的主要渠道。通过书籍的阅读，受众不仅能够感知猪八戒形象

的深刻内涵，同时也对形象内涵产生的原因有直接、全面的认知。

渠道三：影视作品。近年来，随着互联网媒体的快速传播，关于名著《西游记》及其中人物的影视作品连续发行，这些作品通过互联网在新疆维吾尔族受众群体中得到了广泛性的传播[4]。与语言传播渠道相似，影视作品对猪八戒形象的传播带有明显的主观色彩，是创作者基于自身观念，在文化的基础上对名著人物、情节的加工和复现，而受众在观赏完这些作品后，会对作品中的猪八戒形象产生自己的认知，而这便成为猪八戒形象传播的重要形式。

（二）猪八戒形象传播的内容

纵观有关文学艺术作品，不难发现其中猪八戒形象的传播主要以正向的内容为主，并且形象传播的内容已经衍射到了文化艺术外的行业门类。

从文学艺术范围来看，猪八戒形象的传播内容主要是与猪八戒这一角色相关的故事为主，通过故事来呈现出活泼好动、呆萌可爱的形象。以中国国际文化传播中心2019年出品的主题电影《猪八戒传说》为例，该影片主要围绕天蓬元帅保卫天庭、追求真爱，最终实现自我价值成为猪八戒的一段传奇经历进行讲述，在作品中，猪八戒不再是好吃懒做的形象，而是敢于追求自我的朴实人物的形象。当然，除了通过专题性的电影来传播猪八戒的形象以外，也有作品通过与猪八戒相关的人物、故事情节的展示来更宏观、整体地展现猪八戒的形象。

从文化产业范围来看，猪八戒形象的传播内容主要以猪八戒所具有的朴实、可爱的正向特点为载体，进行文化产品的创新。例如，由猪八戒网主导建设、开发的八戒中国新疆创意产业园区，充分吸收了影视剧创新方面的资源，将这些资源充分应用到猪八戒形象的分析和传播中，通过创作出一系列旨在传播猪八戒与新疆维吾尔族关系的作品来深化该形象在新疆维吾尔族受众的影响力。

（三）猪八戒形象传播的意义

作为来自名著中的人物形象，猪八戒形象的传播既可以丰富形象的理解与传播，也能够深化形象特点对人的思想和行为的熏陶与影响。结合传播的实际情况来看，猪八戒形象传播的意义主要体现在艺术价值和生活价值两个方面。

从艺术角度来看，猪八戒形象的传播可以丰富少数民族文化艺术的传承与创新。随着文化创意产业化的不断发展，新疆地区出现了不少诸如八戒中国新疆创意产业园区这样以研究新疆文化艺术创新为主要内容的产业形态。通过猪八戒形象的传播，可以突出猪八戒形象与新疆维吾尔族文化艺术之间的关联性，为维吾尔族文化的传承与创新创造良好的条件[5]。例如，在《猪八戒传说》中，就出现了不少新疆地区的自然风景，这种基于地区文化基础上的影视作品一方面可以借助特定的想象来增加作品的趣味性、文化性，另一方面可以搭建作品与地区文化艺术的桥梁，使地区文化可以借助作品得到更广泛、更深入的传播。

从生活角度来看，猪八戒形象的传播可以深化新疆维吾尔族群众朴实友善的民族品质。通过猪八戒形象的传播，可以增进更多受众对新疆维吾尔族群众朴实品质的理解和认同，从而强化少数民族的思想和文化价值观。

四、猪八戒形象在新疆维吾尔族中的接受度

衡量猪八戒形象在新疆维吾尔族中的影响力的维度除了形象的传播力以外，另外一个维度就是形象的接受度，即新疆维吾尔族群众对猪八戒形象的认识度和认同度。并且，相较于传播力而言，接受度显得更加含蓄却又深刻，对人的思想和行为的影响也更加深刻[6]。就当前的研究来看，猪八戒形象在新疆维吾尔族中的接受度可以从思想、行为和文化三个方面进行分析。

（一）猪八戒形象的思想影响

猪八戒形象之所以在新疆维吾尔族受众中的接受度比较高的一个重要

原因就是该形象表现出的朴实、可爱的特点与维吾尔族群众在长期历史发展中形成的朴实友好的民族思想相吻合。并且，猪八戒呆萌、可爱的形象与维吾尔族的猪文化存在明显的共同点。也正是由于这些原因，更多的维吾尔族受众愿意通过多种渠道了解、接受猪八戒这一形象，并通过自己的主观理解来促进猪八戒形象的传播。例如，在对维吾尔族受众的走访调查中发现，部分受众认为猪八戒拥有自己的爱好，并且敢于通过自己的行为真正地追求实现这些爱好，是值得肯定和赞赏的。同时，猪八戒的形象改变或者强化了新疆维吾尔族女性的择偶观念，使女性更倾向于选择像猪八戒那样憨厚老实的人作为自己的配偶。例如，在一些调查中，女性受众明确表示像猪八戒这样的人在生活中应该是好丈夫的典范。

（二）猪八戒形象的行为影响

猪八戒形象除了对维吾尔族受众的思想产生深刻的影响以外，还使得受众的行为在形象的影响下发生微妙的变化，进而产生明显的文化影响力。相较于思想影响而言，猪八戒形象的行为影响更加广泛和深刻。

首先，猪八戒形象强化了朴实劳作的生活行为。勤劳朴实是新疆维吾尔族悠久的民族品质。猪八戒虽然憨厚老实，却拥有积极、健康的心理，并且拥有足够强大的勇气，敢于直面挫折和失败。该形象使受众认识到，面对困难时，可以有短暂的抱怨，但不能一味地堕落甚至放弃，而是要凭借自己的聪明智慧和勤劳勇敢来战胜困难，实现自己的目标或者任务。

其次，猪八戒形象诠释了普通人物在团队中的行为力。在师徒四人组成的团队中，猪八戒的地位和形象虽然不能算是最突出的，但也算是行为表现上比较典型的。在相关的文学作品中，故事情节、人物刻画所表现出的是一个虽然慵懒、呆笨但却踏实肯干的形象，这种形象在受众的传播可以增进受众对团队中普通人物的行为力的理解和表现，使普通人物在团队发展中贡献出自己的真实能力，彰显出自己的存在感。

（三）猪八戒形象的文化影响

作为一种文化传播现象和行为，猪八戒形象的传播除了在受众的思想、行为方面产生影响力以外，还在新疆维吾尔族文化的创新发展中起着突出性的作用，并且这种影响的范围和深度要强于个人的思想和行为的影响[7]。

首先，增进受众对传统文化艺术的了解。猪八戒形象所代表的是古典著作《西游记》中的人物形象，而《西游记》代表的是古典文化艺术。通过猪八戒形象的传播，可以增加受众对《西游记》这部古典著作的了解，进而深化受众对以该作品为代表的古典文化艺术的关注和研究。例如，部分受众正是出于对猪八戒形象的好奇，才选择阅读《西游记》这部名著，并在阅读《西游记》后产生了阅读其他古典名著的文化心理和行为。

其次，促进文化的传承与创新。作为文学艺术的产物，猪八戒形象具有明显的主观色彩，不同人物可以从不同角度对该形象产生不同的理解，这就使得基于猪八戒形象基础上的文化传承与创新行为变得更加容易和常见。例如，部分影视主体结合新疆维吾尔族的风土民情和猪八戒的故事情节，创作出具有民族色彩的猪八戒系列作品，这种创作活动既可以丰富猪八戒形象的传播，又可以促进新疆维吾尔族文化的传承与创新。

五、结语

通过对猪八戒形象在新疆维吾尔族中的传播与接受研究可以发现，基于新疆维吾尔族视角的猪八戒形象可以解读为贪吃爱抱怨和率真可爱两个方面。在当前的新疆维吾尔族受众中，猪八戒形象的传播渠道主要有语言传播、名著书籍、影视作品三类，而传播的内容主要是与猪八戒形象相关的故事情节和文化创意产品，而该形象的传播增进了新疆维吾尔族受众的思想、行为及民族文化发展的内涵和途径，使猪八戒形象的影响力和接受度变得更加广泛而深刻。当然，随着民族文化融合的不断推进，猪八戒形象也成为联结新疆维吾尔族文化与其他民族文化的桥梁，成为传播新疆维吾尔族文化的重要载体。

参考文献：

[1]唐红.《西游记》在新疆少数民族中的传播状况及其对民族文化交流的启示[J].东南传播，2014（03）：57–59.

[2]唐红.《西游记》在新疆少数民族中的传播[J].新闻爱好者，2011（24）：51–52.

[3]西阳.丝路上的明珠——吐鲁番[J].小学生之友（中），2019（02）：6–7.

[4]安小利.从命名论《西游记》中猪八戒形象的演化[J].湖南科技学院学报，2019，40（12）：31–32.

[5]孙绍振.猪八戒形象：以丑为美[J].语文建设，2019（21）：53–56.

[6]许彰姿.中国影视作品中的猪八戒形象演变研究[D].长沙：湖南师范大学，2019.

[7]冯宇婷.《西游记》中猪八戒形象研究[D].锦州：渤海大学，2019.

《西游记》中妖魔鬼怪形象在维吾尔族中的传播与接受研究

艾克拜尔·阿米都拉
（乌鲁木齐职业大学成人教育学院　乌鲁木齐　830002）

摘要：妖魔鬼怪作为小说《西游记》中的群体形象，深受维吾尔族读者的喜爱，并成为小说作品研究与传播中重点关注的对象之一。文章在分析《西游记》中妖魔鬼怪形象特点的基础上，就其在维吾尔族中的传播现状与接受效果，及促进这些形象在维吾尔族中传播与接受的策略进行探讨分析，为小说中的形象研究提供相应的参考性建议，同时也丰富维吾尔族文化的内涵。

关键词：《西游记》；妖魔鬼怪形象；维吾尔族；传播与接受

一、前言

《西游记》作为中国四大名著之一，同时也是中国古代第一部具有浪漫主义色彩的长篇神话小说。相较于师徒五人（含小白龙）而言，虽然众多的妖魔鬼怪并不处于主要地位，但这些配角形象却成为增添小说艺术色彩和生活气息的重要元素[1]。正因为如此，小说中的妖魔鬼怪形象也成为广大读者热衷于欣赏和研究的艺术对象。近年来，随着《西游记》在维吾尔族地区广泛而深入的传播，小说中妖魔鬼怪的形象也逐渐在维吾尔族读者中产生了明显的影响力，丰富了读者的小说艺术感受。实际上，妖魔鬼怪形象在维吾尔族中的传播与接受，并非偶然，而是这些形象自身所具有的艺术特点和内涵所赋予的真正艺术力量[2]。对妖魔鬼怪形象在维吾尔族中的传播与接受情况进行研究，可以展示小说中这些群体形象的艺术传播价值，从而为小说的广泛传播提供相应的参考性内容。

二、《西游记》中妖魔鬼怪形象的特点分析

妖魔鬼怪是小说《西游记》中的重要元素，也是烘托师徒取经历程之艰辛的重要方式。相较于师徒几人明显的个性特点而言，妖魔鬼怪的形象特点更加隐蔽和分散。通过对小说中故事情节的梳理、对比发现，妖魔鬼怪形象主要呈现出如下几方面的特点。

（一）群体性

《西游记》中妖魔鬼怪形象的群体性特点主要体现在小说整体和小说故事单元两个方面。从整部小说来说，为衬托师徒取经之路的坎坷、艰辛，作者设计了诸如蜘蛛精、豹子精、黑熊怪、白骨精、鹿精、虎精、蜈蚣精等大量形形色色的妖魔鬼怪形象，并且赋予了他们超人的能力，使小说充满了妖魔鬼怪的群体感觉。在小说故事单元中，作者除了设计单元中的主要的妖魔鬼怪外，还增设了一些围绕主要形象的小妖、小怪，从而形成了以主要形象为中心、一定数量小妖小怪围绕的妖魔鬼怪群体，使得故事的内涵更加完整、独立[3]。例如，在师徒路经祭赛国的一段中，作者除了刻画九头虫这一主要角色形象之外，还设计了奔波儿灞和灞波儿奔这两个小妖的形象，使得故事单元更加丰富、完整。

（二）多样性

小说《西游记》虽然刻画了大量的妖魔鬼怪形象，但这些形象却并没有因为数量多而表现出刻板、重复的情况，每个形象都设计有相应的个性

化特点，这使得小说中的形象看上去更加多样化。相关研究表明，小说中既包含动物之妖、植物之妖，也包含无生物之妖和类人型妖怪，其中动物之妖就是天上飞的（鹏魔王、大鹏金翅雕等等）、地上走的（黑熊怪、白花蛇怪、黄风怪、黄袍怪、九尾狐狸、青牛怪等等）、水里游的（蛟魔王、金鱼精、黑鱼精等等），植物之妖就是腊梅、丹桂等植物类妖怪，无生物之妖则是灯芯、刀鞘、木板、玉杯、镯子等物品，类人型妖怪是红孩儿、黄眉老怪等虽然有人的模样，其原型却是非动物、植物、生物的妖怪[4]。显然，小说中刻画的这些妖魔鬼怪形象，所突出的是小说中该类形象的多样性。

（三）文化性

从表面上看,《西游记》中各类妖魔鬼怪表现出独立、分散的情况，多出于获取师徒手中的宝物、吃唐僧肉、与唐僧成婚等目的而与师徒几人斗智斗勇，但通过深入的分析领悟就可以发现，这些妖魔鬼怪形象的背后所表现出的是丰富的文化元素及不同文化元素的融合。以宗教为例，小说中刻画的妖魔鬼怪形象中既有道教，也有佛教，而师徒几人所代表的佛教与这些代表道教、佛教的妖魔鬼怪的交叉，展现出了佛教文化与道教文化以及不同地域的佛教文化的交融，虽然这一过程显得曲折，但所反映出来的主体却是不同文化的融合[5]。并且，正是形象所具有的文化性，使得妖魔鬼怪的形象拥有了灵动的气息，能够从思想、文化等方面感染读者。

三、《西游记》中妖魔鬼怪形象在维吾尔族中的传播现状

妖魔鬼怪形象的群体性，以及形象自身蕴含的文化内涵，使得维吾尔族读者愿意通过多种方式了解《西游记》中的此类形象，这使得妖魔鬼怪形象在维吾尔族中的传播拥有内在的动力。下面，分别从传播的内容和传播的方式两方面对《西游记》中妖魔鬼怪形象在维吾尔族中的传播现状进行概括归纳。

（一）维吾尔族中妖魔鬼怪形象传播的内容

小说中对各类妖魔鬼怪形象的语言描述，以及电视剧中对妖魔鬼怪形象的生动展现，使得《西游记》中妖魔鬼怪形象可以以多样化的内容形式得以传播。目前，维吾尔族中妖魔鬼怪形象的传播内容主要有以下两种形式。

第一，妖魔鬼怪的具体形象。形象传播是《西游记》中妖魔鬼怪形象传播的主要内容，其主要依据是小说原文中关于妖魔鬼怪形象的描述，或者电视剧《西游记》中关于妖魔鬼怪形象的直观呈现的语言转述。在以原文为依据的形象传播中，主要是对小说中的一些典型性词语进行传播。例如，一些读者会根据原著第六十五回中所写的“蓬着头，勒一条扁薄金箍；光着眼，簇两道黄眉的竖”而使用“两道竖立的黄眉”来形容黄眉老怪的形象。在以电视剧为依据的形象传播中，主要是根据电视剧中直观展现的妖魔鬼怪的形象进行形象的口述。例如，根据电视剧中对红孩儿的描绘，观众会将红孩儿的形象定义为能喷火的小孩子。

第二，妖魔鬼怪的典型故事。故事传播是在特定的故事情节或者场景中对妖魔鬼怪的形象进行的传播。相较于具体形象的传播而言，典型故事传播的内容更加丰富，因为其不仅传播了形象，还从相关的故事着手衬托了妖魔鬼怪的本性，使其形象变得更加充实[6]。例如，读者或者观众通过讲述蝎子精抓走唐僧，并与孙悟空斗争的情节故事片段，突出了妖精所具有的情感追求，也展现了妖精为达目的所采取的狠毒方法，这完整地展现了蝎子精作为妖精的形象特点。

（二）维吾尔族中妖魔鬼怪形象传播的方式

妖魔鬼怪形象是小说《西游记》中除师徒几人外较为突出的群体性形象，也正因如此，该类形象成为小说在维吾尔族中传播的重要内容。结合分析情况来看，妖魔鬼怪形象的传播方式主要有以下几种。

第一，小说原文传播。早在20世纪末，新疆地区就出现了维吾尔文版的《西游记》。在原著中，作者及译者不仅清晰地描述了各类妖魔鬼怪的外貌形象，同时还丰富地展现了这些形象相关的故事情节，使读者对妖魔鬼怪的形象有了更全面的了解。显然，小说原文传播是妖魔鬼怪形象在维吾尔族中传播的主要方式之一，并且符合各类年龄阶段和文化水平的读者阅读。

第二，影视剧传播。长期以来,《西游记》一直是小说类电影、电视剧的重要题材。包括1998年央视播出的电视连续剧《西游记》、1999年的动画片《西游记》，以及近年来拍摄的《西游记之大圣归来》《西游记之除魔外传》等影视剧，均是维吾尔族观众了解小说中妖魔鬼怪形象的重要渠道和方式。虽然这些影视剧中关于妖魔鬼怪外貌的呈现具有艺术夸张性，但其对故事情节的保留却是严格的，这也使得观众能够较为直观、深刻地了解妖魔鬼怪的形象。

第三，民间艺术作品传播。民间艺术作品是民间艺人根据小说原著或者影视剧中的故事情节，对小说中的妖魔鬼怪形象进行主观加工处理，进而形成的二次形象传播。虽然没有小说原著和影视剧传播得那么真实，但民间艺术作品传播使得妖魔鬼怪形象的传播更加“接地气”，进而使得这些形象的传播符合维吾尔族观众或者读者的艺术欣赏心理和特点。例如，一些民间艺人将本地区维吾尔族的文化元素融入到妖魔鬼怪形象中，以小品、歌曲、故事等形式展现，使妖魔鬼怪的形象更容易被大众所接受。

第四，学术传播。学术传播是学者从文化艺术研究的角度对《西游记》中妖魔鬼怪形象在维吾尔族中的传播情况进行梳理、分析，通过深层次的学术研究成果共享来丰富妖魔鬼怪形象的传播。通过中国知网检索发现，近年来，有部分学者以《西游记》维吾尔文译本为依托，对其中的妖魔鬼怪名称翻译等情况进行研究，增进了维吾尔族读者对妖魔鬼怪形象的理解和接受情况。

第五，网络传播。网络传播是本地区的文学爱好者通过论坛、贴吧、微信、抖音、火山等开放性的平台进行妖魔鬼怪形象的解读、演绎与传播。相较于上述几种传播方式而言，网络传播的方式显得更加开放、分散，往往是网络用户个体或者群体基于特定的文化视角进行的形象解读、表现。虽然这种方式的传播比较琐碎，但其影响力却往往突破地区、时间的限制。

四、《西游记》中妖魔鬼怪形象在维吾尔族中的接受效果

结合上述分析可以看出，《西游记》作为一部艺术作品，在维吾尔族经历了较长的传播时间，并且由原来的单一方式传播拓展为当前的多元方式传播。在这样的情况下，维吾尔族读者或者观众对小说中妖魔鬼怪形象的接受程度也发生了明显的变化。从接受效果的角度来看，维吾尔族读者对妖魔鬼怪形象的接受可以归纳为以下三点。

（一）由碎片拾取到系统关注

维吾尔族读者对小说中妖魔鬼怪形象的接受经历了由分散、碎片了解，到系统、综合研究的转变。在小说传播的初期，读者、观众等接受主体将关注的重点主要放在了师徒五人身上，其次是那些神仙佛祖，并没有对妖魔鬼怪这些衬托性的小人物给予足够的关注，对形象的了解也主要是大概了解。随着小说内容的广泛、深入传播，越来越多的人开始意识到妖魔鬼怪在小说中的丰富性和艺术性，开始尝试对其中的典型性形象进行艺术化、生活化的研究与解读，并逐渐从故事单元、小说主题等角度对分散在各单元故事情节中的妖魔鬼怪形象进行梳理、对比，形成了较为系统的妖魔鬼怪形象分析内容。当然，在这一过程中，维吾尔族读者对妖魔鬼怪形象的接受也由原来的不重视到后来的重视，进而尝试对一些形象进行刻画和再现。

（二）由表面形象欣赏延伸到内在文化思考

伴随着《西游记》传播方式的多样化，以及一些方式对小说中妖魔鬼怪形象的艺术加工与呈现，维吾尔族读者对妖魔鬼怪形象的接受也逐渐由原来简单的形象观赏向深层次的形象背后的民族文化方向延伸，这既是小

说中妖魔鬼怪丰富形象被认识和接受的结果，也是妖魔鬼怪形象向本地区、本民族文化融合的体现[7]。例如，一些文学爱好者会从维吾尔族文化的角度对小说中火焰山一单元中的妖魔鬼怪形象进行解读，使维吾尔文化与妖魔鬼怪的形象深入融合，借助这些形象论证和展现维吾尔族的文化内涵和意义。

（三）由简单接受到深入创新

从文化发展的角度来看，对妖魔鬼怪形象的接受并不是最终目的，最终目的在于借助妖魔鬼怪形象的理解来深化文学作品中形象的创作与理解认知，并将这种认知应用到当前的艺术、生活、社会创新中，使文化形象生活化、现实化、艺术化。随着对妖魔鬼怪形象认知的不断深入，一些文化爱好者、产业主体开始结合其中的一些代表性的妖魔鬼怪形象来进行文学作品、艺术产品的创新与创造，通过新形式来呈现妖魔鬼怪的形象，通过妖魔鬼怪形象来丰富文学艺术作品。例如，一些服装设计者会将妖魔鬼怪形象中的个别元素融入到服装的设计中，达到服饰创新的目的。当然，除了从维吾尔族文化入手进行创新以外，还有一些主体通过维吾尔族文化与其他民族文化融合的方式来丰富妖魔鬼怪形象的创新思路和内容，使创新出来的成果具有民族融合、形象综合的特点和优势，进而博得更多主体的喜爱。

五、结语

综上所述,《西游记》中妖魔鬼怪形象的丰富性使得其在维吾尔族中的传播拥有良好的文化艺术基础。随着内容传播方式的多元化，小说中妖魔鬼怪形象的传播也逐渐发展成为小说原文传播、影视剧传播、民间艺术作品传播、学术传播、网络传播等多种形式的传播。并且，传播的过程中，妖魔鬼怪形象的接受情况呈现出了由碎片拾取到系统关注、由表面形象欣赏延伸到内在文化思考、由简单接受到深入创新的效果，这也使得越来越多的读者接受和喜爱丰富的妖魔鬼怪形象。

参考文献：

[1]努尔艾力·库尔班，阿尔帕提古丽.从汉语词语翻译的角度看《西游记》的维吾尔语译本[J].民族翻译，2020（05）：67–73.

[2]严治平.《西游记》维译本中妖怪名称的翻译分析[D].乌鲁木齐：新疆师范大学，2016.

[3]努日曼古丽·买买提江.《西游记》维译本人物名称翻译研究[D].兰州：西北民族大学，2015.

[4]布海丽且姆罕·麦提斯迪克.《西游记》中神魔名称及其维译研究[D].乌鲁木齐：新疆大学，2012.

[5]唐红.《西游记》在新疆少数民族中的传播[J].新闻爱好者，2011（24）：51–52.

[6]努日曼古丽·买买提江.浅谈《西游记》维译本中的人物名称翻译[J].青年与社会，2015（4）：360.

[7]朱娟，陈森林.关于《西游记》中妖怪的社会学分析[J].重庆科技学院学报（社会科学版），2013（11）：153–155.

浅论《水浒传》维吾尔文译本中熟语的翻译策略

阿尔帕提古丽
（西北民族大学中国语言文学学部　甘肃兰州　730030）

摘要：本文旨在进一步促进《水浒传》翻译研究的发展。虽然近年来学者们从不同角度对《水浒传》的维吾尔文译本进行了研究，但尚有不足之处。本文探讨《水浒传》维吾尔文译本中熟语的翻译策略，并在研究实践中对翻译策略提出一些新的观察视角，以期对今后文学作品的翻译提供一些有意义的内容。从不同角度或结合翻译理论来进一步充实其翻译研究。

关键词：《水浒传》；熟语；翻译策略

一、引言

《水浒传》是中国古典名著，是我国文学的瑰宝。作者施耐庵在《水浒传》中使用大量的熟语生动地刻画了人物的性格。这些熟语妙语连珠俏皮生动，使读者回味无穷，增加了作品的可读性和趣味性。要把带有鲜明的民族地域特色和文化特征的名著中的熟语原汁原味译成维吾尔文绝非易事。翻译是人类历史上最悠久的文化活动之一，它不仅是单纯的语言转换，而且还反映了文化，并受文化因素的制约。因此，要成功地进行语言转换，译者不但要熟练地掌握语言，而且要熟悉两种语言所代表的文化，而翻译研究的实质就是文化互动研究。熟语的翻译吸引着国内外众多学者的注意，近来，如何通过翻译传达及传播暗含在熟语中的中国文化已经成为译者日益关注的问题。《水浒传》这部代表中国民间传说的文学巨著有卓越的文学魅力，又蕴藏着深厚的文化内涵，蕴涵了丰富多彩的熟语。

二、《水浒传》中熟语的分类

熟语，也称俗语，指的是一种特殊的语言现象，凡是历史比较悠久的语言，都有长期积淀下来的通俗、生动形象地描绘人情世态的固定短语或短句。熟语只能整个应用，不能随意变动其中部分，并且往往不能按照一般词法来分析，主要包括成语、谚语、歇后语、惯用语等几种类型。这些熟语都有着很明显的稳固性、精炼性、整体性、民族性、形象性等特征。《水浒传》中熟语大多是通过鲜明生动的形象来比拟事物，说明事理的。因而象征性是熟语最具代表性的特点。

（一）成语

《现代汉语词典》中对成语的解释是：人们长期以来习用的、简洁精辟的定型词组或短句。大多由四个字组成，历来被广泛地使用在各种文学作品中。《水浒传》中也使用了大量的成语，据笔者粗略统计，竟有289个之多，如“九霄云外”（yette qat asmanning nërisigha），“安身立命”（janni aramxuda panahlash），“乐极悲生”（artuqche külkining keyni yigha），“风调雨顺”（yamghuri rawan，hawani zilal）等。在翻译成语过程中，译者采用了以直译为主，兼有意译、直译加注释等多种翻译方法。

（二）谚语

《辞海》将谚语定义为：熟语的一种。流行于民间的简练通俗而富有意义的语句，大多反映人民的生活和斗争的经验。谚语通过简单的形式，形象生动地表达丰富的内涵，既能增强语言的感染力，又讽喻得当，宜于说理。《水浒传》中使用的谚语也有两百多条，如，“人无千日好，花无百日红”（on külkining bir yighisi bar），“宁为玉碎，不为瓦全”（sapalning puti boghiche，qashtëshining uwiqi bol）等，在译本中译者根据谚语的难易程度、逻辑关系等因素，主要选择了直译、意译等不同的翻译方法。

（三）惯用语

惯用语是一种语义完整、结构灵活，以三音节格式为主的汉语熟语类型，比如大家熟知的“磨洋工”“对台戏”“走后门”等。惯用语语义具有双重性，通常利用比喻的手法寓抽象概念于具体事物之中，其中文化信息蕴含丰富，民族色彩浓厚。因此在翻译中既要保持汉语惯用语简短精辟的风格，又要传神达意、表述准确，并不是一件容易的事。《水浒传》中使用的惯用语数量不多，却广为流传，许多沿用至今，主要集中应用在对某些人物个性特征的概括总结，即绰号的翻译上，如，“及时雨”宋江（shipaliq yamghur），“智多星”吴用（danishmen）等，译者主要是通过直译的方式来诠释原文涵义的。

（四）歇后语

歇后语同熟语中的成语、谚语、惯用语等一样具有熟语的特点，但它又以自己十分鲜明的特性，区别于其他兄弟成员。它的外在结构形态由前后两个部分构成。前部分是形象、描写性语言，说出一件事、一种情态、一个物件、一个情景等，后部分是概括、抽象性语言，是对前部分的解释、说明，前后部分结合起来产生一种俏皮、诙谐风味表达意思，这样的固定词组叫做歇后语。①

《水浒传》中的歇后语的数量虽比不上成语和谚语多，但因其语句中常常夹杂着诙谐形象的比喻，前后句相映成趣，让人读来印象颇深。如“太岁头上动土——无用”（erbab bilen oynashqili bolmas），“掌心上长毛——

① 王勤.汉语熟语论[M].济南：山东教育出版社，2006：331.

老手”（pishqan）等。在译文中主要采用了直译和意译的两种翻译方法，原文简单易懂的多使用直译；原文使用典故、内容抽象的多用意译。

三、《水浒传》中熟语的翻译策略

《水浒传》维吾尔文译本中译者对小说中的熟语进行了十分巧妙的处理。在传神达意的同时，最大程度地保留了熟语的原有语言风格，使读者能更好地领略中华民族语言与文化的魅力。翻译熟语必须始终考虑熟语的特点，即熟语的寓意、结构、形象和风格等方面的特点。

（一）《水浒传》中熟语的翻译原则

就翻译标准而言，即使我们能够做到将原文的思想感情、微妙的意思，连同它的文字风格、神韵都表达出来，也不一定能够达到真正意义的“顺”与“雅”。实际翻译中，如果采用“信、达、雅”这一翻译标准，可以断言，是很少有译文能够真正“达标”的。这是因为，“彻底和全部的‘化’是不可实现的理想”，“法乎其上”，最终只能是“仅得其中”。既然它是“不可实现的理想”，那么，我们就要辩证地看待它，对此，毋宁提出三个基本原则：（1）信守原文的内容意旨。（2）遵从译语的语言习惯。（3）切合原文的语体语域；允许译者有创造性的艺术加工，才是值得我们借鉴的。

（二）翻译方法

1. 直译法

在翻译文化内涵蕴意不深又无需太多解释和引申句子意义时，在译文中大都采取直译法。直译法是在译文中使用最多的翻译方法。这种方法可以使原文的风格内容等移入到译文中，使大部分读者直接感受到原文的韵味，也可以做到忠实内容的标准。例如：

① 乐极悲生。译为：on kulkining bir yighisi bar，指高兴到极点时，发生使人悲伤的事。

② 自古道：“云生从龙，风生从虎。”（第四十三回第542页）比喻事物之间的相互感应。译为：burunqilar：《buluttin ejdiha unidu，borandin yolwas》dëgen.（43-bab，375-bet）

③ 养兵千日，用兵一时。（《水浒传》）可以直接翻译成“esker saqlash uzun muddetlik ish，ishlitish bir këtimliq ish”。

④ 正是“祸福无门，惟人自召；披麻救火，惹焰烧身”。（《水浒传》第二十一回第255页）译文处理为：bu del “bala qaza körünüp kelmes，put qolini'sanggilitip；palanggha orilip ot öchürseng özüngge tutushar” dëgendek boldi.（554-bet）

⑤ 古人有言：“火烧到身，各自去扫；蜂虿入怀，随即解衣。”（《水浒传》第十七回第189页）译文为：

“chapininggha ot tutashsa sugha at özüngni，qoynunggha chayan kirwalsa，sal kiymingni.” dëgen gep bar.（418-bet）

在翻译中没有对应的熟语时，而《水浒传》原著中熟语的比喻又比较生动形象，也能为译入语读者接受，译者没有采用意译，而是保留原文中比喻的生动形象的语言，给读者一种耳目一新的感觉。正如钱钟书先生所指出的“文学翻译的最高标准是‘化’”。在译者看来，译文没有失去原文的形象的语言，尽量做到了保持原汁原味的风格和语言。例如：

①花木瓜，空好看。（第二十四回第287页）本义指花木瓜外表好看而无实际用处。用时嘲讽人空有其表。译为：yaghach peshmet，qapaq sölet.

② 前不巴村，后不巴店，欲投贵庄，借宿一宵，明日早行。（《水浒传》第二回第12页）“前不巴村，后不巴店”用直译法处理为：

“aldimizgha mangghayli dësek mehele körünmidi，keynimizge yanayli dësek östeng körünmidi.”

此外，译文在风格上力求保留原著熟语的风格，尽量使译文和原著的风格对等，做到既忠实于原文也让读者感受到文字通俗简练之美感。

③ 鲁提辖连忙还礼，说道：“闻名不如见面，见面胜似闻名。”（《水

浒传》第三回第85页）译为：“anglighan körgenge yetmeydu，körgen anglighandin ewzel.”（77–bet）在此，anglighan和körgen相对照，读起来有节奏感，重复anglighan放到首位，起到强调、承上启下的作用。

④ 李小二道：“只要提防他便了。岂不闻古人言：‘吃饭防噎，走路防跌？’”（第十回第119页）（指吃饭时要防止被食物噎住，走路时要防止摔跤。形容处事小心谨慎。）译为：

–konilarda《ghizalanghanda galgha turup qëlishtin saxlan，mangghanda yiqilip këtishtin》dëgen gep bar，ëhtiyat qilip yürslela boldi，–dëdi Li shawër.（10–bab，268–bet）

⑤ 宋江道：“不放，这是容易，‘瓮中捉鳖 —— 手到拿来’。”（第十八回第207页）

–hëchqisi yoq，–dëdi Song jiang，–bu asan，《küpke chüshken tashpaqini qol sëlip ëlish》qa oxshashla ish.（18–bab，454–bet）

“瓮中捉鳖 —— 手到拿来”字面意义是坛子里捉王八，比喻手到擒来，轻易而有把握。译文符合原文惯用语前半句为谜面，后半句为谜底的话语风格。

直译法是翻译熟语的一种主要方法，有利于保留原文的比喻形象、民族特色和语言风格。所以在能够确切表达原意不致引起错误联想，不违背译文语言习惯的情况下，还是以直译为宜。

2. 意译法

有些熟语由于语言、文化差异的影响，为保留原文内容精神，而需要舍弃字面意义，对熟语做出相应调整的翻译方法。例如：

① “奸不厮瞒，俏不厮欺，小人的事，都在节级肚里。”（《水浒传》第六十二回第780页）译文为：

“aldamchiliqni yoshurghili bolmaydu，setni chirayliq dëgili bolmaydu.” dëgendek，pëqirning ishi bëgim özlirige ayan.（47–bet）

② 梁园虽好，不是久恋之家。（《水浒传》第六回）译文为：

⑴uzun mezgillik panahgah bolalmaydu；⑵qepez altundin bolsimu，bulbulgha ashayan bolmas.译者没有把原文中的“梁园”“久恋”等词翻译，而是根据语境意义，“旅居的地方再好，也不能久留”的主要意思翻译出来。

③“那胡正卿心头十五个吊桶打水，七上八下，暗暗地寻思道：‘既是好意请我吃酒，如何却这般相待，不许人动身？’”（《水浒全传》第二十六回）

“十五个吊桶打水，七上八下。”比喻内心忐忑不安。用意译法处理为：

bëshidin bir qapaq su quyulghandek boldi.

④“花木瓜——空好看”译为：yaghach peshmet，qapaq sölet.

花木瓜是一种表皮带有花纹的木瓜，外表好看，但不能食用。比喻华而不实，中看不中用。译者使用对比的方法突出了外表的成熟和内在的空虚，根据意译的角度帮助读者理解原文的含义，而且语句对仗工整，和原文风格一致。

⑤“惺惺惜惺惺，好汉识好汉”译为：

dananing qedirige dana yëter，baturni batur biler.

“惺惺”：指智慧的人；“惜”：爱惜。该谚语比喻同类的人互相爱惜。

意译法虽是一种不得已而采取的方法，可是由于汉维两种语言差别很大，在实际翻译中此方法使用得还是很广泛的，尤其是地方色彩、民族色彩很浓厚的熟语。

3. 减译法

减译逻辑上冗余的表达或直译过来会成为冗言赘语的表达。这种减译方法不仅不损害原意，反而会使译文更加简洁洗练。在翻译实践中遇到意义互相关联或意义相同重叠的两部分的熟语时，只选出一部分翻译，而略去意义相似的部分。例如：

排难解纷　jidel-majrani hel qilish

身强力壮　①tembel；②timen“强”“壮”意义相同，只选一部分翻译。

风调雨顺　①ab-hawa yaxshi bolmaq；②yamghur-yëshin qamliship kelmek 其中的“调”“顺”意义相同，只选择一部分。

只闻其名，不曾会面　namni köp anglighan

欢天喜地　xosh chiray

饥餐渴饮　hërip-ëchip

眉清目秀　qamlashqan

千日行善，善犹不足；一日行恶，恶自有余

ming yaxshiliq kemlik qilar，bir yamanliq ziyade.

四字重叠词组是一种追求音韵美的重叠结构，例如“战战兢兢”（qorqup kitish）、“喧喧嚷嚷”（daghdughiliq halda）、“呆呆静静”（qëtip qaldi）、“大慈大悲”（shapaetlik）、“无影无形”（közdin ghayip bolmaq）、“有仁有义”（aq köngul）等。翻译时可以不考虑重叠的部分。

4. 增译法

为了减少在翻译过程中意义上的损失，译者通过增词的方式，不仅在文字上尽量对等，在意象上不损失。例如：东逃西奔 uyan-buyan qatirap yürmek（语义损失小，添加“qatrap”烘托出“凌乱”“杂乱无章”的景象。

理所当然　orunluq ishni orunluq qilmaq

仗义疏财　merdlikni qoldin bermeydighan，bayliqni dost tutmaydighan

上不紧，则下慢　ghojisi boshang bolsa，chakiri mis-mis këlidu

远看未实，近看分明　körmigüche köydürmes

5. 反译法

为了使译文表达得自然、流畅，翻译时采取转换角度表述方法，即正说反译，反说正译，译文中把否定的部分，转换成肯定的形式。例如：

死不瞑目　közi ochuq këtip qaldi

一不做，二不休　bular ish boldi，emdi uni bir bashqa ëlip chiqayli

措手不及　temtirep qalmaq

进退不得　qëyin ehwalgha chushup qalmaq

非同小可　　　kichik ish emes bölekche

言清行浊　　　söz-herkiti birdek emes

对相同的意思，汉维表达的角度正好相反。

又如：饥不择食，寒不择衣，慌不择路，贫不择妻。解释：比喻急切或没有条件时顾不上挑选。译为：qëyin ehwalda hemmige boy sunush.

6. 虚实杂糅策略

汉语为了追求句子词语的抑扬顿挫生动，往往会用华丽辞藻，因此汉语中经常出现“虚”的现象。在译入语中处理这类结构时，使用虚实杂糅的技巧。这种情况多见于数量词、方位词的翻译上。

A. 数量词

汉语熟语中含有相当多的数量词，这类数量词根本不表示具体的数量，而是在语言上起到增强形象感、艺术感、生动性的效果，“虚”的意义大于“实”的意义。翻译中对数字的处理，该实的地方精确的翻译出来，该虚的地方就予以虚化处理。例如：

① 七断八续（《水浒传》第1一百零六回）“林冲、花荣驱兵助战，杀得贼兵星落云散，七断八续，斩获甚多。”形容散乱，不相照应。译为：uningdin-buningdin.

② 养兵千日，用兵一时　译为：“esker saqlash uzun muddetlik ish, ishlitish bir qëtimliq ish”，几个月是千日，但译时翻译成“bir qëtimliq”来和前面的“uzun muddetlik”起映衬作用。

③ 一来一往，一去一回　daim bardi-keldi qilmaq

④ 四分五落　her tereptin mesile chiqmaq

⑤ 六街三市　kocha-koyliri；bazar-restiliri

B. 方位词

除了数字之外，翻译方位词时也采用和数字类似的虚实杂糅的策略，特别是“化实为虚”的处理方法。例如：

① 上天无路，入地无门。译为：“asmangha chiqay dëse ëgiz，yerge

kirey dëse qattiq”。“路”“门”都以虚化处理，翻译得非常简洁凝练。

②声东击西　　u yaqtin shepe bërip，bu yaqtin zerbe bermek

③不怕天，不怕地　　hëchnimidin qorqmaydighan

④东观西望　　uyan-buyan qarimaq；etirapqa nezer tashlimaq；

四、结语

熟语短小精悍，浓缩了中华民族语言文化的精华，蕴意深刻。译者尽量保留原著中的内容和风格，减少翻译过程中的损失，不同语言的熟语中蕴含着丰富的文化信息，反映出强烈的民族文化特征。由于汉维两种语言的文化背景不同，字面意义、形象意义相同的熟语可能具有完全不同的隐含意义。熟语中的文化因素往往是翻译中的难点。《水浒传》维吾尔文译本为翻译工作者在翻译方法策略上提供了很好的范例，我们不难发现译者在译本中用得最多的还是直译法，当然其他译法还有意译、直译加注等，但总的来说，译者基本上保留和传达了原文的话语风格，同时也为读者提供了可以品味原汁原味的中华文化语言精髓。

参考文献：

[1]郭富强．汉英翻译理论与实践[M].北京：机械工业出版社，2009.

[2]王洪涛．《水浒传》镜像下的民俗文化研究[M].北京：中国社会科学出版社，2017.

[3]王宁．文化翻译与经典阐释[M].北京：中华书局，2006.

[4]蔡旭．文化翻译伦视角下《水浒传》的文化翻译策略研究[D].长春：长春理工大学，2014.

[5]王涛．中国成语大词典[Z].上海：上海辞书出版社，1995.

[6]栾丹丹，陈明，杨倩倩．《水浒传》中量词的翻译与探究[J].赤峰学院学报（哲学社会科学版），2017,（03）.

论《红楼梦》诗词中“秋”文化意象研究

塞黑迪·赛达合买提
（西北民族大学中国语言文学学部　甘肃兰州　730030）

摘要：虽然很多人对于红楼故事的社会意义谈了很多，但是他们似乎忽略了故事的季节背景。其实作者把《红楼梦》中人物情绪灵巧地安置在相应的季节中，通过匠心妙笔，对情节、人物、宗旨等方面的探索开启又一个视角，并在营造一种情景交融的和谐气氛。

关键词：《红楼梦》；秋的意象；艺术手法

《红楼梦》是我国历史上思想性和文化艺术性很丰富的一篇伟大著作，这本巨著内容丰富，结构严谨，语言优美，人物生动。作者曹雪芹用综合性的（美术、书法、诗词、音乐等）艺术手段来描述以悲剧性爱情为主线的巨著，刻画了明清王朝封建社会和封建贵族家庭的兴亡。《红楼梦》仿佛一座神秘的宫殿，无论从哪一扇门进去都是一种世界，巨著中可以观赏祖国著名的山川河流，漫山遍野的白雾，四季孤影，峰回路转，烟雾缭绕，时而春天醉醺，时而秋天镀金，时而寒气刺骨，让我们陷入到错综复杂的沉思中。就像神秘宫殿的每一扇门都很神秘一样，这部著作的魅力就在于此。

《红楼梦》在展开那“追魂摄魄”的故事的同时，对季节变换、时令更迭与情节人物塑造以及小说旨义的关系描写乃匠心独具，往往寥寥数语，便把读者自然地引导到特定的时令中，仿佛亲身跟着书中人物一起走过一年年的春夏秋冬。[1] 在古代“天人合一”的文化理念、人与景的巧妙融合，赋予自然界天气以丰富的意蕴。源远流长的“天人合一”理念在明清小说中成为叙事框架和思维构造的基础。曹雪芹从人们对于自然界天气变换的情感和对于四季变换的好奇心做起跑线，将自己的心思、意象和审美理解融入到“天气”之内，成功地刻画出了一幅幅文化画卷。《红楼梦》中自然界的风声雨意、夏日冬雪皆成为有“情”之物，它们以各自的含情脉脉应和着书中人物的情感与性灵，表现出情景交融、天人合一的艺术境界。

《红楼梦》善于以四季的气候变化来叙事，以明确的时序作为整个故事的结构框架，故事情节在春夏秋冬反复循环中推进，以不同的气象应和人世的盛衰荣枯，整个大观园的景色也随着贾府的盛衰和宝黛爱情的发展而变化。在四季景物中，都有属于自己的吸引力，然而，仔细对比时，春秋两季更引人注目。政治局势的动摇、政权动荡、当权者的兴亡、人生的坎坷弯曲、对命运的无能为力，正与春秋二季，花开落叶，春寒料峭，令人忽喜忽悲的现象很相似，同时中国人把人生的一切悲苦心酸跟春秋季节连起来思考。如果把春秋之景作为人们到处颂扬的作品互为比较的话，秋占的比重更大。

本文是从《红楼梦》诗中的“秋”季描述作为出发点，对于“秋”的意象进行了分析。从艺术表现的层面来看，该著作中意象手法使用较广，在学术界也有较多的学者来研究这一重点，也取得了很大的突破。但是在学术界中对于意象这方面只有重视单个象征物的研究，对于像“秋”这样整体象征物和类概念研究的还是较少。“秋”这个字在《红楼梦》的诗中共出现25次。分别是“秋思”“秋离”“秋怨”“诉秋心”等。“秋”从单纯的字面意义来分析没有什么新奇之处。可是回到“红楼梦”诗词研究中时，

① 王维模.天地有四时之气：试解析〈红楼梦〉的季节与情节关联[J].贵州工业大学学报（社会科学版），2007，9（5）:147-152.

“秋”就凸显出了它最不应被忽视的意义。“秋”在中国文学中早已不是单纯的自然物，而是具有广泛社会文化心理基础的象征系列。此处的现场既包括文章写作的具体时间及环境，也同样涵盖了当时的时代大环境。

一、秋怨

《咏菊》是《红楼梦》第三十八回中，黛玉以“咏菊”为题所作的一首七言律诗。这首诗以“咏菊”为题，主要描写的是菊花诗的情景。前部分阐述黛玉就像着了魔一样，对写诗的渴望很强烈。这完全符合黛玉多愁善感、触景生情、苦心作诗的性格。因此黛玉从早到晚，站在篱笆前，靠在山石上，一直苦思。她认为俏丽、秀美，只有锦心秀口之人，才能写出如此精彩的诗句。① 在颈联中，表面上“咏菊”，其实通过“咏菊”来抒发诗人自己的情怀，也是全诗的中心所在。把诗人情感紧贴在“咏”字上，表达诗人的秋怨，感怀身世、多愁善感、自我怜惜的哀怨和不被人理解的愁绪。尾联中还是赞赏菊花的高洁品格。从陶渊明笔下的菊花有了好赞之后，一直被世人议论至今。

1.珍重芳姿

①《薛宝钗咏白海棠》是《红楼梦》第三十七回“秋爽斋偶结海棠社　蘅芜院夜拟菊花题”中，宝钗所作的一首咏白海棠的七言律诗。首联“珍重芳姿昼掩门，自携手瓮灌苔盆”中，表达诗人用“手瓮”亲自给白海棠浇水，可以看出诗人欣赏和爱护花草树木的友善性格，同样以廉洁为重的人。“胭脂洗出秋阶影，冰雪招来露砌魂”中，把宝钗形容成像白海棠，在秋雨中，洗出涂抹的胭脂，留下自己的本来面目，说明宝钗性爱自然的自己，不爱过度装饰自我。尾联“欲偿白帝宜清洁，不语婷婷日又昏”中，为了感谢秋神创造了这样纯洁的自己（白海棠），因此默默无语

① 吕树坤.四大名著诗词赏析[M].长春：吉林文史出版社，2003：162.

以优雅的姿态站在那里直到日落黄昏。宝钗用自己的性格和白海棠同等对比，诗人十分自尊自重，品行兼优，容貌美丽。在这诗词中，“秋”是用纯洁、以廉洁为重的意象而表达的。

②《林黛玉咏白海棠》是《红楼梦》第三十七回中，林黛玉所作的一首咏白海棠的七言律诗。在这首诗词中，我们可以分析出林黛玉两种重要的性格，首先从首联“半卷湘帘半掩门，碾冰为土玉为盆”中，可以看出主人公乐观、潇洒，而且不受约束的性格。“碾冰为土”中，主人公赞赏白海棠玉洁的形象，绝没有世俗的污浊，却有梨蕊的高洁、梅花的傲骨，其实体现出林黛玉的思想性格，赞赏林黛玉冰清玉洁的品格。在颈联和尾联中，通过“月窟仙人”“秋闺怨女”等关键词可以看出林黛玉的自我写照，虽然前部分还是赞赏白海棠的纯洁，对白海棠的欣赏，但是“秋闺怨女拭啼痕”开始加上伤感的感情色彩，描述了林黛玉纠结、怪癖孤傲、多愁善感的性格。在这首诗词中，“秋”是用伤感，忧愁的性质作为代替，给人一种无限心事，无处倾诉又送走了一个秋日的黄昏的感觉。

③《对菊》是《红楼梦》第三十八回中，史湘云以“对菊”为题所作的一首七言律诗。在这首诗词中，主要表达赏菊者对于菊花的赞美和欣赏，因为菊花不会跟百花争春暖，它不怕寒冷，而且在秋天开花，傲然独立，很有个性。在诗中史湘云把菊花拟人化，尊称为“君”。史湘云在诗中绝不是欣赏菊花有深有浅的绿叶，也没有羡慕养眼的花朵，她只敬佩菊花傲然独立的气质和品格。诗人通过赞赏菊花的傲世气质，其实活画出湘云的性格特征，因为史湘云生来颇具男性气度，是一个顽皮的男孩子，同时也表现了她从不受拘束的潇洒风度。在这诗词中，“秋”被比喻成流逝的青春和岁月，无法挽回的青春和大好时光，因此在诗词尾联中提出要珍惜大好时光，彼此相对。

④《簪菊》是《红楼梦》第三十八回中，探春以“簪菊”为题所作的一首七言律诗。首联“瓶供篱栽日日忙，折来休认镜中妆”中，描述菊花的珍贵，也就是说菊花不仅可以插在花瓶或栽在篱边，而且还可以戴在头

上。这并不是很寻常的打扮，而是可以显出一个人的个性。颔联“长安公子因花癖，彭泽先生是酒狂”中可以看出探春的豪爽、洒脱、勇敢、有才华、能干的性格，同时通过跟杜牧、陶渊明的爱菊性格作比较，借以表达自己爱菊之情的真挚与浓烈。在尾联“高清不入时人眼，拍手凭他笑路旁”中可以看出诗人高雅的品格，对自己欣赏的事物十分重视，很独立，不随流俗，蔑视世俗偏见的一种品格。在这诗词中，“秋”看上去是自然风物的描述，但是用秋日的清霜沾上鬓角的描述表达了主人的豪爽洒脱，很有个性的性格。

⑤《访菊》是《红楼梦》第三十八回中，宝玉以“访菊”为题所作的一首七言律诗。不难看出这首诗中重点在于“访”这个字上面，因为贾宝玉久病初愈，想要完成自己迫不及待地寻访菊花的心理状态。首联“闲趁霜晴试一游，酒杯药盏莫淹留”说明好不容易来的机会，千万不能错过，放下所有的烦恼尽情地出游。颔联“霜前月下谁家种，槛外篱边何处秋”中，诗人用两个疑问句来表达菊花耀眼迷人的模样，果然寻访到了好菊，心里对于如此美丽的菊花有了格外的赞赏。颈联和尾联中，无论路途多么的遥远，无法阻挡诗人爱菊和访菊的渴望，一路上还为菊花赋诗，吟咏不倦。宝玉对于菊花多么痴情、情有独钟，说不定菊花对于宝玉的真心也不会辜负的，趁着身处这么美好的一片美景中，怎能不痛快地喝杯酒呢?!“尽人事，听天命”才是贾宝玉真正的性格特点。在这首诗词中，“秋”看上去是自然风物的描述，但是在诗词中秋天跟当时的诗人性情是紧密相连的。也就是一个美好的秋天，宝玉将快乐的心情和迫不及待访菊的渴望融合在一起，给读者一种舒适和幸福的感觉。

2. 秋思

《忆菊》是《红楼梦》第三十八回《林潇湘魁夺菊花诗 薛蘅芜讽和螃蟹咏》中，宝钗所作的一首以“忆菊”为题的七言律诗。这首诗的诗题为“忆”，内容上以回忆思念为主题。全诗中主要讲述女主人公因长期的思念而忍受的痛苦，同样也预示了她今后的不幸遭遇。首联中通过“惆怅”“愁思”“断肠”等凄凉的词语作为诗词的切入点。由于红蓼和白苇都是夏末秋初开花，这个季节根本看不到菊花盛开，因此诗人觉得伤感而无奈地盼望。颔联中虽然诗人在篱边找到了菊花，但是菊花未开花，因此对于菊花产生了思念之情，只能跟它梦中相见了。因为去年菊花铺满了花园，但今年空荡无物。然而，怀念之情随着时间的过去并没有消失，反而更加深化了。颈联中思念之情随着大雁南飞越来越强，作者多么渴望大雁把自己的思念带到远方情人那里。尾联中作者期盼菊花早日到来跟自己相见。作者安慰自己明年重阳节跟菊花相约，虽然这种想法很乐观，给人一种希望，但是这只是一种自我安慰罢了。

二、人生哲学

别林斯基说:”（悲剧）总是以心灵的珍贵，希望的破灭以及整个生活的幸福的丧失作为收场的。”鲁迅对于悲剧的概括:“悲剧是把人生有价值的东西毁灭给人看。”悲剧是戏剧主要体裁之一，它通过主人公和现实之间不能调和的冲突及其悲惨的结局，构成基本内容的作品。它的主人公是人们都崇尚的人物。悲剧是通过悲惨的结局来激发读者的愤怒以及崇敬的，揭发社会的黑暗一面，达到提高信念的目的。

1. 悲剧爱情

《枉凝眉》是《红楼梦》十二支曲子中的第三支，是咏叹宝玉和黛玉的。在这首诗中不难看出，故事以宝玉、黛玉、宝钗之间的情感纠葛而展开，虽然宝玉深深地爱着黛玉，但是最终宝玉娶了宝钗为妻。在诗中，宝玉把两个女人作为对比，把宝钗比喻成仙缘里的奇花，容貌和德行是无可挑剔的。宝钗仿佛是镜子里的花，看起来很美丽，但是触碰很冰冷，只能欣赏不能靠近。但对宝玉来说黛玉则与众不同，她就像没有斑瑕的美玉一般，完美无瑕。黛玉就像水里的月亮，可望而不可即。宝玉对于两个人的性格进行了比较和反思后，最终把所有的心思放在了黛玉身上。可惜命运还是很残忍，黛玉和宝钗的性格上还是有差距，宝钗是品格端方、豪爽、博大胸怀、遵行本分、处事低调。而黛玉是鄙薄功名、敏感、易伤感、自尊自爱，再加上多愁善感、有时顽固的性格，绝不能成为贾府少奶奶理想的人选。因此他们的爱情以悲剧而结局是必然的，贾宝玉和林黛玉的爱情理想因变故而破灭，而且他们为这件事付出了重大的牺牲，林黛玉终日以泪洗面，在无限悲伤中早逝，贾宝玉满怀痛惜地想到，有多少泪在黛玉眼中日复一日地流淌。在这首诗词中，"秋"形象利用得很灵巧，在这里秋季没有象征快乐的生活，也没有象征相聚，更没有象征思念，反而象征着已流逝的生命，悲伤中早逝的芳华。

2. 悲惨命运

《秋窗风雨夕》《葬花吟》《菊梦》《虚花悟》《蘅芷阶通》《唐多令》《西江月》都是有关悲惨命运为主题的诗词，在《红楼梦》中最典型的以悲惨命运为主题的诗词是《葬花吟》。《葬花吟》是女主人公林黛玉所吟诵的一首诗，在这首诗中每字每句都充满着悲哀和泪水，如泣如诉，令人悲痛。我们所分析的《葬花吟》并不是红颜怀春之作，而是林黛玉到贾府后因曾经体会到的感受而郁积的悲愤，感叹身世遭遇的全部哭诉。这首诗将以花拟人、以话喻人的方式把人和花的命运紧密相连，斥责了毁坏和糟蹋那些花的自然界和黑暗社会恶势力。《葬花吟》中把人物的命运、遭遇、情感、思想、生活跟自然物紧紧相连，创造出有感染力、有内涵的文学艺术作品，进一步写出了林黛玉的人生价值和生命理念。因为诗人幻想自己想要得到自由幸福而得不到时，表现出一种对于阶级社会永不屈服、不甘心的心态。可是林黛玉经过悲惨命运的嘲笑和愚弄后，本来就多愁善感的她，思想上就越来越脆弱了，承受能力也开始减退了。如"一年三百六十日，风刀霜剑严相逼"，这自然界的春风秋霜的刀剑，正是黛玉对自己所处环境的控诉和揭露。[①] 她把自己和叶子的命运进行对比，叶子落下了明

① 吕树坤.四大名著诗词赏析[M].长春：吉林文史出版社，2003：131.

年可以长，但是她的命一去明年不一定能回来。所以诗最后以“一朝春尽红颜老，花落人亡两不知”来结尾，想表达今年诗人可以葬花，不知明年诗人已逝谁来葬她。由于黛玉对未来开始迷茫，已经预感到自己悲惨的命运，想到自己红颜薄命。在这首诗词中，“秋”的形象显得很明显，“一年三百六十日，风刀霜剑严相逼。明媚鲜妍能几时，一朝漂泊难寻觅”中，自然界中的春风秋霜的刀剑，正是林黛玉对自己生活环境和处境的控诉和揭露。虽然花儿落了明年可以再长，但是人的花朵一旦凋落便无处寻觅。因此“秋”是给离别者相遇、成全机会的季节，同样是给追寻幸福者“赏赐”悲惨命运的季节。

三、政治观念

1. 家族兴亡

《好了歌解》《飞鸟各投林》都是以家族兴亡为主题的诗词。

《好了歌解》是《红楼梦》第一回《甄士隐梦幻识通灵　贾雨村风尘怀闺秀》中，甄士隐听了跛足道人的《好了歌》之后，对《好了歌》所作的注释，也是典型的家庭兴亡主题的一首诗。在这首诗中诗人用极强的对比方式，生动地对比了人世间的差别。如“当年曾是豪门世族，现在已成为简陋的卧室和空荡荡的厅堂；当年繁华的歌舞场，现在已成为衰草和枯杨的坟地；结满蛛丝的破窗，披上了杂草；当年容貌秀丽的那些人，现在两鬓成霜；昨夜还送葬，今夜有人结婚；满箱子金银的富贵，一转眼变成乞丐；一直叹息别人命短的人，自己又突然丧命；想让儿孙当官的，日后变成强盗；本来嫌弃官阶太小，却成了囚犯；昨天还穿上棉袄的人，今天穿上蟒袍”。从这个诗词里可以看出，世道就像一个大舞台，在这舞台上有很多角色，他们扮演着自己想要的角色，你不顾我，我不顾你，就这样整个舞台乱哄哄，闹嚷嚷的，大家完全失去自己的理智，把一个很好的舞台变成私人营地，夸张地描述人世间的反复无常，命运的无法预料，透露了封建社会黑暗和腐败的一面。这首诗对于当时封建社会名气大、虚荣的人物来说，是让他们好好清醒的一盆冷水。在这首诗词中，虽然对于“秋”的意象表现得并不是很明显，但是通过“衰草枯杨，曾为歌舞场”或“说甚么脂正浓粉正香，如何两鬓又成霜”来描述贾府越来越衰落。我们都认为秋季是丰收的季节，这种天气不冷不热、非常温和、风轻云淡，但不是所有的时候都有这样好的天气描述。有时候诗人把秋天描述成沉重的萧瑟悲凉气息。也许因为人生到达了最丰满的时期后，就开始倒退、衰败，更多的还是衰败的景象。这种悲凉的天气表达了人内心潜藏的悲苦和没落。因此，“秋”的来临在这首诗中透露出封建社会和封建家族慢慢衰落的去向。

2. 世道和人情的愤懑与不平

《问菊》是《红楼梦》第三十八回中，林黛玉以“问菊”为题所作的一首七言律诗。在这首诗中，问菊其实是在问自己。虽然整个诗以疑问的方式进行，但答案已经在问句之中。因为秋天的情状谁都不知情，只有相伴秋天的菊花懂得。一方面诗人把菊花当作自己的同类，把所有的情感赋予在了菊花中，问菊其实就是自拟。因为菊花跟其他花种与众不同，它不在春天跟其他花争奇斗艳，是一种不趋时不从众的品性。在园庭清水冰冷，寒霜降落的季节，大雁南飞蟋蟀哀吟，但是菊花还是孤标傲世，独自绽放。虽然它也许“寂寞”，除了秋天没有谁能跟它相伴，但是这也是它一种遗世独立的性格。在颈联和颔联中一连串的提问，表达了林黛玉的内心世界。“寂寞”“相思”和荣府内种种恶浊、可恶的行为的形成，给这个孤弱的少女带来痛苦，同时产生对世道和人情的愤懑与不公。另一方面，这里所提出的问菊，其实是诗人跟贾宝玉精神上的交流。黛玉对于菊花的一连串提问，其实是把菊花拟人，跟宝玉诉苦自己的心理世界所郁积的悲愁。虽然汉文化中花不象征男人，但是从陶渊明给菊花涂染上的文化个性来看，宝玉品格独一无二，纯真多情、平等待人、尊重女性，最主要的是他有对于封建社会叛逆的性格。之所以黛玉很渴望跟宝玉精神上的交流，是因为，在诗句尾联“莫言举世无谈者，解语何妨话片时”中，对于林黛玉来说，她那“孤标傲世”的性格来讲，没有人能够给她安慰和包容。在这种状况下，只有宝黛他们俩才能紧紧相连，惺惺相惜。在这首诗词中，对于秋季的描述非常全面，无论是深秋的各种变化或气象转变描述得都很清晰，虽然“问菊”跟秋天的结合表面上只表达一种自然风景，但是诗人把自然风物拟人化的方式表达了秋天的真正内涵。“霜露”“大雁南飞”“蟋蟀哀吟”都是有文化内涵的，其中蟋蟀有“悲秋”的先声。蟋蟀“悲秋”源自人们对其鸣音的聆听和感悟，瑟瑟而歌的蟋蟀与籁籁作响的秋风相呼应，成为“悲秋”意识的典型符号。“蟋蟀之鸣”发生在夏末秋初，是鲜明的物候标志，郭沫若先生认为蟋蟀的象形古字可以假借为秋季的“秋”。[①] 蟋蟀始鸣暗示着时节已入秋，萧条和凋零的季节即将到来。在充满寂寞与凄凉的深秋跟陷入封建社会各种恶浊、残害的孤弱少女遭遇紧紧相连，更进一步表达了诗人对世道与人情的愤懑与不平。

3. 嘲讽阶级和朝廷百官

《铁甲长龙》《桂霭桐阴》《姽婳词》在《红楼梦》中是嘲讽和批判阶级社会的主要诗词。在这里《桂霭桐阴》是典型之一。《桂霭桐阴》是《螃蟹咏三首》中的一首，出自《红楼梦》第三十八回，是贾宝玉、林黛玉和薛宝钗借吟咏螃餐而进行的一场诗战，这首诗是由薛宝钗所作。这首诗中，从物象的形象做分析，在螃蟹身上堆积所有寓意和嘲讽。用描述性的词语来表达，把螃蟹比喻成阶级社会黑势力、腐败人物、恶人的代表。首联中桂花芬芳，梧桐树落叶，人们多么渴望在重阳节到来的时候，能聚在一起吃螃蟹，吃得一饱口福。在这联中没有明显的讽刺，只是为于后面部分打下了基础。颔联中最关键的描述性词语是“道路无经纬”“春秋空黑黄”，通过对螃蟹形象的描述来给阶级社会中腐败官场、反面人物树立了很合适的形象。横行霸道、颠倒是非、人心险恶、背离正道的他们最终还

① 郭沫若.殷契粹编[M]//林赶秋.诗经里的那些动物.重庆：重庆大学出版社，2010：168.

是面临消灭。虽然“螃蟹”腹部黑黄，颜色显眼，但是它除了内部有一点蟹黄之外，一片空空，一文不值。颈联和尾联中诗人形容螃蟹肉味腥性冷，不加调料不能消除它的刺鼻味，通过这种描述来狠狠地揭发和鞭打恶人。就像“好人好报，恶人恶报”那样，那些黑势力最终还是灭亡，百姓还是拍手称快。在这首诗中，重阳节相聚就是最典型的“秋”季描述，虽然寒霜降落，桐树叶掉落，但是百姓在重阳节团聚的渴望一直没变，大家紧紧相连，对于阶级社会的腐败进行反抗与讽刺。

中国人赋予了“秋”这样浓厚的文化色彩，“秋”也自然而然培养了中国人独特的审美观念，“秋”在中国诗歌中不仅是一个单面的象征物体，它培养了中国人在文学艺术上特殊的情感表达方式。从丰收的季节意象转移到丰富多彩、多种多样的意境当中，表现了中国诗歌的特殊性和灵活性。就像曹雪芹《桂靄桐阴》当中，通过形象的语言来表达人们对阶级社会腐败和恶浊的社会层面的批判，表示黑势力和恶人的横行霸道、颠倒是非的行为的不满，普通百姓无论再怎么受苦都很乐观，想要重阳节团聚，一起享受即将到来的美好日子，同时表达反抗阶级社会恶势力的精神。因此中国人的诗歌当中，主要不是发挥诗人的表达和叙事才能，而是通过最灵巧的方式捕捉自然物象，把内心最丰富的情感堆积到客观外物当中。

中国人对于秋有着非常深厚的情感，当然他们在生活中也细心观察秋的意象，同样在艺术创作中精心创作。通过《红楼梦》秋的意象不难看出，中国文学对于秋的描述十分丰富，艺术描写上更加生动。金黄麦子、梧桐落叶、蟋蟀呻吟、大雁南飞、冰霜降落、菊花盛开、漫漫的秋叶、冰清的池水、凋落的草木、濛濛的秋雨、团圆的秋日等等，都是有关“秋”的各种复杂的物象描述。蟋蟀之鸣专指物候，在《吕氏春秋·季夏纪》中也有记载：“季夏之月：日在柳，昏心中，旦奎中。其日丙丁，其帝炎帝，其神祝融，其虫羽，其音徵，律中林钟。其数七，其味苦，其臭焦，其祀灶，祭先肺。凉风始至，蟋蟀居宇，鹰乃学习，腐草化为蚈。天子居明堂右个，乘朱辂，驾赤旂，衣朱衣，服赤玉，食菽与雉。其器高以粗。”①凉风始至指的是秋风初起的时候，蟋蟀居宇指的是蟋蟀鸣叫的声音在屋宇下响起。总之，只要蟋蟀鸣叫的时候，人们就开始认为已经是秋天了，因为蟋蟀鸣叫暗示入秋，萧条和凄凉的季节快要来临，这个时候刚好是是农闲时期，所以人们开始总结曾经的生活，从这里得到有关人生的哲理。年岁之伤、秋愁、秋思、怀人之痛等各种伤感体验，跟蟋蟀的鸣声联系到一起，汇集成一种压抑的文化意境。

秋深深地凝聚了五千年充满活跃、久经世故的华夏民族特有的文化内涵，它已从单面的象征物转化成有分量、有内涵、有神韵的文化体系。它不仅是一个客观的景物找到了自己的地位，还成为了一种特殊的符号，真正解析了中华民族的情感和精神世界。

参考文学：

[1]吕树坤.四大名著诗词赏析[M].长春：吉林文史出版社，2003.

[2]李璐.意象与嬗变：先唐昆虫文学研究[M].北京：人民出版社，2019.

[3]曹雪芹，高鹗.红楼梦[M].北京：人民文学出版社，2000.

[4]赵敏俐.秋与中国文学的相思怀归母题[J].中国社会科学，1990（4）.

① 许维遹撰，梁运华整理.吕氏春秋集释：上册[M].北京：中华书局，2009：129-130.

四大古典文学名著少数民族译本传承与创新
——基于合作模式的数据库建设

张晓彤
（西北民族大学图书馆　甘肃兰州　730030）

摘要：四大文学经典名著《红楼梦》《西游记》《三国演义》和《水浒传》是中华民族的文学瑰宝，几百年来在海内外经久不衰。毫不夸张地说，它们囊括了中国传统文化的方方面面，读懂了它们，便是读懂了中国的历史文化。在互联网与数字化背景下，通过对四大名著民族全译本及研究的梳理、回顾和再认识，阐明了经典名著民族译本的创新是时代之需。在专家学者、专业教师和图书馆员的团队合作创新模式下，积极建设特色数据库，使古典文学名著中的传统文化，在新时期、新条件下，焕发出历久弥新的魅力。

关键词：四大名著；少数民族译本；传承与创新；数据库建设

一、引言

中华文化是中国各民族文化之集大成者，经典名著是中华文化的一个重要组成部分，是中国传统文化的精髓和代表。对四大名著少数民族文字译本及研究的梳理和回顾，有助于我们对少数民族文学文字传承的再认识。在互联网技术更新迭代的数字化背景下，经典文学的传统传播模式受到挑战，文本的创新驱动日趋迫切，文学名著也在数字化的发展中激发出新的生命力；鲜活的文字，展示出“语言艺术”应有的魅力；让经典作品更加绵延流传。

二、国内对四大名著的研究

在我国四大文学名著研究中,《红楼梦》研究文献占优势，仅从中国知网CNKI数据库统计，以红楼梦作为主题词，其研究文献总数多达21931篇，内容涉及文学的13972篇，占大多数；涉及语言文字的3691篇，仅次于文学。同样关于《西游记》的研究文献6088篇，内容涉及文学的3288篇。《水浒传》的研究文献5217篇，内容涉及文学的3751篇,《三国演义》的研究文献4099篇，内容涉及文学的2409篇。国内四大古典文学名著翻译与研究有时间早、文种多、传播广等特点。在少数民族语言翻译方面，据记载满译《三国演义》为清代第一部满译汉文小说，更是汉、满、蒙古族文化交流的例证。19世纪前后,《水浒传》《三国演义》《西游记》在民间说唱艺人的传播下，不仅以口头形式在广大藏区传播，而且有关四大名著的作品甚至成为许多少数民族民间说唱艺人们的保留节目，也深受少数民族欢迎。以下对四大名著少数民族文字纸本全译本的出版进行简要的梳理与回顾。

（一）四大名著维吾尔文全译本的出版与研究

1. 维吾尔文《红楼梦》全译本的出版与研究

维吾尔文译本《红楼梦》由新疆人民出版社自1975年7月开始陆续出版，截至1979年3月全部出齐，共计8卷，以1964年人民文学出版社出版的《红楼梦》为翻译底本。2012年《红楼梦》维吾尔文全译本精装本四册由新疆人民出版社重新印刷出版。四大名著在维吾尔文方面的学术研究中，对《红楼梦》的研究论文起步早、数量多、涉猎广。主要有熟语

（成语、歇后语等）、双关语和称谓语等维译方法研究；服饰词、仿词、饮食词以及民俗词的维译方法研究；文化图示理论、多元系统理论、比喻修辞等方法关照下的维译方法研究等[1]69。

2. 维吾尔文《西游记》全译本的出版与研究

维吾尔文《西游记》全译本，1982年由新疆人民出版社出版，并成为广受维吾尔读者喜爱的文学作品。《西游记》维吾尔文译本的研究主要集中在佛教词汇、神魔名称和回目中[1]71。

3. 维吾尔文《三国演义》全译本的出版与研究

维吾尔文《三国演义》，1982年由新疆人民出版社出版。该社还将新维吾尔文版《水浒全传》转写为老维吾尔文出版，并于1999 年再版《三国演义》。对维吾尔文译本的研究主要集中在军事用语、绰号、官职等词语方面[1]71。

4. 维吾尔文《水浒传》全译本的出版与研究

维吾尔文版《水浒全传》，自1976年至1978年三年间，由新疆人民出版社全部出齐，共计8卷。《水浒传》维吾尔文译本的研究主要集中在绰号、兵器、回目研究[1]71。

另外，维吾尔文全套四大名著连环画册，1998年由新疆美术摄影出版社翻译出版；2000年新疆人民出版社再版了维吾尔文《三国演义》。维吾尔文缩写本四大名著，2005年7月由民族出版社出版；2006年新疆人民出版社再版《三国演义》，2011年新疆科技出版社再版。

（二）四大名著蒙古文全译本的出版状况

1. 蒙古文《红楼梦》全译本的出版

《红楼梦》蒙古文全译本120回本，1976年由内蒙古人民出版社出版。新版蒙古文《红楼梦》由赛音巴雅尔、钦达门尼、丹森尼玛等翻译出版。

2. 蒙古文《西游记》全译本的出版

三卷本蒙古文《西游记》，1976年由辽宁人民出版社出版，这一版本参考了阿日那编译的1971年抄本。四卷本蒙古文《西游记》1980年由内蒙古人民出版社出版，此版是由仁嘎瓦、阿拉坦巴根等以人民文学出版社1955年版本为蓝本翻译的。由仁钦戈瓦等翻译的新版《西游记》出版[2]52。黑勒、布和翻译的新版《水浒传》也于1980年前后陆续出版。

3. 蒙古文《三国演义》全译本的出版

蒙古文《三国演义》，1925年由辽源出版社出版，共8册[3]28。《新译带批三国演义》，1928年由北京蒙文出版社出版，德木克图译；十二卷（12册），每卷10回，为120回全译本[3]28。另外，还有蒙古文《三国演义》抄本（48册）；《三国演义》抄本，二十四卷（24册）[3]28。

4. 蒙古文《水浒传》译本的出版

蒙古文《水浒全传》，1978年由内蒙古人民出版社全部出齐，共四卷。之后新版蒙古文《水浒传》于1980年前后陆续出版，此版由黑勒、布和翻译而成。

（三）四大名著哈萨克文全译本的出版状况

1. 哈萨克文《红楼梦》全译本的出版

哈萨克文《红楼梦》1975年由新疆人民出版社出版，8卷本。

2. 哈萨克文《西游记》译本的出版

哈萨克文《西游记》全译本1978年由新疆人民出版社出版。

3. 哈萨克文《三国演义》全译本的出版

哈萨克文《三国演义》全译本1981年至1984年2月由新疆人民出版社出版。

4. 哈萨克文《水浒传》全译本的出版

哈萨克文《水浒全传》由新疆人民出版社出版，8卷本。

（四）四大名著朝鲜文全译本的出版状况

1. 朝鲜文《红楼梦》全译本的出版

《红楼梦》朝鲜文1978年由人民文学出版社出版，此版是依据人民文学出版社汉文版译出的，为四卷本。

2. 朝鲜文《西游记》全译本的出版

朝鲜文《西游记》于1992年5月出版。朝鲜文版《西游记》10册成套，1994年版由东北朝鲜民族教育出版社出版。朝鲜文《西游记》1996年版由延边人民文学出版社出版，共4册。朝鲜文《西游记》2009年5月由黑龙江朝鲜民族出版社出版，共4册，安义运翻译。

3. 朝鲜文《三国演义》全译本的出版

朝鲜文《三国演义》于1979年分上下册出版，都是依据人民文学出版社汉文版译出的。

4. 朝鲜文《水浒传》全译本的出版

朝鲜文本《水浒传》上册，1959年8月由李烈翻译，该书是根据作家出版社1957年3月版译出的。朝鲜文《水浒全传》于1977年8月由延边人民出版社出版，为四卷本，该译本由延边大学中文系朝鲜文《水浒传》翻译小组翻译完成。1991年3月民族出版社《世界文学学生文库》翻译出版了朝鲜文缩写本《水浒传》[2]53。26集朝鲜文连环画《水浒传》1992年1月由东北朝鲜民族教育出版社出版，是依据人民美术出版的汉文译出的。1996年6月《水浒全传》再版。

（五）四大名著藏文全译本的出版状况

1. 藏文《红楼梦》译本的出版

藏文《红楼梦》第一卷（20回）1983年9月民族出版社出版，由索朗班觉翻译[2]53。

2. 藏文《西游记》全译本的出版

藏文版《西游记》连环画2008年由民族出版社出版，达多译。

3. 藏文《三国演义》全译本的出版

藏文《三国演义》于1982年由甘肃人民出版社出版，为一百二十回全译本，共四卷，译者为孔鲜岳[2]53。

4. 藏文《水浒传》全译本的出版

藏文《水浒全传》于1978 年6 月由西藏人民出版社全出齐，共计四卷。

（六）四大名著满文全译本的出版状况

《三国志》达海、祁充格奉敕译，顺治七年（1650）抄本。内容是据明嘉靖壬午刻本《三国志通俗演义》译出，原书共分24卷（24册），现存7—12卷（共6册）[3]270。《三国志满汉合璧》达海、祁充格等奉敕译，雍正刻本，共八函（24卷，48册）[3]270。

（七）四大名著其他文种译本的出版状况

傣文版《西游记》于1981年12月由云南德宏民族出版社出版，由方乾龙和刀国安编译整理[3]53。锡伯文版《三国演义》《西游记》于20世纪80年代初由新疆人民出版社出版，从而告别了以手抄本形式流传的历史[3]53。

综观以上少数民族纸版全译本出版可以看出：凡是具有古老文字的民族都曾多多少少涉猎过这些古典文学作品的翻译。目前各种民族文字版本至少达10种。其中维吾尔族、蒙古族、哈萨克族、藏族和朝鲜族有了四大文学名著全译本。尤其是改革开放以来，少数民族译本研究取得了一定成绩，但与四大名著汉文版研究数万篇研究文献相比，其传播方式和媒介还十分薄弱，这不利于中华优秀文化遗产的阐述、研究、传播和影响，不利于中国四大名著研究的进一步拓展和丰富。为提升四大名著的少数民族文字译本研究水平，为进一步拓展我国四大名著的研究领域，深入挖掘四大名著的丰富精神价值和博大精深的文化内涵，建构一个系统的少数民族语言文字特色数据库是十分必要的。

三、团队合作共建四大名著少数民族语言文字特色数据库

首先，特色数据库的建设依托我校学者获批2019国家社会科学基金重大项目——我国四大古典文学名著维吾尔文、哈萨克文译本的接受、影响研究及其数据库建设。此项目基于专家学者、教师和图书馆员多学科团队合作的新模式。图书馆是信息和文献中心，丰富的纸版馆藏资源和电

子资源为专题数据库提供文献资源的基础保障。人员方面，该项目团队分别由中国语言文学学部、新闻传播学院教授、专业教师、图书馆参考咨询部、技术部及擅长少数民族语言文字的馆员组成。图书馆咨询馆员熟悉馆藏的纸版及电子资源，具备快速检索文献和查找文献的能力，并且熟知通过多种途径获取资源的方式、方法；在日常咨询和培训中具有较强的分析能力和分类整理文献资源的能力，并且了解大多数读者使用数据库检索的习惯及需求。技术部的馆员专业性强，有一定的工作经验和技术能力。少数民族馆员具有对少数民族文字译本、图片、影像等资源的识别能力，有利于完成数据库建设中大量文献的查找、分类、筛选、整理等工作。数据库的建设是对图书馆员的挑战和机遇，这是我们将服务科研、参与科研、成就科研融合的一种新方式。在这一过程中有机会向专家、学者学习，有利于锻炼图书馆的科研团队，有助于检验和夯实图书馆的业务工作，让图书馆的新生团队更加团结积极进取。图书馆馆员的角色发生了变化，不仅仅是为读者提供文献的服务者、弘扬中华优秀传统文化的宣传者，更是平台的建设者。另外，由专家学者、专业教师和图书馆员组成团队合作，是对经典文学数字化的创新模式。

其次，数据库的建设需要对各民族语言文字的四大古典文学名著译本、研究成果、译本文献、研究文献和影视文献等各种资料给予搜集，并按照各类文献不同的载体、方式整理。尤其是对新中国成立以来，四大古典文学名著维吾尔文、哈萨克文译本进行综合性的整理、分析、研究，这是构建中国四大古典文学名著研究的文献基础，目的是进一步为中国古典文学、文艺学和翻译学研究提供全面翔实的数据，为中国古典文学、翻译学以及其他相关学科的研究者提供一个多层次、多方位的资料空间。该数据库将系统地展现四大古典文学名著译本搜集与研究的全貌，并将以汉文、维吾尔文、哈萨克文等多语种翻译本集成纳入统一平台中，实现其多维度、多方面检索功能，为今后研究者提供便利与翔实的文献资料，从而促进民族文学翻译工程更快更好发展，同时让更多的少数民族同胞能共享中华民族的文化遗产。

四、结语

文化软实力是国家强盛的外在标志。习近平同志指出，中华优秀传统文化是中华民族的突出优势，是我们最深厚的文化软实力。我国四大古典文学名著是我国文学史上的文学经典作品，都有着极高的文学水平和艺术成就，蕴含着深刻的思想，为历代读者所称道，其中的故事、场景、人物已经深深地影响了中国人的思想观念、价值取向。传播经典名著，会增加读者对中国传统文化的了解和认知，培养读者富有时代特点和民族烙印的思想文化价值体系，增强读者的文化内涵、文化底蕴，激发读者强烈的民族文化自豪感。图书馆馆员与专业教师、专家学者通过新媒介和数字化技术携手共同传承和弘扬中华优秀传统文化，传承和弘扬中华美学精神的新模式，我们坚信通过教师的课堂、学者的专业指导及少数民族文字语言特色数据库线上的利用，能够从多层次、多角度、多形式的联动、互动讲好经典的中国故事。

参考文献：

[1]秦瑞英.中国古代四大名著的维文翻译及研究现状[J].兵团党校学报，2017（4）：68–71.

[2]伊明·阿布拉.中国四大古典文学名著民族语文翻译概述[J].民族翻译，2008（2）：49–55.

[3]王丽娜.中国古典小说戏曲名著在国外[M].上海：学林出版社，1988：28，270.

[4]杨德明，景萍.维译本《红楼梦》翻译研究文献综述[J].民族翻译，2016（1）：17–25.

[5]再纳汗·阿不多，阿布都外力·克热木，冯瑞.《红楼梦》维吾尔

文译本述评[J].红楼梦学刊，2018（3）：323-332.

[6]张瑞娥.《红楼梦》中国少数民族语种译本研究探析[J].广西民族大学学报（哲学社会科学版），2012，34（6）：159-162.

[7]胡艳明.浅析维文译本《水浒传》中歇后语的文化内涵及翻译策略[J].民族翻译，2018（1）：11-17.

[8]王小丽.《红楼梦》翻译研究综述[J].名作欣赏，2014（9）：141-144.

备注：该论文已于2020年8月发表,《甘肃科技》第16期第36卷。

浅析《西游记》在西方的传播

肖双[1]　阿尔帕提古丽

（西北民族大学中国语言文学学部　甘肃兰州　730030）

摘要：《西游记》作为中国古典四大名著之一，其中包含了丰富的中国传统文化内涵，自成书以来，深受各国人民喜爱。本文试图通过分析《西游记》英译本的现状及特点，结合相关影视作品在英美的传播情况，探求《西游记》在海外传播的意义。

关键词：《西游记》；英译本；传播

一、引言

《西游记》约成书于16世纪70年代，由明代小说家吴承恩创作，是中国古代第一部浪漫主义的长篇神魔小说，是一部思想性和艺术性都臻于一流的伟大作品，也是魔幻现实主义的先驱开创者。此小说取材于《大唐三藏取经诗话》和民间传说，主要描写了唐朝太宗贞观年间孙悟空、猪八戒、沙僧、白龙马保护唐僧西行取经，沿途历经磨难，克服了包括唐僧从出生到取经前的磨难在内的九九八十一难，一路降妖伏魔，化险为夷，最终到达西天，取得真经的故事。《西游记》问世以来，以其曲折离奇的故

① 作者简介：肖双（1998— ），湖南长沙人，西北民族大学中国语言文学学部中国少数民族语言文学专业2020级硕士研究生。

事情节、生动典型的人物形象、幽默诙谐的艺术风格以及积极乐观的人生态度，不仅在中国受到了一代又一代读者的喜爱，在国外也广为流传。鸦片战争以后，大量中国古典文学作品被译为西文,《西游记》渐渐传入欧美，被译为英、法、德、意、西、俄、捷、罗、波、日、朝、越等文种。中外学者发表了不少研究论文和专著，对这部小说给予了极高的评价。学者们对《西游记》译本的研究大多以译本与原本的对比或者译本的翻译技巧为主要内容，对译本传播方面的研究较少。从十九世纪末至今,《西游记》在英美不断地发展与衍生，主要有两大传播途径：文本、影视。本文以《西游记》英译本为着手点，试图通过分析《西游记》英译本的现状及特点，结合相关影视作品在英美的传播情况，探求《西游记》在海外传播的意义。

二、文本的传播

《西游记》在十九世纪末期开始传入西方，由此开始了在英语世界的译介，经过传教士、汉学家、大学教授和文化学者的翻译,《西游记》出现了多个至今流传的英译本。

（一）李提摩太《出使天国：一部伟大的中国史诗和寓言》

李提摩太是晚清时期的一位基督新教传教士，于1845年出生于英国南威尔士卡马孙郡。1866年，李提摩太向派教申请赴华北传教，1869年，他开始踏上前往中国的路程。在中国传教期间，他力图寻找佛教影响力的秘密、探求佛教与基督教之间的联系，从而打开传播基督教的窗口。在1913年将中国四大古典名著之一的小说《西游记》翻译成英文，取名为《出使天国：一部伟大的中国史诗和寓言》(*A Mission to Heaven*: *A Great Chinese Epic and Allegory*)。这是第一部较为完整的《西游记》英译本，在这之前，只有对部分片段或章节的不完全翻译。

从整体来看，李提摩太在翻译《西游记》时保留了原著100回的结构，采用了全译与节译相结合的翻译方法，其中前七回和最后三回为全译，中间八十一难的回目为节译。从内容来看，李提摩太在《出使天国》中将小说描写为一个基督徒进行朝圣的寓言故事，描述了一群认罪忏悔的罪人踏上天国朝圣之旅，将原著中佛教元素基督教化，具有浓烈的基督教色彩。李提摩太注重对宗教相关内容的描写，原著中出现了许多具有很强的概括性和象征性的宗教用语，李提摩太在翻译时对一些人物名称进行了置换，比如，他将玉帝看作基督教的上帝、将观音看作圣灵、将唐僧看作耶稣式的人物等。在翻译诗歌韵文时，他将佛教的祝祷词译为对上帝的赞颂和祈祷，将原文变为了基督式的表达。

尽管李提摩太的《出使天国：一部伟大的中国史诗和寓言》带有深刻的基督教化烙印，但不可否认的是这一译本使《西游记》在西方的传播更加广泛，也推动和促进了东西方文化的交流。

（二）海伦·海耶斯《佛教徒的天路历程》

海伦·海耶斯出生于爱尔兰科克市皇后镇，曾游历中国、日本、埃及、印度等东方国家，在游历过程中，她对亚洲文明和佛教文化产生浓厚的兴趣。再加上《西游记》在海外的传播以及李提摩太英译本所提供的背景信息，于是在旅居京都期间，她完成了《西游记》英译本——《佛教徒的天路历程》，并于1930年出版，使之成为首个在英国本土发行的《西游记》译本。

这一英译本与李提摩太的英译本侧重点有所不同，李提摩太注重将原著基督教化，而海伦·海耶斯重点突出小说开启智慧方面的作用。该英译本采用第三人称叙述的方式，选择性地翻译了“石猴”“猴王在天庭”“皇帝游地府”“取经师傅”“天路历程”“修成正果”这六个部分，通过这六个部分讲述了孙悟空的身世、不屈不挠的反抗精神、因果报应、成功所要付出的努力以及修成正果等方面。海伦·海耶斯将小说看作是一部佛教寓言，在译文中，她多次借用班扬的《天路历程》中的人名和地名，并多次引用书中的词句，试图与《天路历程》形成互文，让英国读者能更好地理解原著。比如，她将原著中的西天圣地称为“中国的安乐国”（Chinese Land of Beulah），这是对《天路历程》中“在安乐国，天使们常来散步，因为这里就在天堂的附近”的借用。此外，为了使唐僧形象与基督徒形象更为契合，她将唐僧重新构建，塑造出一个不被金钱迷惑、意志十分坚定的形象，使唐僧成为小说真正的主角。

海耶·海伦斯英译本只有105页，但正是这一英译本的出现，使《西游记》正式进入西方世界，向英美读者普及了更多与其相关的重要内容，为其他译本的出现与接受打下了良好的基础。

（三）阿瑟·韦利《猴》

阿瑟·韦利1889年出生于英国，酷爱语言和文学。在剑桥学习期间，受到教授仰慕东方古代文明的思想的熏陶，他产生了致力于东方文化研究的想法。1943年，他对《西游记》的节译本《猴》在英国正式出版，次年又在美国出版，自出版以来深受英美读者喜爱，在众多英译本中占据了极为重要的地位。

作为一部节译小说，韦利在翻译时对原著进行了大量的删减，只勾勒出故事的大致轮廓和主要情节。原著全书为100回，而韦利仅选取了其中的30回，完整翻译了原著中的1—7章“悟空的故事”和8—12章“玄奘身世及前往西天取经的由来”，对原著中13—100章“西天取经的历程”只做了部分翻译。尽管他进行了大量删减，但他十分注意译本的完整性。他将唐僧师徒四人取经路上经历的艰难险阻浓缩为三个完整的故事，即“乌鸡国故事”“车迟国故事”“通天河故事”。不同于海伦·海耶斯将唐僧作为译本的主角，韦利将译本取名为《猴》，说明小说的中心人物是孙悟空，其译本中重点突出的是孙悟空的反抗精神以及他逐渐成长的过程。另外，《猴》是在二战期间翻译成的，在此节译本中，不可避免地带有一些韦利的个人思想倾向。在《西游记》的最后部分，师徒四人修成正果，众人合掌朗诵偈文，韦利将这一部分转化为第一人称叙述，借此表达自己的内心独白，表达出对世界和平、安定的渴望。

《猴》这一节译本的出现让猴子的故事在西方国家广为人知，其关注译文的文学性和故事性，是在海外声誉最高、影响最大的《西游记》译本。

（四）余国藩《西游记》

余国藩1938年出生于香港，作为一名华人学者、芝加哥大学教授，他汲取东西方传统，致力于研究中国宗教、基督教、佛教和印度教的经典文本。1977年，他历时十四年写成的四卷《西游记》英译本通过芝加哥大学出版社正式出版，这是第一部英文全译本，也被世人认为是迄今为止最好的英译版本。

余国藩的《西游记》译本共四卷，每一卷包括25回。余国藩本身是一位美籍华人，他具有深厚的中国文化修养，因此他的译本较之其他版本更全面、更丰富、更忠实于原著。他在翻译过程中多采用异化的翻译策略，主要包括直译和音译两种方法。在翻译专有名词时多用音译法，直译法主要用于翻译金丹术语和五行说。此外，他还添加了大量的注解，对专有名词进行详细的解释，将评、译、注合为一体，力求拓展书中的背景知识，忠实地传达原著本意，极具学术性。诗歌翻译向来是一大难点，但余国藩仍将《西游记》中数量众多、内容复杂的诗歌全部译出，努力向读者再现这一古典名著的风貌。

余国藩的《西游记》译本选择了一种既忠实于原文又能够让英语读者理解的翻译方法将原著译出，让英美读者进一步感受到了《西游记》的丰富情节和文化内涵。

（五）詹纳尔《西游记》

继余国藩之后，西方世界再次出现了一部《西游记》英文全译本，该全译本由英国学者、翻译家詹纳尔历时五年翻译而成，1993年由外文出版社出版，是国内流行最广、影响力最大的英译本。尽管詹纳尔是一位英国人，但“面对他者语言和文化，他不迁就、不妥协，摒弃了先前普遍流行的改编式、节译式，甚至意译式策略，在整体上呈现了中国古典文学中的文化之异、文体之异、语言之异、思维之异”（周远航，2018）。

詹纳尔《西游记》全译本共四卷，保留了原文的叙事风格，采用第三人称叙述的方法，其内容和情节基本忠实于原著，在翻译诗词时着力于还原原文的风格，在结构、韵律等方面尽力向原文靠拢。译文语言顺畅，表达地道、通俗易懂，注释较少，更适合英美读者阅读，可读性比较强。

詹纳尔《西游记》全译本既忠实于原文又符合读者的阅读需求，实现了最佳关联。作为《西游记》众多译本中最全面、最完整的全译本，它满足了西方读者对《西游记》的期待，进一步促进了《西游记》在西方的传播，加深了英美人民对中华文化的了解，推动了东西方文化的深入交流。

三、视听的传播

《西游记》在西方除了通过文本翻译形式进行传播外，还出现了深受当地人喜爱的电影、电视剧、歌剧等形式。1986年，电视连续剧《西游记》在中央广播电视台和香港亚洲电视台同时播出，在国内收视率高达89.4%，重复播放多达3000次，在东南亚及世界上一些国家更是掀起了一股观看《西游记》的热潮。“广泛的受众群体、深受欢迎的魔幻题材、多元化的主题内涵，以及对异域文化的包容性等优势，让针对《西游记》的影视改编经久不衰。”（曾麟，2019）

《西游记》在西方世界首次被改编为歌剧是在2007年，由华裔导演陈士争指导，取名为《猴子：西游记》。这部现代歌剧，以“美猴王”孙悟空唱主角，讲述了唐僧师徒西天取经的神话故事，为体现原汁原味的中国神韵，该剧全部采用普通话台词。它将中国杂技、功夫、舞台剧、数码动画等多种艺术元素融为一体，剧中音乐不仅有由中国传统乐器演奏的，也结合了打击乐、电子乐等西方元素，这种融合让其具有“跨文化”的视听享受。这部歌剧演出之后，引起了巨大的轰动，先后在多个剧院上演，更成为纽约林肯中心艺术节的开幕大戏。业界对其评论极高，观众对其也表现出浓厚的兴趣。

2011年，美国和德国联合拍摄了一部改编自《西游记》的电影——《齐天大圣》。这部电影讲述了一个美国商人为了帮助观音菩萨，走进中国的神话世界，和师徒四人一起寻找失传已久的吴承恩《西游记》的手稿，以破解一个五百年的魔咒，保护世界，防止世界毁灭的故事。整部影片的各种人物都展现出浓烈的西方色彩："观音胸大性感，爱喝'马爹利'；唐僧高大英俊，是位美国学家；猪八戒成减肥达人，瘦到能看到肋骨……"（李越，2006）

西方也曾尝试过将《西游记》改编为电视剧。2015年，美国经典电影有线电视台将孙悟空的故事改编为功夫题材的科幻美剧《穷山恶水》，由吴彦祖担任孙悟空这一角色，猪八戒、沙僧、唐三藏由三位美国人扮演。该剧讲述在一个被封建伯爵统治的国家里，一位伟大的战士和一个勇敢的小男孩一起踏上征途，克服种种困难，寻找理想中的极乐世界的故事。该剧以武术为主题，但混杂了许多其他元素，其剧情与原著相差甚远，只保留了大致框架。2018年澳大利亚拍摄了《新美猴王传奇》，其剧情较为颠覆，人设也极具突破性。该剧发生在一个虚构的时代，讲述了一个在五百年来一直被妖怪掌控的世界，"女唐僧"和三位被贬下凡的神仙为恢复世界平衡，踏上危机四伏的路途的故事。这部电视剧在情节上突出"取经"这一环节，对取经的目的和过程做了较大的改写，在服装设计上结合了中东、印度、中国等亚洲国家的风格特点，融合了多种文化。

从西方国家对《西游记》的改编中我们不难看出该名著在海外的传播甚广，尽管在改编时存在一定的文化误读情况，但应当肯定《西游记》在海外的影响力，理解并接受这种在不同文化中传播所造成的变异结果。

四、海外传播的意义

《西游记》在海外的传播，对中国乃至世界都有着重大的意义。

首先，《西游记》中蕴含着许多中华传统文化，它被译成多种译本，成为海外人民所熟知的故事，这意味着我国传统文化也随之进入到海外市场，这是我国文化“走出去”的体现，说明我国文化软实力不断增强，中华文化在世界上的影响力和感召力也不断增强，有利于提升我国核心竞争力，提升国际文化领域话语权，维护国家形象。

其次，《西游记》在海外传播有利于增强我国人民的文化自信。中华文化源远流长、博大精深，但鸦片战争后，社会的动荡导致我国文化长期处于弱势地位，我国人民对中华文化的自信心逐渐丧失。但随着《西游记》等文学作品在海外的大力传播，深受各国读者喜爱，这增强了中国人民的民族自豪感和文化自信心，推动了人们对于中国文化的觉醒与认同，以此能够对抗外国文化入侵，传承和发展传统文化。

再次，《西游记》中蕴含的坚韧不拔的取经精神、强烈鲜明的主体意识、精诚互助的团队观念、积极乐观的人生态度也随着文本、电视剧一起传播到海外，这有利于海外人们理解《西游记》的精神文化内涵，并更深入地了解中华文化的内蕴。

最后，《西游记》在海外传播有利于维护文化多样性，促进东西方文化交流，推进世界文化大繁荣。《西游记》是一部中国古典名著，当传播到其他国家时，海外学者对其进行了部分改编，以迎合海外读者的需求，这是一种东西方文化的碰撞、交流与融合。正是不同民族之间文化的融合，才造就了当今丰富多彩、蓬勃繁荣的世界文化。

五、结论

《西游记》问世以来，凭借其极大的艺术魅力，超越民族间文化差异的界限，不断被海外的文化学者研究并争相翻译，受到全世界成千上万读者的喜爱。《西游记》译本的出现、增多和优化，说明该文学作品在世界上的影响力不断增大。《西游记》的“出海”是中国传统文化走向世界、在世界传播的缩影，体现了东西方的“文化相通”。

参考文献：

[1]王文强，单君.跨洋出海记——海伦·海耶斯《西游记》英译本探析[J].中国文化研究，2019（02）：141-150.

[2]苏艳.《西游记》余国藩英译本中诗词全译的策略及意义[J].外语研究，2009（02）：82-86.

[3]周远航.论詹纳尔《西游记》英译本的异质性及意义[J].上海翻译，2018（04）：44-49.

[4]曾麟.《西游记》海外影视改编与传播研究[J].当代电视，2019（06）：56-59.

[5]王文强，汪田田.晚清时期《西游记》在英语世界的传播研究[J].燕山大学学报（哲学社会科学版），2019，20（06）：14-22.

[6]胡陈尧，刘云虹.译与变：关于《西游记》海外传播路径的思考[J].小说评论，2019（01）：144-152.

[7]谢玉冰.《西游记》在泰国的传播、再现与衍生[J].国际汉学，2018（02）：74-82，205-206.

浅析《西游记》维译本中的人名翻译

阿尔帕提古丽

（西北民族大学中国语言文学学部　甘肃兰州　730030）

摘要:《西游记》是中国四大名著之一，其核心内容包括儒家、佛家和道家思想的共存和融合，而这三种文化表现在对各种不同人物形象的描述之上。本文对《西游记》汉语本中的人物名称进行分类，并对《西游记》中的人物名称之维吾尔语翻译方法进行归类、统计和分析，从而分析维吾尔语译者翻译原文中的人物名称之时所采取的翻译方法以及翻译过程中的得与失，对维吾尔文译本中的人物名称之翻译质量进行评价，考察译者所选择的翻译方法是否保留了原文的文化风采。

关键词:《西游记》；人名；翻译

在我国小说史上，继《三国演义》《水浒传》之后出现的神话小说《西游记》在几百年以来，以自己独特的艺术魅力，受到人民的青睐。从创作背景来看，学界认为《西游记》不是某个作家独立创作出来的作品，而是经过漫长的历史时期，由群众的集体创作和作家的个人创作结合起来的产物。文学作品中的人物名大多意义深刻、内涵丰富，许多著作里的人物名称中都包含着一定的文化内涵。《西游记》里的人物名称蕴含丰富多彩的文化因素，通过这部小说几乎可以感悟到中国传统文化各方面的内涵。人物名称的翻译涉及到翻译标准、遵守原则、运用方法等方面，而维译本的翻译方法模式十分灵巧，可以说是汉维翻译领域的一朵鲜花。《西游记》内容丰富、结构宏达、情节宽阔，人物名称比比皆是。全面评论《西游记》更加难以尽述，故本文主要选取人物名部分为重点，外加一些特殊的地域名和事物名来进行评述。

一、《西游记》中的人物名称及分类

《西游记》以唐玄奘带领四位徒弟在去西天的路上降妖伏魔、经历多种复杂的遭遇，最终度过九九八十一次的困难感动佛祖，取得真经的故事为主题。小说中的人物中有佛教和尚、道家道士和儒家儒士等各种人物。另外，小说中还有佛祖菩萨、恶魔怪物，也有普通社会人士。各种层次人物名称具有特殊名字和绰号是该小说的一个亮点，从中我们可以看出各种不同人物形象所蕴含的文化色彩。这些是作者丰富的想象力和思想互相结合的产物。它融合了各种各样的神魔人物、神话世界和各种神奇的魔法，又描述了中国传统文化中的佛、道、儒三家的哲理思想和内容，构造出“天上以玉皇大帝为首的神仙世界；地上以皇帝唐太宗李世民为首的人间世界；地府以阎罗为首的幽冥界；以及西方以如来佛祖为首的极乐世界等四个世界”。在这样的构思下，《西游记》中的大大小小林林总总的人物粉墨登场，他们都有一个符合自己身份且非常形象的名称。小说的神话元素使得这些人物大多无实名实姓，而是以他们的尊称或绰号出现。在本论文中《西游记》的人物名称分为如下三类：神仙名称、普通人物名称、妖魔鬼怪名称。下面按这三类对《西游记》中人物名称的主要特点以及来源进行探讨。

（一）《西游记》中的神仙名称

《西游记》中的多数神仙属于取经途中的帮助者角色。他们包括：以天上的玉皇大帝为代表的各宫里的天尊、天王、天将、天上凶星、元帅、天师、神王、天兵、仙女、玉女；地上各地的土地、山神、城隍、狱神、寺伽蓝以及平民百姓里的有些神人；地下阎王所代表的幽冥界里的各类神以及各宫里的王者；各大海里的龙王、龙婆、龙儿以及龙王宫里的夜叉、先锋、水兵等等；还有如来所代表的极乐世界里的佛老、菩萨、罗汉、诸佛、揭谛、比丘尼、比丘僧、优婆塞、优婆夷、僧、尼等等。他们具有神奇的法力、无边的力量。唐僧带领的四个人在西天取经的一路上多次受到妖怪的阻挠与残害，这时他们得到这些神仙的支持，通过他们的帮助，孙悟空引领着取经者们，和那些妖怪斗争，终于克服九九八十一难，完成取经大业。《西游记》中出现的神仙名称总共有204个，下面是其中具有代表性的神仙名称及其翻译。如：

序号	原文	译文
1	大慈仁者玉皇大天尊	qudus äzäm wä uluğ şäpqät igisi yurun sultan häzrätliri
2	葛仙翁天师	äriş muräbbsi ge şänwen
3	太白长庚星/太白金星	tariq qolpan boway
4	东海龙王敖广	şärqiy deŋizniŋ su ilahi awguaŋ
5	阎王	yamaraja
6	托塔李天王	päläk şahi wayjirwana li

（二）《西游记》中的普通人物名称

《西游记》中的普通人物指人间世界的芸芸众生，其中包括：唐僧从当时的大唐国首都长安出发以后走过的各国的国王、王妃、王子以及皇宫的各类人士；各国的平民百姓；各寺院寺庙里的主持、方丈首领、和尚、修士、僧尼等等人物。其中有善良的人物，他们为唐僧师徒四人的旅行中提供饮食、住宿，还为悟空等徒弟降妖救师父时提供一些帮助。也有一些凶恶的人物，他们主要是横行霸道、祸害平民百姓，给人间世界造祸，他们也给唐僧师徒四人的取经旅途带来不少的麻烦。最后孙悟空为民除害，造福人民。小说通过这些实际人物点明了人间世界的善恶之分，在整体小说中起到不可缺少的辅助作用，给小说添加了一些文艺色彩。

这些人物名称有绰号、官名、替代名和笔名等不同类型，在小说中占的比例也比较多，而且对小说情节的发展也起到了很重要的作用。下面是比较有代表性的普通人物名称及其翻译。如：

序号	原文	译文
1	太宗皇帝	täyzuŋ xan
2	魏征	wey jeŋ
3	陈萼 / 光蕊	çen e/ guaŋruy
4	张氏	jaŋ ağça
5	丞相殷开山	wäzir yänkäyşän
6	温娇 / 满堂较	wenjyaw/ män taŋjyaw

（三）《西游记》中的妖魔鬼怪名称

“妖怪”是指自然界奇怪荒诞的事物和动物，一般来说具有怪异、反常的特点。古代时期，人们往往把妖怪视为可怕的灾祸发生的预示，以为是天帝对人们的警告。“魔”是梵文“魔罗”的略称，在佛教中，“魔”是一切扰乱身心、破坏行善者和一切妨碍修行的心理活动。“鬼”“精”指的是人以外的事物获得灵魂、神力而能兴妖作怪，就是精怪。它也总是被看作反常的、不同于正神的、常给人们带来灾祸的精灵。它以一个固定的自然物或器物为原型，是一个由物幻化而成的精灵。《西游记》作为一部神魔小说，其中包括的妖怪、魔鬼也不少。小说整体部分离不开这些“妖魔鬼怪”，故事主题也是围绕着这些妖怪而发展的。《西游记》中，以唐僧为代表的取经队伍所经历的九九八十一难大部分都是来自于这些“妖魔鬼怪”，为他们的取经路程制造了不少的麻烦。这些妖怪、魔鬼里，有的试图吃唐僧肉，有的试图跟唐僧结为夫妻，有的还试图冒充唐僧去西天取经。他们都具有一定的法力和力量，有些妖怪甚至强大到连孙悟空也无法收服，只能去找神仙来帮忙才能收拾他们，而后师徒四人才能继续取经路程。“妖魔鬼怪”在《西游记》中占的比例很多，是小说中不可缺少的一部分，这些部分使小说情节更有趣、更幽默、更精彩，从而吸引读者。《西游记》中“妖魔鬼怪”的名称也是最有意思的一部分，它们有些是按外貌特征来命名的，有的是按它们的穿着来命名的，有的是按它们动作而命名的，有的是按它们的某种特征或者某种法力来命名的。下面是一些具有代表性的妖魔鬼怪名称及其翻译。如：

序号	原文	译文
1	独角魔王	yäk müŋgüzluk jännas
2	寅将军/老虎精	yänsärkärdä/yolwas sürätlik jin
3	熊山君/熊罴精	şiyoŋşän teği padişahi/eyiqalwasti
4	特处士/野牛精	qabil begim/ yawa öküz alwasti
5	华翰	xuaxän
6	黑熊精	qara eyiq alwasti

二、《西游记》中的人物名称的主要特点

（一）具有浓厚的宗教文化特点

作为明朝中期神魔小说的《西游记》，反映当时的宗教文化和宗教思想的同时，为小说添加了艺术色彩。在本小说中，佛教、道教、儒教三种文化融合在一起，反映出当时社会的三教合流的思想。比如，佛家思想的表现在这本古典名著中最明显。小说以唐玄奘带领四位徒弟去西天

取经的故事为主题，领取真经的历程富有浓烈的佛教色彩。小说通过关联唐玄奘、观音菩萨等人物的神秘情节来宣扬浓厚的佛教思想。小说中的“如来”（tathagato）、“观音菩萨”（awaloktswara budsatwa）、“护法加蓝”（samharama din qoğdiğuçi ilahlar）、“灵吉菩萨”（liji budsatwa）等等人物都是佛教人物。除了佛教文化，小说中也有大量的道教和儒教文化内容。孙悟空最初到处寻找仙道大师，遇到了第一个师父，虽然他叫须菩提禅师（budhi pir ustaz），传教的却是道家功夫，教给悟空的本领也是从道家入手。还有书中与佛教众位神仙共事的神仙中就有“太上老君”（äwliya peşiwasi）、“玉皇大帝”（yurun sultan）、“太白金星”（tariq qolpan boway）等等，都是道教人物。这些都使《西游记》具有浓厚的宗教文化内涵和特点。

（二）具有丰富的艺术特色

《西游记》不只是具有丰富的思想内容，艺术层面上也呈现了很高的成就。这部小说不仅有丰富多彩的艺术想象，还生动地描述了曲折的故事情节。《西游记》在艺术上取得了杰出的成就，他创造了孙悟空这样一个具有理想化的神话英雄形象，这在中国小说史上是独一无二的创作。书中的诸多人物，既是神奇古怪的，又有强烈的现实性，这在中国古代神魔小说中也是极为罕见的现象。《西游记》中的人物名称也表现了一定的艺术特色，比如“金圣宫”（altun bikäş）、“银圣宫”（kümüş bikäş）、“玉圣宫”（qaştişi bikäş）、“鸟巢禅师”（pärzanä zahit）、“金衣力士”（altun kiyimlik küçtüŋgür）等。

（三）具有浓郁的神话色彩和浪漫主义特点

《西游记》是我国文学史上一部独特的又充满奇思异想的神魔小说。作者吴承恩使用浪漫主义的表现手法，描绘了一个瑰丽纷呈、神奇秀丽的神话世界，创造了一系列妙趣横生、引人入胜的神话故事。比如孙悟空能上天入地、穿山过海，无所不能，无拘无束；再比如孙悟空钻到青毛狮子怪的肚子里打秋千，竖蜻蜓，翻筋斗。这些都是浪漫主义思想的产物。在人物描写上将神魔性、人性和自然性三者成功地结合在一起，也是使《西游记》富有神话色彩的重要原因之一。所谓神魔性，就是指形象创造的幻觉性；所谓人性，就是指形象的社会性；所谓自然性，就是指人物所具有的本性。《西游记》呈现了一个神秘化的动物世界，同时又展现了社会生活的各种内容。这些都是一种神秘的思维过程。《西游记》在这过程中也创造了与神奇人物融合在一起的神奇名称，大部分神仙和妖怪名称都属于这一类。

三、《西游记》中的人物名称及其维吾尔文译文分析

维译本《西游记》在翻译过程中主要采用了音译、意译、直译、音译加注释、意译加音译、音译加直译等翻译手法。下面将通过举例来对其进行分析和论述。

（一）音译法

例（1）：祖师道："我门中有十二个字，分派起名，到你乃第十辈之小徒矣。"猴王道："那十二个字？"祖师道："乃广、大、智、慧、真、如、性、海、颖、悟、圆、觉十二字。排到你，正当'悟'字。与你起个法名叫做'孙悟空'，好么？"（第10页）

译文：-- işikimdä on ikki hät bar，nöwät boyiçä isim qoyup kälgändä，sän oninçi äwlat şagirtim bolisän，_ didi pir ustaz.

— qaysi on ikki hät? — soridi maymun padişah.

Pir ustaz jawab berip：

— ular guaŋ，da，ji，huy，jen，ru，şiŋ，xäy，yiŋ，wu，yüän，judin ibarät on ikki xät，saŋa «wu» toğra kelidikän. Şuŋa rahibliq namiŋni sun wukuŋ däp atisaq qandaq? — didi.（1-kitap 18-bät）

例（2）：哪吒喝道："泼妖猴！岂不认得我？我乃托塔天王三太子哪

吒是也。今奉玉帝钦差，至此捉你。”（第39页）

译文：– häy soltäk maymun，– didi naja warqirap，– meni tonumaywatamsän? män munarçi wayjirwananiŋ üçinçi şahsadisi naja bolimän，yurun sultanniŋ pärmaniğa binaän seni tutqili käldim.（1–kitap 71–bät）

例（1）中的孙悟空是《西游记》里的主要人物之一。在《西游记》中他除了“孙悟空”这名字之外还有别的称呼。比如，他在花果山当猴王时，名叫美猴王（uz maymun padişah），后来大闹天宫后自称“齐天大圣”（päläk täŋdişi äwlya äzäm），最后唐三藏从五行山下把他救出来后给他起名叫“孙行者”（sun şiŋje）。“美猴王”和“齐天大圣”是他的绰号，所以译者在这采用直译法和意译法。“孙悟空”和“孙行者”是他的法名，为了把原文内容更清楚地传达给读者，在这译者采用了音译法。同样，翻译例（2）中的“哪吒”时译者依然选择采用音译法，翻译得很恰当。

（二）意译法

例（1）：目运两道金光，射冲斗府。惊动高天上圣大慈仁者玉皇大天尊玄穹高上帝，驾座金阙云宫灵霄宝殿，聚集仙卿，见有金光焰焰，即命千里眼、顺风耳开南天门观看 。（第1页）

译文：uniŋ közidin çaqnap çiqqan altun nur käwkäbistanni teşip ötüp kätti. buniŋdin qattiq çöçügän ärşäladiki quddus äzäm wä uluğ şäpqät igisi «ärşniŋ qudriti wä päläkniŋ izziti yurun sultan häzrätliri» altun därwaziliq bulut ordisidiki xislätdar qäsiridä äwliya，wäzirlirini toplap，walildap turğan altun nurni körsätkändin keyin，jadu köz bilän yälqulaqni jänubiy ärş därwazisidin çiqip uni eniqlap kelişkä äwätti.（1–kitap 2–bät）

此例子中的“千里眼”是中国古代神话传说中的一位神灵，因其目力超常，可视千里之外，可察秋毫之末，故名。译者把此名翻译成jadu köz，在这里“jadu”一词有“魔术、魔法、法术、法力、迷幻术”等意思，所以jadu köz一词的意思我们可以理解为魔眼或者神魔的眼睛，这个跟原文中的“千里眼”大致相同，而且这一翻译比较灵活，让读者一看便能读懂原文意思。还在这例子中的“顺风耳”是中国古代神话传说中的一位神灵，因其耳力超常，闻风知音，故名。译者把这一名翻译成“yälqulaq”，原文中的顺风耳的耳力超常，在维吾尔语中这样的人一般用“uzunqulaq”一词来表示，所以本人认为在这“顺风耳”翻译成“uzunqulaq”比较合适，这样维吾尔族读者也比“yälqulaq”更容易理解“uzunqulaq”。

例（2）：众神道：“说起他来，或者大圣也知道。他是牛魔王的儿子，罗刹女养的。他曾在火焰山修行了三百年，练成‘三昧真火’，却也神通广大。牛魔王使他来镇守号山，乳名叫红孩儿，号叫做圣婴大王。”（第409页）

译文：– uniŋ ismini çiqarsaq äwliya äzämmu bilsä keräk，u öküz sürätlik yalmawuzniŋ oğli. uni raksasa beqip çoŋ qilğan. burun u yalqun tağda on yil istiqamät qilip，«üç ilahiy ataş» hünirdä kamalätkä yätkän. şuŋa öküz sürätlik yalmawuz uni bu tağni işğal qilip turuşqa äwätkän. äsli ismi qizil başliq tügünäk，läqimi palwan bowaq äwliya.（2–kitap 267–bät）

例中的“红孩儿”是唐三藏等四人在西天取经路程上遇到的一个很厉害的妖怪，虽然年小，但武功非凡，孙悟空、八戒他们没法降伏，最后请求观音菩萨来除妖。译者在这把“红孩儿”翻译成qizil başliq tügünäk，在英文本《西游记》中把它直接翻译成‘red boy’，要是在这译者也把它翻译成qizil bala的话，不仅翻译有点粗糙，还让读者理解得有点模糊。红孩儿身上穿着红色的袍子，头上有卷起来的两个辫子，口里吐火，鼻子喷烟，十分了得，经常与人赤脚打斗。所以译者根据他的外表特征和本性，将他的名字翻译成qizil başliq tügünäk。

（三）直译法

例（1）：三藏谢了恩，收了文牒。又奏道：“贫僧一来倒换文牒，二来与陛下寄有家书。”国王大喜道：“有甚书？”三藏道：“陛下第三位公主娘娘，被碗子山波月洞黄袍妖摄将去，贫僧偶尔相遇，故寄书来也。”（第280页）

译文：Taŋ sänzaŋ padişahqa minnätdarliq bildürüp，yol xetini yeniğa salğandin keyin，mundaq dedi：

— peqir özlirigä täälluq bolğan bir parçä xätnimu alğaç keliwidim.

— qandaq hät? — dedi padişah xuşal bolğan halda.

taŋ sänzaŋ jawab berip mundaq dedi：

— janabliriniŋ üçinçi mälikisini wänzi teğiniŋ orğaq ay ğaridiki seriq tonuq alwasti elip kätkän ikän. peqir uniŋ bilän tasaddibi uçrixip qelip，özlirigä yazğan bir parçä xetini alğaç käldim.（2–kitap 51–bät）

例（2）：却说那山叫平顶山，那洞叫做莲花洞。洞里两妖：一唤金角大王，一唤银角大王。（第321页）

译文：älqissä，bu tağ piŋdiŋşän teği däp atilatti，ğarğa nelupär ğari däp isim qoyulğanidi. ğarda ikki alwasti bolup，biriniŋ ismi altun müŋgüzlük palwan，yänä biriniŋ ismi kümüş müŋgüzlük palwan idi.（2– kitap 117–bät）

（四）音译加注释法

例（1）：行者恨恨的要打，见有此意，却就免之。收了棒，回嗔作喜道："这座山可是妖精之处？"功曹道："正是。此山名青龙山。内有洞，名玄英洞。洞有三个妖精：大的个名避寒大王，第二个号避暑大王，第三个号避尘大王，这妖精在此有千年了。"（第966页）

译文：ğäzäp bilän ularni uruşqa tämşilip turğan sun wukuŋ niyitidin yenip xuşalliq bilän soridi：

— bu tağ alwastilar makanimu?

— şundaq bu tağniŋ ismi çiŋluŋşän，uniŋda şüänyiŋ däydiğan ğar bar，ğarda üç alwasti yaşaydu，çoŋiniŋ ismi bihän（soğoqtin qaçidiğan）palwan，ikkinçisiniŋ ismi bişu（issiqtin qaçidiğan）palwan，üçinçisiniŋ ismi biçen（çaŋ–tozandin qaçidiğan）palwan，bu alwastilar birä miŋ yildin buyan muşu yärdä yaşawatidu.（4–kitap 267–268–bät）

例（2）：正话间，只见石屋之外，有两个青衣女童，挑一对绛纱灯笼，后引着一个仙女。那仙女拈着一枝杏花，笑吟吟进门相见。四老欠身问道："杏仙何来?"那女子对众道了万福，道："知有佳客在此赓酬，特来相仿。敢求一见。"（第671页）

译文：şu gäp boluwatqanda sirittin kök kiyimlik ikki qiz birdin panus kötürginiçä bir pärizatni başlap kirip käldi. pärizat örük çeçikini qisiwalğan bolup，güldäk eçilip kirip bular bilän körüşti. töt boway uniŋğa salam berip bolup soridi：

— şiŋ（örük）xenim，qädämlirigä mubaräk bolsun?

— bu yärgä äziz mehman qädäm täşrip qiptu，däp aŋlap alahidä ziyarät qilip keliwidim. Körüşkili bolarmikin? — dedi ayal töt boway bilän aman — esänlik soraşqandin keyin.（3-kitap 255-bät）

（五）意译加音译法

《西游记》中无论是在神仙、妖怪，还是普通人物中带着职称名的人物也不少，而且这些人物名称给小说添加了一定的色彩。要是他们的名字和职称名分开的话，会使原文内容变得有些模糊。因此翻译当中一定要注意这方面，译者在这里采用意译加音译来处理这个问题，译者翻译他们的职称和尊名时采用意译法，翻译他们名字时采用音译法。比如：

例（1）：长老下了马道："华光菩萨是火焰五光佛的徒弟。因剿除毒火鬼王，降了职，化做五显灵官。此间必有庙祝。"（第1014页）

译文：— butsatwa xuaguaŋ ot ilahi wuguaŋniŋ inisi. u diwilär şahi duxoni yoqatqanliqi üçün wäzipisidin qaldurulup，ärwahlar ilahi bolğan. bu yär çoqum butxana，— dedi taŋ sänzaŋ.（4-kitab 384-bät）

例（2）：行者依言，真个不上灵霄殿求诣旨意，转云步，径往九天应元府，见那雷门使者、纠录典者、廉访典者都来迎着，施礼道："大圣何来?"行者道："有事要见天尊。"三使者即为传奏 。（第927页）

译文：sun wukuŋ bu gäpkä asasän xislätdar qäsirgä berip yurun sultanniŋ ämrini almastin，udul asman qährididiki yiŋyüän mähkimisigä bardi. älçi leymin， märikiçi jyu lyu，lyänfaŋlar uniŋ aldiğa çiqip salam bilän soridi：

— äwliya äzäm，qädimiŋiz yetip qaptuğu bu yaqqa?

— bir iş bilän ärş aqsaqili bilän körüşäy däp keliwidim.

üç älqi täŋla buni içkirigä mälum qildi.（4–kitab 205–bät）

从以上例子可以看出，这些人物的名称总离不开他们的职称名和尊名，译者翻译过程中若考虑到这一点，便可翻译得很恰当。翻译不同文化的内容和符号时，译者一定要考虑目的语言读者的理解度，并注意准确表达原文的思想内容。

（六）音译加直译法

例（1）：却说孙大圣同八戒、沙僧出城头，觌面相迎，见那伙妖精都是些杂毛狮子：黄狮精在前引领，狻猊狮、搏象狮在左，白泽狮、伏狸狮在右，猱狮、雪狮在后，中间却是一个九头狮子。（第951页）

译文：älqissä，sun wukuŋ，ju bajye，şa seŋlar şähärdin çiqti，şir alwastilardin bir munçisi keliwatatti. seriq şirniŋ başlişida süänni，buşyaŋ isimlik şir sol täräptä，bäyze，fuli isimlik şir oŋda，nawşe，şöşe isimlik şirlar arqida，otturida bolsa toqquz başliq şir kelätti.（4–kitab 243–bät）

例（2）：国师王道："你今日之事，诚我佛教之兴隆，理当亲去；奈时值初夏，正淮水泛涨之时。新收了水猿大圣，那厮遇水即兴；恐我去后，他乘空生顽，无神可治。今着小徒领四将和你去助力，炼魔收伏罢。"（第688页）

译文：— siz hazir dinimizniŋ gülliniş yolida jan köydürüwatisiz. bu älwättä özüm berip qilişqa tegişlik iş. biraq，yaz kirip därya deŋizlarda su köpiyidiğan çağ bolup qaldi. Şuŋa，yeŋidin şüy yüän isimlik häzrätni qubul qilğandim. Suni körsä uniŋ jeni yayrap ketidu；şu säwäbtin，män ketip qalsam，u şoxluq qilip qalsa，keyin uni äywäşkä kältürälmäy qalarmizmikin，däymän.şagirtim töt särkärdini elip siz bilän barsun，— dedi go şiwaŋ.（3–kitab 282–bät）

以上例（1）和例（2）中“狻猊狮”“搏象狮”“白泽狮”“伏狸狮”“猱狮”“雪狮”“水猿大圣”等人物名称翻译成维吾尔语时，译者没有直接翻译，而是运用翻译技巧中的加词法。比如“水猿大圣”翻译成şüy yüän isimlik häzrät，从中可以看出，译者不仅采用音译和直译法，还加“isimlik”一词来使译文内容更完整、更清楚。除了这个以外，例（1）中的六个狮子精的名称也是同样采用这种方法来翻译的。

四、总结

总之,《西游记》维译本中译者主要采用了音译、直译、意译、音译加注释、意译加音译、音译加直译等六种翻译法，除了这些翻译法外，译者还运用加词法和减词法等翻译技巧。总体来看,《西游记》维译本的翻译很成功，译者采用的翻译法和翻译技巧都很合理。《西游记》揭示了中国人名的特点，以及其所包含的文化内涵，它塑造了儒、释、道诸多的人物形象，而这些形态各色的人物形象的名称体现了儒、释、道等诸多汉文化。对人物名称进行翻译的时候，避免不了对这些文化因素的合理解决和处理。译者如何将这些丰富多彩的汉文化的人物名称展现给读者是不可忽视的问题，然而到目前为止，研究《西游记》中人物名称翻译方法的文章和文献确实不多，故本文弥补了《西游记》在维吾尔语翻译方面存在的空白，旨在为研究《西游记》及其翻译的同行提供借鉴与参考。

参考文献：

[1]吴承恩.西游记（上下）[M].天津：新蕾出版社，1979.

[2]西游记[M].（维吾尔文）.乌鲁木齐：新疆人民出版社，2008.

[3]西游记[M].（维吾尔文）.乌鲁木齐：新疆人民出版社，2008.

[4] 成杰，张荔.浅谈《西游记》英译本中的人名翻译[J].昌吉学院学报，2009（2）.

[5]白灵阶.迁徙《西游记》中的女妖精[J].中南民族学报（哲学社科版），1999（3）.

[6]努尔艾力·库尔班，阿尔帕提古丽.从汉语词语翻译的角度看《西游记》的维吾尔语译本[J].民族翻译，2020（05）：67-73.

浅谈电视剧《西游记》中的部分人物名称及其维译

努日曼古丽·买买提江

（内江师范学院外国语学院　四川内江　641000）

摘要:《西游记》是我国古典文学四大名著之一。小说以唐朝和尚唐玄奘西天取经的故事为主线，通过对民间神话传说、神奇故事的加工，把历史真实故事和民间神话故事完美融合的产物。小说改编成电视剧拍摄并播出之后，深受广大观众的喜爱。论文以1986年版电视剧《西游记》中部分人物名称维吾尔文译本为研究对象，研究其翻译中的规律、翻译方法等。

关键词：电视剧《西游记》；人物名称；维译

《西游记》是明朝中期作家吴承恩所创造的，以魔幻神秘色彩为主要特点的章回小说。小说的故事情节以唐朝和尚唐玄奘西天取经的真实故事为主线，塑造了孙悟空、猪八戒、沙僧、白龙马、玉皇大帝、阎王、哪吒、如来佛、白骨精、托塔天王、龙王、观世音菩萨、牛魔王、铁扇公主、红孩儿、羊力大仙、鹿力大仙、虎力大仙等神仙人物形象，唐僧、唐太宗、乌鸡国国王和王后、乌鸡国王子、女儿国国王、车迟国国王和王后等普通人物形象。叙述过程中，作者把魔幻世界的故事和平凡世界的故事完美的结合在一起，让神仙和普通人汇聚到一起，给小说的故事情节增添想象空间，富有强大的艺术感染力。因此,《西游记》成书之后，产生了广泛而强烈的影响，代表了明末小说创作的顶峰。

到了1986年，小说《西游记》编剧并拍摄成功，同年开始试播。最初试播了“三打白骨精”“除妖乌鸡国”等内容，得到男女老幼观众的喜爱。最后，1986年电视连续剧《西游记》播放出来，共25集。《西游记》播出之后，形成了全国范围内的“西游热”，观看率达到97%。这一个数字证明电视剧《西游记》越高的艺术成就。在这样的热情下,《西游记》开始翻译成包括维吾尔语在内的少数民族语言文字，也获得少数民族观众的喜爱。因为，其内容够丰富，想象空间够大，艺术成就够多，翻译水平够高，所以也成了维吾尔族观众人人喜欢看、人人能讲述的电视剧。再说，每逢寒假,《西游记》就每天播出一两集，这让维吾尔族少年儿童跟孙悟空一起长大，培育了自己的艺术审美感。

众所周知，翻译是一种语言文字的内容用另一种语言文字重新表达出来的精神活动。翻译作品的成功与否全靠译者能否理解两种语言的文化。如果说，译者只会用两种语言却不理解语言背后的文化知识，那么这个人做的翻译并不可能很成功。如上所说,《西游记》的维吾尔语翻译够成功，是因为翻译者都是老一辈维吾尔族翻译家，又是几个翻译家组织起来的翻译组，是翻译大师们合作共赢的成果。所以说,《西游记》的翻译同电视剧《红楼梦》《水浒传》和《三国演义》的翻译，形成了汉维翻译历史上的“里程碑式”榜样。

电视剧《西游记》1986年翻译成维吾尔语之后，不仅受到了维吾尔观众的喜爱，更重要的是对两种文化的交融交流方面也起到了积极的作用，对维吾尔影视事业的发展产生较大的影响。因此，维吾尔族观众中产生了“孙悟空的离婚”“唐僧下岗员工”“猪八戒的约会”“买买提孙悟空”“艾合买提袈裟”“帕尔哈提八戒”等小品、绰号。目前，随着网络电视事业的发展，也出现不少《西游记》相关的影视娱乐作品。这说明，电视剧《西游记》不仅被翻译成维吾尔语，也在维吾尔观众中接受并传播。

其实，文学翻译的目的在于翻译一部作品，并尽量推进这部作品在译文中的接受和传播。

《新疆现代翻译史》一书中指出："评论译品是探寻翻译、技巧和方法，总结翻译经验的最好方法，但这项工作却没有认真开展起来，大量高水平的作品没有得到及时的评价，大量足以上升为理论的东西没有得到及时总结，这就在不同程度影响理论的进一步发展，使青年译者没有借鉴的机会，茫然不知所措。"① 因此我决定着手专门研究《西游记》人物名称的维吾尔文译本，借此为汉维翻译领域的繁荣发展做出自己的一份贡献。因为，首先文学作品中的人物名大多，意义深刻、内涵丰富，许多著作里的人物名包含着一定的文化内涵。其次,《西游记》里的人物名称蕴含丰富多彩的文化因素，而且维吾尔文译本的翻译方法模式也是十分灵巧的，可以说是汉维翻译领域的一朵鲜花。再次，通过研究发现专名，特别是人物名，是文学作品的重要部分，翻译古典文学作品中的人物名称更能传达一个民族的文化因素，这使我过于兴奋，同时让我遇到各种不同的困难。专名翻译不仅是翻译的重要之处，也是翻译的难处。本人知识水平不高，但是因为对这个研究充满兴趣，于是尽力翻阅理论专著、研究论文、历史资料和交叉科学的书籍等大量的资料。

在吴承恩把《西游记》写成书之前，唐僧取经故事早就传播到国外，比如在朝鲜古代汉语教材《朴通事谚解》一书中解释过《唐三藏西游记》话本中的很多有趣的故事情节，如"闹天宫""红孩儿怪""黄风怪""狮子怪""蜘蛛精""火焰山"等等。从此我们可以说《西游记》这神话故事不仅国内受到人民喜爱，在国外也受到各国人民的欢迎和喜爱。

自20世纪90年代起，影视翻译，特别是电视翻译开始处于民族语文翻译工作的首位，其数量远远超过广播、图书和报刊翻译。从此以后《西游记》的维吾尔语版本也继续被翻译和播放，受到维吾尔族观众的喜爱。

① 陈世明.新疆现代翻译史[M].乌鲁木齐：新疆大学出版社，1999：230–231.

《西游记》的国内外研究取得了令人瞩目的成就，尤其是《西游记》的维吾尔文翻译出版和电视剧译制受到了维吾尔族读者和观众的欢迎和关注。但是，对所取得的成绩从新视野的角度进行全面系统的总结和研究还嫌不足。目前为止，根据我掌握的文献资料来看，关于《西游记》维吾尔文译本中的人物名称翻译研究的论文只有一篇硕士研究生论文——布海丽且姆罕·麦提斯迪克的《〈西游记〉中神魔名称及其维译研究》（新疆大学，2012年）。因此可以说,《西游记》维吾尔文译本中的人物名称翻译研究是空白的，需要我们深入研究。

人物名称是专用名的一部分，“专名指的是作品中所涉及的国名、人名、地名、组织名、机构名、会议名、作品名、报刊名、公司名、商标品牌名、官职名等”[①]。文学作品包括很多不同的部分，其中的人物是文学作品的灵魂。因此文学作品中的人物名称是文学作品的重要部分之一，文学作品的创作总是以描写人物事件为要素。作品中人物的姓名，有的展示人物形象，有的昭示人物性格，有的暗示人物命运[②]。因此，作为“灵魂”的“人物”不是文学作品中随意贴上的标签，而是文学作品内容内涵的活力。作者在塑造人物名称时会以多变复杂的故事情节、各种各样的人物性格、充满忧郁和幸福的人物命运及重叠变换的社会背景为刻画人物形象的素材，从而出现精心铭刻在人物形象的名称。正如尼科诺夫在《人名与社会》一书中所说：“越是著名的大师，越是谨慎地为自己作品主人公选择名字”[③]。文学作品中出现的人物名称，往往与作品的思想内容、社会背景、时代特征紧密相关。它往往反映作者的观点立场，表示创作意图。

作为我国古典神魔小说榜样的《西游记》，已翻译成海内外各种版本的文字，同时不仅在中国，而且在海外也受到各层次读者的喜爱。正如我们所知,《西游记》以唐玄奘带领三位徒弟去西天的路上避免妖怪的迫害

① 包惠南.文化语境与语言翻译[M].北京：中国对外翻译出版公司，2001：51.

② 包惠南.文化语境与语言翻译[M].北京：中国对外翻译出版公司，2001：74.

③ 包惠南.文化语境与语言翻译[M].北京：中国对外翻译出版公司，2001：74.

和多种复杂的遭遇，最终克服九九八十一次的困难感动佛祖，取得真经的故事为主题。小说中的人物中有佛教和尚、道家道士和儒家儒士等各种人物。另外，小说中还有佛祖菩萨、恶魔怪物，也有普通社会人士。具有特殊名字和绰号的各种层次人物名称是该小说的一个亮点，从中我们可以看出各种不同人物形象所蕴含的文化色彩。这些是作者丰富的想象力和思想互相结合的产物。

《西游记》作为中国影视花园的一朵奇葩，受到全世界学者们的关注和喜爱。这部电视剧不仅故事情节跌宕起伏，人物形象活灵活现，且语言诙谐幽默，脍炙人口①。《西游记》把一个神奇、幻化的世界展现在我们的眼前，它融合了各种各样的神魔人物、神话世界和各种神奇的魔法，又描述了中国传统文化中的佛、道、儒三家的哲理思想和内容，构造出“天上以玉皇大帝为首的神仙世界；地上以皇帝唐太宗李世民为首的人间世界；地府以阎罗为首的幽冥界；以及西方以如来佛祖为首的极乐世界等四个世界”②。在这样的构思下,《西游记》中的大大小小林林总总的人物粉墨登场，他们都有一个符合自己身份且非常形象的名称。小说的神话元素使得这些人物名称也大多无实名实姓，而是以他们的尊称或绰号出现在小说中。在本论文中我把《西游记》中的人物名称分为如下三类：神仙名称、普通人物名称、妖魔鬼怪名称。下面我按这三类对《西游记》中的人物名称主要特点以及来源进行探讨。

第一，具有浓厚的文化特点

《西游记》反映当时的文化和思想的同时对其添加了艺术色彩。在本作品中佛教、道教、儒教三种文化融合在一起，反映出当时社会的三教合流的思想。比如，佛家思想的表现在这本古典名著中最明显，电视剧以唐玄奘带领四位徒弟去西天取经的故事为主题，领取真经的历程充满了浓烈的佛教色彩。电视剧以关联唐玄奘、观音菩萨等人物的神秘情

① 李彩琴.《西游记》中人物名称英译浅析[J].湖北广播电视大学学报，2011（7）：92.

② 成杰，张荔.浅谈《西游记》英译本中的人名翻译[J].昌吉学院学报，2009（2）：49.

节来宣扬浓厚的佛教思想。电视剧中的“如来”（tathagato）、“观音菩萨”（awaloktswara budsatwa）、“护法加蓝”（samharama din qoğdiğuçi ilahlar）、“灵吉菩萨”（liji budsatwa）等人物都是佛教人物。除了佛教文化，电视剧中也有大量的道教和儒教文化内容。孙悟空最初到处寻找仙道大师，遇到了第一个师父，虽然他叫作须菩提禅师（budhi pir ustaz），传教的却是道家工夫，教给悟空的本领也是从道家入手。还有神仙中就有“太上老君”（äwliya peşiwasi）、“玉皇大帝”（täŋritala yurun sultan）、“太白金星”（tariq qolpan boway）等都是道教人物。这些都使《西游记》具有浓厚的文化影响和特点。

第二，具有丰富的艺术特色

《西游记》不只是具有丰富的思想内容，艺术层面上也呈现了很高的成就。这部电视剧不仅有丰富多彩的艺术想象，还生动地描述了曲折的故事情节。《西游记》在艺术上取得了杰出的成就。它创造了孙悟空这样具有理想化的神话英雄形象，这在中国影视史上是独一无二的作品。《西游记》中的诸多人物，既是神奇古怪的，又有强烈的现实性。这在中国古代神魔小说中也是极为罕见的现象。《西游记》中的人物名称也表现了一定的艺术特色。比如“金圣宫”（altun bikäş）、“银圣宫”（kümüş bikäş）、“玉圣宫”（qaştişi bikäş）、“鸟巢禅师”（pärzanä zahit）、“金衣力士”（altun kiyimlik küçtüŋgür）等。

第三，具有浓郁的神话色彩和浪漫主义特点

《西游记》是我国文学史上一部独特的又充满奇思异想的神魔小说。作者吴承恩使用浪漫主义的表现手法，描绘了一个多姿多彩、神奇秀丽的神话世界，创造了一系列妙趣横生、引人入胜的神话故事。这种特点在电视剧《西游记》中得到了更生动的体现。比如孙悟空能上天入地，穿山过海，无所不至，无拘无束；再比如孙悟空钻到铁扇公主的肚子里打秋千，竖蜻蜓，翻筋斗，这些都是浪漫主义思想的产物。在人物描写上将神魔性、人性和自然性三者成功地结合在一起，也是造成《西游记》神话色彩的重要原因之一。所谓神魔性，就是指形象创造的幻觉性；所谓人性，就是指形象的社会性；所谓自然性，就是指人物所具有的本性。《西游记》呈现了一个神秘化的动物世界，同时又塑造了社会生活的各种内容。这些都是一种神秘的思维过程。《西游记》在这过程中也塑造了与神奇人物融合在一起的神奇名称。比如大部分神仙和妖怪名称都属于这一类。

第四，具有幽默诙谐的特点

《西游记》的故事情节神奇又复杂。在中国古典小说中,《西游记》可以说是娱乐性和趣味性最强的一部小说。电视剧的拍摄过程中，所有剧组成员一起努力，尽量生动形象地表现小说原有的幽默特点。虽然取经路上充满风险，到处都是妖精魔怪，困难重重，但观众在收看过程当中总会感动轻松和愉快，充满愉悦和兴奋感。八戒的幽默的言语以及行为都让人兴奋不已，这些都为小说的奇趣添加了不少的色彩。不光是人物对话，故事情节有丰富的幽默诙谐的特点，电视剧中的人物名称也充满着幽默感。比如“猪八戒”（jubajyi）、“笑和尚弥勒佛”（külgyünçäk şäyix mi le budda）、“眼看喜”（şadijänä köz）、“鼻嗅爱”（işiqwaz burun）、“精细鬼”（zäki jin）、“云里雾”（bulut içidiki tuman）、“雾里云”（tuman içidiki bulut）、“有来有去”（barsa kelär）。观众虽然没读内容，但一看到这些名称都会觉得很有趣。

第五，人物形象具有形象性

形象性是《西游记》中的人物名称特点之一。电视剧中的很多名称是由他们的外貌特征，如形貌、大小、颜色、某种特点或者容貌来命名的。比如“赤脚大仙”（yalaŋ ayağ pir kamal）、“金头揭谛”（altun başliq satya）、“红眼马郎”（qizil köz tulpar begi）、“独角魔王”（yek müŋgüzlük divä）、“红孩儿”（qizil başliq tüginäk）、“玉面公主”（yümiyän mälikä（süzük mälikä）、“赤身鬼”（qizil kötänlik şayatun）、“醮面金睛鬼”（ayal çiray seriq köz alwasti）；有的由他们的服饰、穿着来命名。比如“黄袍妖”（seriq tonluq alwasti）、“金甲神人”（altun sawutluq äwliya）、“红衣仙女”

（qizil kiyimlik hör qiz）、“青衣仙女”（kök kiyimlik hör qiz）；还有的由他们的原型来命名，比如“蝎子精”（çayan alwasti）、“蜈蚣精”（säksänput alwasti）、“白骨夫人”（aq söŋäklik xenim）、“黑熊精”（qara eyiq alwasti）等等。这些名称简单地向读者传达出那些神仙或者妖魔形象的信息。

第六，人物形象的夸张性

《西游记》作为神魔小说，充满了神话色彩。作者运用丰富的想象力来叙述故事情节，因而使人感觉虽不真实，却胜似真实。作者对小说中的一些神仙、妖魔进行了夸张性的命名。作者通过巧妙地运用夸张的手法来给他们命名，不仅为小说添加了神话色彩，而且达到了突出神魔本领的效果。比如“千里眼”（jadu köz）、“顺风耳”（yälqulaq）、“巨灵神”（sürqamät muäkkäl）、“万圣龙王”（karamätlik äjdiha）、“白眼魔君”（miŋ közlük yalmawuz）、“九头狮”（toqquz başliq şir）等等。

综上所述，这项研究的重点是电视剧《西游记》维吾尔文译本中的人物名称翻译，其在汉维翻译历史上具有重要的地位，也是翻译的榜样。论文中，我们首先把《西游记》中的人物分成神仙人物、妖魔鬼怪人物以及普通人物等三大类。总体来看，电视剧《西游记》维吾尔文译本的翻译很成功，译者采用的翻译法和翻译技巧都很合理。《西游记》揭示了中国人名的特点，以及其所包含的文化含义，它描述了儒、释、道诸多的人物形象，而这些形态各色的人物形象的名称体现了儒、释、道等诸多文化的特点及其完美的融合。

参考文献：

[1]伊明·阿布拉.中国四大古典文学名著民族语文翻译概述[J].民族翻译，2008（2）.

[2]包惠南.文化语境与语言翻译[M].北京：中国对外翻译出版公司，2001.

[3]江苏社会科学院文学研究所.西游记研究[M].南京：江苏古籍出版社，1984.

从文学接受来看《三国演义》第一回的维吾尔文翻译

阿丽米热·麦麦提

（西北民族大学中国语言文学学部　甘肃兰州　730030）

摘要：本文试结合文学接受理论、现当代的翻译理论、翻译标准，从翻译方法等角度对维吾尔文译版《三国演义》第一回中的汉维翻译方法翻译和文学接受方面进行研究，主要探讨译文中的哪些成分让读者产生文学欣赏、共鸣，又有哪些内容引起读者的不理解、误解甚至困惑。

关键词：《三国演义》维译第一回；文学接受；翻译方法

一、引言

《三国演义》是我国古典四大名著之一。《三国演义》基于三国时代的历史典籍与民间传说创作而成，是一部非凡的历史小说，其内容精彩纷呈，使各个民族的读者回味无穷。小说从东汉末年刘备、关羽、张飞在桃园的结义讲起，展现了那个兵荒马乱、动荡不安的年代的各种历史事件，以及风起云涌中显现的各类英雄人物。罗贯中以丰富而深刻的生活经历、深厚而扎实的文学修养，对彼时充满黑暗和朽败的封建社会，以及昏庸愚昧的封建统治者进行了鞭笞和控诉，其所倡导的勇猛果敢、肝胆相照的品格至今仍对后世发挥着积极意义。在那个军阀混战、民不聊生的年代，被称作“十八路”的诸侯联军打着“扶持王室，拯救黎民”的旗号，各自心怀鬼胎，在明争暗斗、貌合神离中企图称霸伟业。在这些尔虞我诈的勾心斗角中，却涌现出各类出谋划策、运筹帷幄的将相人才，其风度与谋略为后人所敬仰。书中表现的忠君死节、君臣伦理、血缘宗法政治等思想是我国封建社会面貌的真实写照。① 这部小说被誉为“中国史诗”，不仅是一部完美呈现中国东汉末年至三国鼎立时期形象的军事百科全书，更是一部展现各将相骁勇善战、渊谋远略的历史英雄传记。

二、《三国演义》及其维吾尔文翻译概述

（一）《三国演义》简介

《三国演义》由罗贯中所著，作者依据西晋史学家陈寿的《三国志》和南朝史学家裴松之的注解，并吸收了一千多年的民间传说和民间艺人创作的话本、戏曲等，结合自己参加起义军的经历，丰富的生活经验和对社会、人生的感悟，发挥卓越的艺术才能，再创作出不朽的《三国演义》。② 小说从东汉末年张飞、关羽和刘备三人的桃园三结义讲起，从群雄割据到一统三国，将近百年的历史事件囊括其中。整部小说大致分为黄巾之乱、董卓之乱、群雄逐鹿、三国鼎立、三国归晋五大部分，反映了汉、魏、吴三个政治集团之间的政治和军事斗争，塑造了诸多英雄人物和英雄故事，至今仍在世间流传。整部作品从黄巾起义开始到董卓之乱再到群雄割据到达整部作品的高潮，再到之后的三国鼎立故事情节有来有回，塑造了一个尔虞我诈的三国时期的历史演义。作者将诸多诗词歌赋、兵法典籍引入文中，让本身气势磅礴的战争故事显得更有谋略。此书广泛且详细地描写了

① 王智.《三国演义》中古代军事语的维译研究[D]. 喀什：喀什大学，2016.

② （明）罗贯中.三国演义[M].长春：时代文艺出版社，2019.

魏国、蜀国、吴国等封建时期统治集团的斗争，反映了东汉末年当时的一些历史故事与当时的历史情景。

（二）《三国演义》的维吾尔语翻译研究现状

有关维吾尔文译本《三国演义》的研究大致如下：

景治强、胡毅在其《文化翻译学视角下古典名著历史文化词翻译研究——以〈三国演义〉维译本官职名称为例》一文中，对维吾尔文译本《三国演义》的官职名称进行了探讨，并就其所涉及的汉维文化差异、维吾尔文译本《三国演义》翻译之不足等问题进行了分析；肖长林在其《〈三国演义〉回目名称的维译研究》一文中，对中文版《三国演义》和维吾尔文版《三国演义》中所涉及的所有回目名称进行对比分析，总结归纳出维吾尔文译本的翻译特色，并对翻译过程中所涉及的“信息不足”“对原文本意涵转译不充分”等问题进行了论述；王智在其《〈三国演义〉中古代军事语的维吾尔文译研究》一文中，对维吾尔文译本《三国演义》中所涉及的所有古军事用语分为兵器类、谋略类、兵势类等类型，对其进行了深入探讨；景治强在《〈三国演义〉文化负载词的维吾尔语翻译研究》一文中，对维译本《三国演义》中的文化负载词进行了系统分析，探究了翻译转换过程中可能出现的文化信息缺失、变异、增加等现象，并进一步提出了较为完善的文学翻译模式，旨在对汉维民族间的友好往来与信息交流提供助益，亦期望能够对新疆的翻译教学等提供启示意义。

（三）《三国演义》第一回主要内容

《三国演义》第一回为“宴桃园豪杰三结义　斩黄巾英雄首立功”，其大致内容如下：东汉末年，兵连祸结，鸡犬不宁，加上连年的灾祸，百姓苦不堪言。于是，巨鹿人张角联合其弟张梁、张宝在河北、山东等诸多地方招揽近五十万人进行起义。没有几天，四方百姓，头裹黄巾，跟随张角三兄弟杀向官府，声势非常浩大，号称“黄巾军”[①]。“黄巾军”得到百

① 卫东. 曹操和他的青州兵[J]. 初中生学习：低，2014（10）：19.

姓的拥护，官军闻风丧胆。张角率领的起义军一路攻打到了幽州地界，幽州校尉邹靖认为当地官兵稀少，无法抵挡近五十万人的起义军。于是幽州太守张贴榜文到各地买马招军，当涿县榜文被张贴出来时，引出了一位名叫刘备的英雄人物。刘备，字玄德，性格宽和慈惠，喜怒不形于色，好恶不言于表。因自幼家境贫寒，只能靠编织草席、草鞋进行贩卖为生。

这一天，当涿县的榜文张贴出来时，刘备看着榜文，长叹一声。忽然听到背后有人呵斥："作为七尺男儿，这个时候不为苍生立命，为百姓谋太平，叹什么气!"那声音浑厚有力，如雷贯耳。刘备转头，看到一位身高八尺，满脸络腮胡子的人。这人对刘备自报家名，说自己姓张名飞，字翼德，靠做屠夫和卖酒为生。刘、张二人谈得甚为投机，便一起到村口的一处酒家叙话。这时，一位推车大汉也走进店内饮酒。刘备忙起身邀请此人一同饮酒，并问及其姓名家世。这人说道："我姓关名羽，字云长，因为杀了乡里一个为非作歹、仗势欺人的恶霸，逃至外乡避难，如今已有五六年了。"刘、张二人听后十分敬佩，并将自己的宏图伟业计划告知关羽。关羽听后感觉碰到了志同道合之人。于是，酒后三人一同来到张飞所在的村庄，只见庄后有座桃园。园内桃花芬菲烂漫、妩媚鲜丽，一片美景。第二天，他们来到桃园，摆上祭品，对天盟誓，结为兄弟；刘备是老大，关羽是老二，张飞是老三。之后，他们准备了兵器。

从此，刘备、关羽、张飞领兵四处作战，不断取胜，很快消灭了黄巾军。朝廷论功行赏，刘备因无人推荐，只做了安喜县县尉。上任不到四个月，督邮前来巡查。刘备连忙恭恭敬敬地出门迎接，那督邮却端坐在马背上，态度十分傲慢。到了驿馆谈话，他根本不把刘备放在眼里，并恐吓说朝廷正要罢免刘备。县吏告诉刘备，督邮这样做无非是想索要贿赂。刘备无钱，督邮见刘备不给他钱财，就污告刘备残害百姓。

张飞、关羽听闻此事，为刘备打抱不平。刘备拿出大印，往督邮脖子上一挂，便带着关羽、张飞二人投奔代州刘恢去了。后来，刘备又立下大功，朝廷才免了他们鞭打督邮之罪。

三、《三国演义》第一回翻译方法

史震天就曾谈及汉维翻译中的文化差异问题："译者在汉维语言之间进行翻译时，不仅要熟练掌握这两种语言，还要对语言背后的文化极为熟悉。也就是说，译者要努力成为'双语者'，更要努力成为'双文化者'。"[①] 就中国古典小说的翻译而言，不少学者探究过翻译背后的文化差异及其应对策略，并对翻译方法进行了分类。

（一）直译法

翻译中最常见的方法为直译法，就是不对原文做大的改动，尽量在保持原文内容和形式的基础上进行翻译。例如：

话说天下大势，分久必合，合久必分。

ɛlqissɛ alɛmniŋ wɛzijitidɛ uzun bθlynyʃtin kijin muqarrɛr birliʃiʃ，uzun bθlynyʃtin kijin ʧoqum bθlynyʃ bolup kɛldi.

这一句翻译当中译者很成功的将汉语成语"分久必合，合久必分"通过直译法翻译成充满哲理的维语复句"uzun bθlynyʃtin kijin muqarrɛr birliʃiʃ，uzun birliʃiʃtin kijin ʧoqum bθlynyʃ"，这让读者感受到《三国演义》的文化精髓及其智慧。

（二）音译法

音译法是用译入语来代替原来的语言词汇的一种语音方式。在不同的地理环境和文化环境相互交流和发展过程中，维吾尔族和汉族之间的语言文化有了日益频繁的交流。尤其是在当下巨大的经济发展的变革中，语言跨地域的交流，促进了两种文化之间的进一步沟通。这样的沟通在《三国演义》第一回翻译的过程中体现在地名翻译上。但是，在音译的翻译过程中，我们不难看出其中的弊端，音译只是复制其中的外在表达形式，而忽略了其中词语所承载的内涵。可能也正是考虑到这方面的原因，所以在对

---

① 史震天.汉维互译使用教程[M].乌鲁木齐：新疆教育出版社，1999.

《三国演义》的翻译过程中，除了部分专有名词的翻译之外，对于音译的方法采用得较少。例如：

其人曰："吾姓关名羽，字长生，后改云长，河东解良人也。

Isimzatim gyɛn jy jɛnɛbir ismim ʧaŋʃiŋ kijin jynʧaŋða θzgɛrttim hidoŋ diki ʤilijaŋdin bolimɛn，didi u kiʃi.

这一句的翻译过程中，译者为了保证原文例句所传达的信息的完整性、准确性，就利用了音译将"姓关名羽""长生""云长""河东解良"等汉语专属的人名和地名翻译成"gyɛn jy""ʧaŋʃiŋ""jynʧaŋ""hidoŋ ʤilijaŋ"。

（三）意译法

在对文学作品进行品读之后，读者会在产生共鸣、得到净化的基础上，进一步提升至苦思冥想、感悟人生等更高的境界。因此小说翻译的时候运用意译法的话可以让读者快速进入小说的意境之内。意译法顾名思义就是根据对原文含义的理解来对其进行翻译，在对汉语计量单位中词汇的把握过程中，通过以词"意"为出发点，将整个词语赋予的含义准确地表达出来，与直译的方法有所不同，意译是在翻译过程中相对于直译而言更为常见且层次相对较高的一种方法。《三国演义》第一回中的很多美好的诗词、成语、谚语都是用意译法来翻译的。例如：

角与二弟商议曰："至难得者，民心也。

ʤaŋ jiao ikki ukisi bilɛn kiŋiʃip hɛliqniŋ kθŋlini majil qilamq asan ɛmɛs .

译者在翻译过程中在保持原文意思不变的前提下，对句子顺序进行了改动，所选用的词汇也不是直译，更不是音译，而是参考原文的意思在维吾尔语里选用非常匹配的词汇，比如"ɛl kθŋli""majil"这些词汇的选用让译文更加通俗易懂。

四、《三国演义》第一回中的文学接受

（一）文学欣赏

翻译学家奈达曾言，翻译的本质即为交流。所以译者在进行翻译时，不仅要仔细揣摩原文的内容和思想，更要考量目标语读者的理解能力与接受程度。也就是说，翻译不仅要尽量实现语义和风格的对等，更要充分考虑到目标语读者的信息接受能力，要用最自然的表述传达原文本的内容与含义。

滚滚长江东逝水，浪花淘尽英雄。是非成败转头空，
青山依旧在，几度夕阳红。
白发渔樵江渚上，惯看秋月春风。一壶浊酒喜相逢，
古今多少事，都付笑谈中。
——调寄《临江仙》

Kyn ʧiqiʃqa aqti derja mɛwʤ urup dolqunjasap,
Hillidi dolquni ɛzimɛt –qɛhrimanlarni sinap.
joqqa ʧiqti hɛqu nahɛq hɛm zɛpɛr mɛðlubijɛt,
Qaldi ɛjnɛn taðu dɛrja patti qujaʃ qaajtilap.
Qyz baharni uzitip aq baʃ bowaj otunʧilar,
ʃul diŋiz yzrɛ qalatti kθz tikip arttin qarap .
Kylkɛ sθz timisi otmyʃ bygynniŋ kθp iʃi,
Uʧriʃip kɛjip syrdi dostllar iʧiʃip huʃbuj ʃarab.

《三国演义》开端的这首诗歌，令无数个维吾尔语读者兴奋不已，让他们深深感受到了中华优秀文化典型代表之一《三国演义》中充满哲理的人生观，充满激情和智慧的诗词别具一格的文学吸引力。精美的维吾尔译文更是一种享受。当读者通过维译文领悟到这首诗所包含的哲理时会感叹时光如水，一去不返，所有的英雄都将被逐渐淘汰，成为历史的尘埃。风

烟流年，无论对错、成败，都将失去意义，统统归为一场“空”。然而，“人非物是”，青山依旧，夕阳常在。人生无常，天地永恒，世事难料，个中变化，全不由人。既然如此，又何必为是非曲直争论不休，为成败得失分斤掰两。几多惋惜，几多悲愤。

（二）共鸣

共鸣指读者在对文学作品进行品读时，被书中主人公的命运沉浮、情感遭遇等触动，从而在心里与文学作品之间产生一种“联结”，其标志着文学接受进入高潮阶段。

维吾尔文译本《三国演义》不仅为读者呈现着各种深谋远虑与雄才大略，也充满着侠肝义胆与赤胆忠心。首章《刘关张桃园三结义》让读者为刘备、关羽、张飞三人生死与共的友谊所感动，并产生共鸣。千百年后，每每提及这三人，读者还是会被他们三人祭告天地、焚香而拜、结为异姓兄弟的故事所感动。那句“不求同年同月同日生，只愿同年同月同日死”的誓词至今仍是异姓兄弟“义结金兰”的流行用语。(“biz ki liu bi，guɛn jy ʤaŋfi lar ata baʃqa –baʃqa uruqtin bolsaqmu aða ini bolʃtuq，bir ni jjat bir dilliq bolup iðir kynlɛrdɛ bir–birimizgɛ hɛmdɛmliʃimiz，ɛlgɛ hizmɛt qilip puqrani ɛmin itimiz juðulðan jil– aj kynimiz baʃqa baʃqa bolsimu bir waqit bir saɛttɛ θlyʃni halajmiz.”)

读者眼前会一遍遍出现刘、关、张三人在纷飞的桃树林中口念“不求同年同月同日生，只愿同年同月同日死……”歃血为盟的场景。三人的生死情谊在整部小说中处处可见，这份珍贵又难得的友情伴着三人在兵荒马乱的岁月里“仗剑走天涯”，让许多读者感慨万千又热泪盈眶。

（三）误解

文学接受是读者基于自身的审美水平和经验，依据文学作品的价值进行筛选的过程。这个过程将文学作品作为对象，以读者为主题，将解读和掌握作品的主要价值观念及意涵视为阅读目标，可以说是一种对文学作品的“再创作”。读者的文学功底、文化知识水平、审美鉴赏能力，甚至读者的心境等，都会对其文学接受程度产生影响，“一千个读者眼中有一千个哈姆雷特”讲的就是这种因主客观因素导致的千差万别的“文化接受”。有时候，读者的思想文化水平不够，甚至会导致“文学接受”过程中产生各种误读现象。

《三国演义》第一回中的有些内容由于民族之间原有的文化差异，或翻译质量引起的信息不对称，会导致维吾尔族读者的对内容误解，或者是无法真正地体会《三国演义》第一回中的细腻感受。

五、结语

通过以上对《三国演义》第一回的原文-译文进行对比分析，可以看到，“翻译”不仅仅是逐字逐句地将原文本转译为另一种语言，而是要对汉维语言背后所伏藏的深层文化意涵进行综合考量。翻译是一个糅合了多种因素的文化再创造过程，需要译者有深厚的双语积累和汉文化素养，能够根据文本具体的语境进行灵活的处理。《三国演义》作为我国古典四大名著之一，蕴含并体现着古代汉文化的各种精髓。而维语与汉语属于不同的语系语族，有着巨大的文化差异。因此，在翻译过程中，要秉持着“将汉文化的精髓通过维译本传达给维族受众”的动机和准则，尽量让译本能够在保持原文意境的同时，更好地被维吾尔族群众理解和赏析。可以说，维吾尔译本翻译水平的高低、译者翻译策略和技巧的娴熟程度，一定程度上决定着维吾尔族群众对于维吾尔译本《三国演义》的接受与认可水平，该译本在维系汉维文化之间起着“桥梁”的沟通作用。参加翻译《三国演义》的前辈译者们既贴近原文，忠实于原作者思想，又通过各种翻译技巧与策略，将原文中的诗歌、成语等进行了巧妙的转译，不仅弘扬了中国古代的礼仪文化，也给我们少数民族读者带来了经典的译著，让广大少数民族读者加强了对国家、中华文化的认同。

参考文献：

[1]谭洁.《三国演义》中“之”字用法及维译浅析[J].青年文学家，2020（35）：83–84.

[2]徐丹妮.基于语料库的《三国演义》中“举”的维译探讨[J].科学咨询（教育科研），2020（08）：88.

[3]秦瑞英.中国古代四大名著的维文翻译及研究现状[J].兵团党校学报，2017（04）：68–71.

[4]景治强.《三国演义》文化负载词的维吾尔语翻译研究[D].乌鲁木齐：新疆师范大学，2017.

[5]景治强，胡毅.文化翻译学视角下古典名著历史文化词翻译研究——以《三国演义》维译本官职名称为例[J].昌吉学院学报，2016（05）：77–83.

[6]麦合木提江·卡日，布合力其·阿布力孜.《三国演义》之人物绰号及其维译研究[J].读与写（教育教学刊），2016，13（08）：63–64.

[7]王智.《三国演义》中古代军事语的维译研究[D].喀什：喀什大学，2016.

[8]肖长林.《三国演义》回目名称的维译研究[D].伊犁：伊犁师范学院，2016.

[9]杨佩佩.《罗密欧与朱丽叶》在中国[D].海口：海南大学，2016.

[10]孙景鹏.论文学翻译与文学接受者的相互影响[J].山西师大学报（社会科学版），2015，42（06）：66–70.

[11]俞泉.探讨本土经验与外国文学接受[J].青年文学家，2014（23）：52.

[12]李丹.跨文化文学接受中的文化过滤与文学变异[J].湖南师范大学社会科学学报，2010，39（06）：125–128.

[13]王姗姗.《三国演义》中的被动句汉维翻译策略[J].文学教育（下），2020（10）：26–27.

[14]王智.《三国演义》中古代军事语的维译研究[D].喀什：喀什大学，2016.

[15]李余洋，李金辉，美克热古丽·司马义，松鸿蒙.维英汉三语翻译专业可行性研究[M]//成都翻译协会，等.外语教育与翻译发展创新研究：第三卷.四川师范大学电子出版社，2014：131-139.

[16]图玛尔斯·乌斯曼.汉维翻译中的转换技巧及类型研究[D].乌鲁木齐：新疆大学，2013.

《三国演义》连环版的维吾尔文翻译及其文学接受

帕太姆·奥斯曼

（西北民族大学中国语言文学学部　甘肃兰州　730030）

一、选题目的和意义

（一）选题目的

本文选题是为了充分利用本人在本科阶段所学的《现代汉语》《古代汉语》《语言学概论》和《翻译理论》等一些课程所得到的知识，综合分析《三国演义》连环画版的维吾尔文翻译技巧和具体案例，对汉维翻译进行分析，体现自己运用所学知识，进行独立研究的能力。

（二）选题意义

本文选题涉及《三国演义》连环画版的维吾尔文翻译及其文学接受。《三国演义》是一部文人创作的历史演义小说，同时更是我国古代军事战争小说的经典之作。四大名著的少数民族语文翻译是一个传播中华优秀传统文化的积极表现。因此，本文选题具有一定的社会意义和学术价值。

二、选题的研究现状

本文选题研究领域相关研究文献并不多。目前有高桃桃的《中国〈三国演义〉研究现状综述》[①] 一文中关于版本与作者、文化精神、叙事艺术和人物形象、在朝鲜的传播与影响方面的分析。何红梅的《十年来〈三国演义〉作者、成书与版本研究述要》[②] 一文当中所述，近10年来《三国演义》的作者，成书年代及版本问题的研究与20世纪如火如荼的情况相比，显得都是些“老”问题，也没有表现出太大的推进。王晶的《从接受美学角度看〈三国演义〉中习语翻译的读者关照》一文[③] 通过接受美学这个视角对《红楼梦》中的习语翻译进行分析，并提出了对译文读者认知心理，文化心理以及审美情趣的关照。努尔艾力·库尔班、阿尔帕提古丽的《从汉语词语翻译的角度看〈西游记〉的维吾尔语译文》[④] 一文，从汉语词语翻译的角度出发，即从词语的确切性、简洁性和生动性等几个方面对《西游记》维译本进行描写性探究。

笔者认为，国内学者对四大名著的译文接受美学方面进行了较好的研究和比较。其中努尔艾力·库尔班、阿尔帕提古丽合撰的《从汉语词语翻译的角度看〈西游记〉的维吾尔语译文》是四大名著汉维翻译研究的较好榜样。

三、选题的研究方法

（1）文本阅读法：仔细深入阅读原文及译文对照，尽量找出其中译者

① 高桃桃.中国《三国演义》研究现状综述[J].青春岁月，2016（4）：10-11.

② 何红梅.十年来《三国演义》作者、成书与版本研究述要[J].荷泽学院学报，2012（1）：23-29.

③ 王晶.从接受美学角度看《三国演义》中习语翻译的读者关照[J].文学教育，2013（9）.

④ 努尔艾力·库尔班，阿尔帕提古丽.从汉语词语翻译的角度看《西游记》的维吾尔语译文[J].民族翻译，2020（5）.

运用的翻译技巧和方法及其具体例子。

（2）文献综述法：阅读本文选题相关论著，认真学习前辈学者的研究方法，进行归纳其中译文的文学接受。

（3）翻译学方法：本人运用翻译方法、策略和技巧具体分析原文与译本对照本中的具体例子。

（4）接受美学理论与方法：然后运用接受美学理论分析作品译文为读者接受的过程。

四、《三国演义》连环画版的维吾尔文翻译

《三国演义》连环画版是以长篇小说《三国演义》为基础改编而成的，很受青少年的欢迎和喜爱。同时，翻译成各少数民族语言，反映了中华民族的共同文化意识。

（一）《三国演义》连环画版简介

1. 关于《三国演义》连环画

《三国演义》是我国古典四大名著之一，又称《三国志》，它广泛流传、影响深远。这部著作是元末明初小说家罗贯中根据当时的史料和民间流传的传说，创作而成的文学和历史价值都很高的著作。连环画版是由谢德风主编，康夫、东升改编，张文忠、高选贵绘的作品1997年由中国妇女出版社出版。图文并茂，受到青少年的喜爱，被翻译成多种语言。

2. 关于《三国演义》连环画版的维吾尔译本

此部《三国演义》连环画版的维吾尔译本是根据中国妇女出版社1997年1月第一版，1997年1月第1次印刷本翻译出版。连环画版本的维吾尔译本是2011年3月第1版，第1次印刷出版发行。在《三国演义》连环画版的翻译中，由于原书语言简单、简洁、口语化，整书翻译主要以直译为主，最大程度地还原了原文的文体和风格。译者在翻译中很好地选用了高超的技巧和词语，较好地翻译了《三国演义》连环画版的维吾尔译文，

使青少年更易于理解和接受。

五、运用维吾尔译文中的翻译法

“汉维两种语言在思维和表达方式方面存在着许多差异，因而翻译时要做到信、达、雅，就必须根据具体情况，灵活运用翻译技巧去克服汉、维两种语言的差异，使译文既能再现原文的意义，保持原有的风格，又能符合译语的表达习惯。”[①] 笔者总结，译者在《三国演义》连环画版的维吾尔译文翻译实践中多使用了直译法、意译法、转换法、省译法和增译法等五种方法。

（一）直译法

这种翻译方法是常用的翻译方法之一。“直译是最普遍也是最忠实于原文的翻译策略，这一点大家都已耳熟能详，故不探讨。”[②] 译者在直译中，忠实于原文内容是第一位的，忠诚于形式是第二位的。要注意翻译语言的流畅、通俗、易懂。在直接翻译中，原作的风格和形式会如实的传达给翻译语言的读者。例如：

孙坚正想追赶上，不料中了蒯良埋伏。只听一声锣响，山上飞石和乱箭如雨，时年只有三十七岁。

sunjian qoǧlay dep turišiǧa，kuai liyaŋniŋ qapqiniǧa čüšti.birdinla jaŋ–dumbaq avazi yaŋrap，taǧ üstidin taraslap taš yiǧip ketti vä vižildap oq itilǧili turdi. Sunjian näq mäydanda öldi，šu yili u 37 yašqa kirgänidi.

以上例子的翻译是运用直接翻译方法的，词语也是按照词语的意思翻译出来的。为适应原文意思，这个句子不能意译翻译。因此，直译翻译时

① 阿地力·哈斯木.汉维翻译研究存在的问题以及未来发展展望[J].民族翻译，2012（04）：42.

② 张琳瑜，吴熹.基于关联理论视角看《三国演义》的翻译策略[J].江西教育学院学报，2009（03）：102.

给人一种用母语创作的感觉。

（二）意译法

"意译则以实现交际为目的，用意译法翻译出来的译文通顺易懂、便于交际，所以一直受到青睐。"① 译者在意译翻译中，忠实于原著内容是第一位的，翻译语言的流畅、通俗、易懂是第二位的。意义翻译保存原作品的内容，不能太看重它的形式。这种方法很适合翻译古代汉语的作品。这并没有偏离原著的内容，而是体现了原著的总体意义。例如：

董昭说道："明公兴兵勤王，功绩最大，但朝中许多大臣，未必都肯服从于你。

doŋ jao ："janapliri，ẖanimizġa hämdäm bolup läšker tartip čiqipla，äjir töhpiliri čoŋ bolmisimu，ordidiki ẖili köp väzirler silige qayil ämäs" didi.

以上例句中的"未必都肯服从于你"译为"silige qayil ämäs"，在句子中不必把"未必"和"都"翻译出来。

六、运用维吾尔译文中的翻技巧

（一）转换译法

"翻译时须确切地表达原意并使译文符合维吾尔语的表达习惯。"② 因此，汉维翻译实践中要表达原文的内容是很重要的，汉维语中相应的词，有其独特的词义范围，搭配能力。因此，译者把原文和原句子的形式过于融合的时候，不仅会影响翻译语言的流畅，而且会影响意思的完整和正确表达。甚至，原文的意思模糊，意思可能会被扭曲。所以在翻译中必须遵守翻译语言的规则和语言习惯。例如：

从此以后，在蜀汉年代，南方没有发生过战争。

① 蔡进宝.关联理论与关联理论翻译观再思考[J].上海翻译，2020（03）：16.

② 史震天，马维汉，张伟，陈世明，艾合迈德·叶合雅.汉维翻译教程[M].乌鲁木齐：新疆人民出版社，1989：211.

šuniŋdin itibarän ikki täräp otturisida uruš bolmidi.

以上例句中的“南方”一词一般表示“jänup täräp”，但是在这里翻译成“ikki täräp”一词。

（二）省译法

“汉译维时要根据维吾尔语的表达习惯补充不可缺少的部分或省该省的部分。”① 省译在翻译实践活动中经常出现。原来在句子中不是代表某一个概念、意义的词语，虽然在原文中有位置和作用，但是在翻译中没有作用的词语可以缩写翻译。而且有时候汉语里的一个词在翻译中不需要用一个词，而需要用两个或更多的词来翻译。同样，汉语中的几个词，在维吾尔语中只能用一个词来表达，或者是必要的。

（1）问及姓名，大汉自称姓关，名羽，字云长。因杀死恶豪，逃难江湖。

uniŋ ismi guanyü idi, u bir muštumzorni öltürüp qoyup qičip yürätti.

（2）此时以后，曹操知道董卓对他已有怀疑，便借口试马，从吕布手中接头缰绳，跨上雕鞍，往东南谯郡飞奔而去。

sav sav doŋjuniŋ gumanlinip qalġanliqini bilip, at kön̲dürüšni bahanä qilip, lüy buniŋ qolidin čulvurni aldi-dä, čiyaojun aymiqiġa qarap učqabdäk yürüp kätti.

（3）一天，队伍来到历阳，忽见一队人马迎面而来，为首一员小将跨骑马奔跑如飞。

qošun liyaŋġa kälgändä, bir top atliqlar čiqip käldi, bašliqi bir aq atni minip učqandäk kilivatatti.

（4）孙策据有江东，兵精粮足。他封赏了出征人员之后，派张纮往许昌上表报功，请求封他做大司马。

sunsi jiangdoŋni alġandin kiyin, jaŋḫoŋni töhpisini mälum qilišqa šüčaŋġa

① 张敬仪，阿尔帕提古丽．汉维－维汉翻译理论与技巧[M]．北京：民族出版社，2004：37.

ävätti, hämdä özini baš ämir läšker qilišni ötünsi.

（5）王朗谏道："孔明足智多谋，不可轻敌；夏侯驸马未经大战，难当此重任。"

vaŋlaŋ: "jugiliyaŋ parasätlik, šiyaḫumav jäŋge čiqip baqmiġan" didi.

我们对连环画版本的汉维两种版本进行对比研读不难看出，译者在翻译时使用了省略翻译方法。例如，以上例（1）中的"问及姓名"，例（2）中的"此时以后"，例（3）中的"一天"，例（4）中的"兵精粮足"和例（5）中的"不可轻敌"和"难当此重任"等多余句子和成分。这些对句子通顺流畅没有阻碍。

（三）增译法

翻译中的增译方法是翻译技能的一个重要的部分。汉维翻译实践中，"确切地表达原文的意思，更忠实地传达原文地精神，往往需要增加一些原文字面上没有而实际上潜存在于原文字里行间的词、词组，甚至句子。"① 因此，译者在汉维翻译实践中为了准确、清楚地表达原文的意思，在翻译中添加一些词语，使翻译的语言流畅，意思完整才行。译者在这部连环画版本的翻译实践中善于运用以加词翻译的方式，把作品的语言变得易懂，通俗流畅。例如：

（1）吕布不知虚实，前来取营，也被曹操伏兵杀得大败而回。

lübu rasit yalġanliqini bilmäy qarargahni buliġili kilip, qapqanġa čuštide-dä, jinini ilip qačti.

（2）忽接孔明来信，说要取西川，只有攻其不备。

jugiliyaŋdin ḫät käldi, ḫättä šičüänni yavniŋ täyyarliqsiz vaqtida iliš kiräk.

（3）夏侯楙派西凉韩德父子五人出战，被赵云杀得落花流水。

šiyahumav šilyaŋliq ḫändi qatarliq ata bala bäšäylänni jäŋge čiqardi.

以上例（1）中的译文增加"jinini ilip"成分。例（2）中的译文增加

① 史震天，马维汉，张伟，陈世明，艾合迈德·叶合雅.汉维翻译教程[M].乌鲁木齐：新疆人民出版社，1989：202.

"ẖättä"成分。例（3）中的译文增加"qatarliq"成分。

七、《三国演义》连环画版的文学接受

一、接受美学理论视角分析

"接受美学认为，文学作品完成之后，在没有和读者发生关系之前，还不能算是真正的作品，而只能被称为'第一文本'。"① 因此，文学作品在被读者阅读前和过程中，读者是主要阅读对象。在这里个人和社会的关系是复杂的。因此，读者在心理方面至少会形成思维，于是形成了审美情趣和理解结构。文学作品中的文学接受的期待在读完之前大概可以猜测知道。

（一）期待视野

"期待视野指的是，读者在阅读一部作品时，他的文学阅读经验所构成的思维定势。而积极去阅读某部作品的读者，都是具有一定的期待视野的。"② 因此，在具体的文学阅读活动中，期待视野呈现为文本期待，形象期待和意蕴期待等三种层次。第一，文本层次期待视野：以文学作品中的某一类型或形式特征形成期待。在这个层次读者从一开始就能感受到某个歌词里的艺术魅力。读者刚开始读的时候因歌词的吸引力读到最后就能欣赏到它。如：次日，张飞在桃花园中摆了香案，刘、关、张三人就在园中焚香盟誓，结为生死兄弟，同心协力，上报国家，下安黎民（ätisi üčäylän šaptulluq baġda bir niyät bir mäqsättä aġa ini bolušup，älgä ẖizmät qilip puqrani ämin itimiz däp qäsämyad qilišti）。第二，形象层次期待视野：形象层次上的期待是读者作品中某一特征的期待。这包括读者首次接触到的形象和感情。如：此人身高九尺，面如重枣，丹凤眼，卧蚕眉，胸

① 童庆炳.文学理论教程[M].北京：高等教育出版社，2015：350.

② 苑耀凯.《红楼梦》形象与的翻译与接受美学[J].天津外国语学院学报，1995（01）：61.

前飘着长须（uniŋ boyi säkkiz či kilidiġan，yüzi čilandäk qizil，yumuq köz，qiyġač qašliq，käkä saqal bir adäm idi）。第三，意蕴层次期待视野：意义层次深刻，读者对作品有较深的审美情趣、情感和态度思维方向等方面的期待趋势。例如，荀彧笑说："这计不成，也不要紧，我还有个驱虎狼计，不知丞相可愿采纳?"（šünyü külüp turup："bu hiylä išlimisä，kiräk yoq. miniŋ yänä yolvasqa börini yigüzüš däydiġan bir päntim bar. väzir äzäm qandaq qaraylikin?" didi）。因此，读者总是在自己也没有感觉到的状态下，在作品中形成自己梦想的审美情趣和感情界限。

（二）接受动机

"接受动机是接受美学的一个重要概念，从编辑学的角度来看，读者的接受动机也是读者接受心理中的一个重要方面。"① 因此，个人的接受不同以及期待视野的不断变化，文学接受的读者的动机也是不一样的。总体来说，接受动机类型主要有审美动机、求知动机、受教动机、批评动机和借鉴动机等五种。审美动机是快乐的娱乐动机。读者可以从文学作品中获得快乐，并感受到自由、轻松、平衡、愉快的阅读期待。例如，曹操却大笑说："若只诛首恶，有狱使便可，何必却召外兵。"何进不听（sav sav："buniŋ üčün birla gundipay kupayä，läškär tartišniŋ nimä hajiti" didi）。求知动机是认识文学作品的历史规律、社会本质、人类的某种生活状态、了解各种知识的动机。例如：汉献帝建安十二年（公元207年）春，曹操依郭嘉之言，领兵西征，在白狼山与袁尚、袁熙和乌桓主冒顿大战（miladiyä 207 tinči yili baharda，savsav bäylaŋšän tiġida yuanšaŋ yuanši vuhuan jumavdunlar bilän ilišti）。受教动机是作品中的故事情节、人物形象、思想感情、追求人生、品德教育、精神鼓励的动机。例如：最后一次，孔明还让他与被俘虏的祝融夫人相见，又送上酒菜与他们压惊（ahirqi qitim tutulġanda，jugiliyaŋ uni äsirgä čüškän juruŋ ẖanim

① 李曙豪.接受美学野视中的读者接受心里[M].编辑之友，2004（06）：39.

bilän körüštürdi）。批评动机的读者和一般的读者根本不一样，因为作家作为潜藏的专业读者，他们阅读文学作品的时候，除了感受审美以外，更注重了解作品的内容。如：再说吕布被曹操打败，前来投靠刘备。刘备安排他到小沛暂住，还答应按时供给军需粮食，吕布甚是高兴。曹操得知吕布投靠刘备，怕二人联合进攻许都，即与众谋士商议对策（lübuġa kälsäk，u savsavdin yiŋilip，lubini panah tartip kilip，šavpiġa orunlašti.savsav lübuniŋ lubini panah tutqanliqini bilip，ikäylänniŋ šüduġa tigiš qiišidin qorqup，mäsilihätčiliri bilän kiŋäšti）。借鉴动机主要表现在作者身上，尤其是初学写作的作者，要模仿他们的艺术技能，提高写作质量，成为读者。如：东方发白，沂水关已远远在望（šäriq upuqi aqirip，si（yi）šu（ü）y quruli körünüškä bašlidi）。

笔者认为读者阅读《三国演义》连环画的维吾尔译文或者阅读后自然会形成以上五种接受动机。

（三）接受心境

“接受心境是在实践活动中情绪状态不可能截然中断，会伴随读者进入阅读过程，影响阅读效果。读者的这种影响阅读的情绪状态，就叫接受心境。”① 这个过程中文学、美学的接受心境主要有心悦、抑郁和虚静三种情况。心悦是读者在读作品过程中会产生激动、高兴、乐观的情绪。如：刘备正与关羽等人商议如何攻打纪灵，突然张飞从徐州来报，说曹豹与吕布里应外合，夜袭徐州。大家一听，都大惊失色，只有刘备倒还镇定（lubi g änyülär jiliŋ bilän ilišišni mäsilätlišivatatti. tosattin savsav bilän lübuniŋ ič tixidin maslišip šujuġa kičisi hojum qilmaqči bolġanliqi hämde jaŋfidin mälumat käldi，hämmäylän čöčüp kitišti）。抑郁是读者开始读小说的时候会产生失望的感觉，郁闷的情绪。如：刘袁两军在盱眙地方遭遇，相互厮杀（ikki täräp qošuni šutäydä učrišip qattiq ilišti）。虚静是超过二者，也是

① 童庆炳.文学理论教程[M].北京：高等教育出版社，2015：354.

介于二者之间的，情绪表现为冲淡平和和清静自然。如：刘备满心高兴。纪灵却说道："将军的话我不敢不听，只是回去怎向主公交代?"吕布说："这你不用担心，我自会写信告知你主公。"说罢便把纪灵送出帐外（lubi ẖūšal boldi.jiliŋ："sanġunniŋ ġipini aŋlimasliqqa häddim，šuġinisi qaytip birip biġimgä nimä däymän?" didi.lubi："buniŋdin ġäm qilmisila，bäglirim özüm ẖät yazimän" didi.u jiliŋ qarargahtin uzitip qoydi）。

八、审美感受

周始元认为，"早在19世纪，作家们已经凭借审美直感意识到了读者审美感受的本质与现实特征，尽管他们当时还无法从美学的高度就客体与主体两方面去认识并加以阐释。"① 因此，审美感受可以说是读者在读作品过程中感受到的精神感受，在这个过程中读者会知道自己的感受。翻译可以比喻成隐藏的作者或者新的作者。译者在翻译过程中忠实于原著的基础上，在作品的翻译中添加了自己的审美感受。自己不能接受的，在没有影响原作品的思想内容的基础上，按照自己的审美感受进行翻译活动。例如：最后一次，孔明还让他与被俘虏的祝融夫人相见，又送上酒菜与他们压惊（ahirqi qitim tutulġanda，jugiliyaŋ uni äsirgä čüškän juruŋ ẖanim bilän körüštürdi.）

笔者认为，译者在翻译实践中应以维吾尔语读者的审美感受为周全考虑，一些读者不能接受的部分省略。

九、读者接受美学的术语

从《三国演义》连环画的整体表达形式来看，出现大量的术语，给连

① 周始元.文学接受过程中读者审美感受的作用[J].上海文学，1985（03）：79.

环画版本增添了贴近人民生活的艺术气息。因为《三国演义》连环画版本中术语来自于中国古代典故故事，所以它体现了中国人民的生活习惯等。版本中的术语译文向人赐予浓厚的感情色彩。译者在译文中运用了效果性的翻译方法及其翻译技巧，提高了译文对读者的接受水平。“读者理解程度的高低将直接影响译文的质量和效果。”① 译者在译文翻译过程中适应了读者的理解范围和接受程度。例如：施一连环离间之计译文为bir birigä čitip qoyuš pänti，心如刀割译文为yüriki ičišip ketti等。《三国演义》连环画版本中术语较多。译者在译文中运用了较好的翻译理论和方法，使术语适应了译文读者的接受。

十、审美评价

“译者早在翻译的准备阶段就原作进行审美评价，发挥着自己的创造性，具体表现为译者对原作的选择上。”② 因此，译者在原著和译著中起桥梁作用。译者首先对原作品进行审美，加深自己对作品的理解。从翻译作品的过程中，在忠诚于原作品的基础上，可能把自己的感情和自发的观点融入到翻译作品中。读者会遇到翻译作品，跟原文作比较给予审美评价。如：恰在这时，突然雷声大作，刘备便装做闻雷受惊的模样将筷子捡起。曹操见状，觉得刘备并无大用，不再怀疑他有争雄天下之心（šu äsnada hava güldürläp kätti. Lubi čaqmaqtin qorqup kätkän boluvilip čokini yärdin aldi. savsav lubini qolidin iš kälmäydiġan adäm ikän däp oylidi-dä，uni män bilän jahan tališamdikin däp gumanlanmaydiġan boldi）。

通过以上的例子分析能见，译者在选择译介《三国演义》连环画版本翻译时就已经能动地对原文进行全面地审美评价，原文符合译者的审美情

① 周杰.读者接受美学下的《围城》惯用语翻译[J].语文建设，2016（12）：97.

② 刘书梅.从审美反映论看傅东华《飘》的翻译过程[J].湖北第二师范学院学报，2010（05）：128.

感，也符合读者的审美期待观念。

十一、结语

《三国演义》作为中国古代四大名著之一，是一部具有高度思想性和高度艺术性的伟大作品，是我国语言文化的一个宝库。本文简略地介绍《三国演义》连环画版本的汉维两种语言的特点，以及译者在翻译实践中运用的直译法、意译法、转换法、省译法和增译法等五种方法进行举例子分析。除此之外，译文的接受分析，为丰富各族人民自身文化做出了贡献。本文以接受美学为视角，对《三国演义》连环画版本中的接受感受进行举例子分析。

笔者在译文中也发现一些翻译错误的地名，如沂水（yíshuǐ）翻译为“sišui”，笔者认为，正确的音译应该翻译为“yišüy”；盱眙（xūyí）翻译为“yütäi”，正确的翻译应该为“šüyi”；等等。因此，笔者认为译者在翻译的实践过程中应该对译文读者的接受动机、心境和审美情趣进行关照，同时也要给其留有足够的空间，拓展其“期待”视野，宣传中华民族灿烂的历史文化。由于本人水平不够，不足之处在所难免，望老师批评指正。

参考文献：

[1]童庆炳.文学理论教程[M].北京：高等教育出版社，2015.

[2]代呈.翻译模因理论视角下的《三国演义》章名翻译研究[J].长江丛刊，2020（17）：49-50.

[3]王姗姗.《三国演义》中的被动句汉维翻译策略[J].文学教育（下），2020（10）：26-27.

[4]景治强.《三国演义》文化负载词的维吾尔语翻译研究[D].乌鲁木齐：新疆师范大学，2017.

[5]郭睿曦.《三国演义》罗慕士译本第一、二回中的翻译策略研究[J].

校园英语，2015（08）：241.

[6]董欢，关璐.从王宏印诗歌翻译六标准评析《三国演义》开篇词的两种英译[J].英语广场（学术研究），2014（12）：61–62.

[7]余裕发.《三国演义》成语翻译的归化与异化——以罗慕士译本为例[J].佳木斯教育学院学报，2014（01）：337–338.

[8]杨晓梅.《三国演义》诗词中“白”的翻译策略研究[J].传播与版权，2013（03）：98–99.

[9]努尔艾力·库尔班，阿尔帕提古丽.从汉语词语翻译的角度看《西游记》的维吾尔语译文[J].民族翻译，2020（05）：67–73.

[10]王晶.从接受美学角度看《三国演义》中习语翻译的读者关照[J].文学教育，2013（09）：152–153.

[11]苑耀凯.《红楼梦》形象与的翻译与接受美学[J].天津外国语学院学报，1995（01）：56–61.

[12]周杰.读者接受美学下的《围城》惯用语翻译[J].语文建设，2016（12）：97–98.

浅论《西游记》第二十七回维吾尔文翻译中的若干问题

努尔艾力·艾买尔
（西北民族大学中国语言文学学部　甘肃兰州　730030）

摘要:《西游记》是我国古代四大名著之一，是一部思想性和艺术性很高的章回体小说。我们从读者接受美学理论作为切入点，对《西游记》的词语（地名、人名、文化类词语等）、词组（成语、谚语、熟语等）和句子（单句和复句、关键句等）加以语义分析和文化阐释，从词义和语篇的运用角度论述读者接受维吾尔文译文的审美体验过程。我们采用了接受美学的“召唤结构”“未定点”“填空”“对话”“变异”“共鸣”“领会”“净化”等一系列概念，对具体译文词句加以深入细致地分析，论述了维吾尔文译文的读者接受过程。四大名著译文研究是一个新领域，研究空间较大。本文选题新颖，理论角度独特，举例详细而具体，研究角度新，有一定的创新之处。我们这一研究成果为我国四大名著的维吾尔文和哈萨克文译本研究提供了一定的理论水平和学术意义。

关键词:《西游记》二十七回；维吾尔文翻译问题；研究

一、选题意义与研究对象

（一）选题依据及研究价值

《西游记》是我国文学四大名著之一，是我国文学宝库里的一枚瑰宝。《西游记》是创作于明朝时期的章回体小说，由明朝著名作家吴承恩（另说无名作者）所创作。小说以唐朝贫僧唐玄奘西天取经的故事为主要线索，将孙悟空、猪八戒、沙僧、白龙马、龙王、玉帝、观世音菩萨、哪吒、太白金星、红孩儿、白骨精等神秘人物形象和唐太宗（李世民）、乌鸡国国王、乌鸡国王子、乌鸡国王后、车迟国王后等普通人物形象汇聚在一起，把人物形象的活动场所设置到最高的天庭、平凡的人间和地府三个层面，这使得小说颇具迷人的神秘色彩。所以可以说《西游记》是魔幻现实主义的章回体小说。

小说中，唐玄奘带领孙悟空、猪八戒、沙僧和白龙马等徒弟们去西天取经，一路上遇到不少的困难，经历降妖伏魔的风险，克服九九八十一难，最终顺利到达天竺国（古印度）的雷音寺见到佛祖，取到真经之后回到祖国。总体来看,《西游记》具有以下几个方面的成就。

首先，小说的题材迷人。它是一本以历史真实为主，以魔幻现实手法为主的章回体小说。一读起来，既是历史，也是虚幻，这使得小说具有迷人的色彩。其次，小说的语言精美。不管是人物形象的语言，还是自然风光的描写，无论人物形象的独白，还是人物形象的对话，语言方面都具备完美的表达层次。小说中收录的诗词，不光是小说叙述的附加品，还是当时艺术创作的顶峰代表。再次，小说的结构迷人，人物形象完美。作者把汇聚在一起的普通人物形象和神秘人物形象放到完美的结构中，给予读者广大的想象空间和审美欣赏空间，这使得小说远远超越一般的小说，颇具艺术感染力。最后，小说的思想内容非常丰富。无论从哪个角度阅读，读者都可以得到一定的收获。比如说，它是历史现实的魔幻故事，可以让读者欣赏历史故事和艺术审美故事，获得双倍的阅读效果。读者可以理解到历史现实，也可以修养审美素质；可以读到魔幻的故事，也可以得到祖国地理、历史、语言、文化的大量信息。这对当今提倡的“文化交往交流交融”和“中华民族伟大复兴”来说颇具教育意义、参考意义和社会意义，这是本文选题的目的和研究意义所在。除此之外，如果顺利完成该论文，具有以下几个方面的意义和价值。

从全国范围内来讲，不管是从文学角度、文化角度还是审美角度，抑或从翻译传播的角度，研究《西游记》的成果蛮多。比较夸张地来说，收录所有有关《西游记》的研究成果的目录，也可以写成几本书。不过，对《西游记》维吾尔文翻译版本的研究并不是很多。所以，本文的顺利完成可以扩展《西游记》维吾尔文译本研究的领域。

《西游记》维吾尔文译本的研究对于促进民族团结，加强文化认同感具有一定的实际意义和现实价值。如上所述,《西游记》的思想内涵非常丰富，可以涉及广泛的领域。这说明《西游记》就是学语言的大课堂，学文化的大课堂，学艺术审美意识的大课堂。更深刻地挖掘和研究《西游记》对促进民族团结、弘扬优秀文化基因、坚定文化自信具有一定的意义和价值。

（二）国内外研究情况

如上所述，有关《西游记》的研究很多，研究视角涉及广泛的领域。研究现状：在国内，本文选题研究领域相关研究文献并不多，如努日曼古丽·买买提江的《浅论〈西游记〉维译本人物名称翻译》[①]，作者在这篇论文中探析《西游记》人物名称的分类及其维吾尔语翻译中的表达，主要从翻译原则、翻译方法和翻译标准等不同角度观察。严治平的《〈西游记〉维译本中妖怪名称的翻译分析》[②]，作者的硕士论文算是这个方面比较全面

---

① 努日曼古丽·买买提江.《西游记》维译本人物名称翻译研究[D].兰州：西北民族大学，2015.

② 严治平.《西游记》维译本中妖怪名称的翻译分析［D］.乌鲁木齐：新疆师范大学，2016.

的研究成果，作者主要以《西游记》重要妖魔鬼怪名称的维吾尔翻译为研究对象，从翻译方法、类型和表达方式等不同角度探析；秦瑞英的《中国古代四大名著的维文翻译及研究现状》[①]，作者在这篇文章中主要以《西游记》维吾尔译的研究状况为研究对象，给研究者提供简要的研究现状资料和线索。贾义龙的《浅析维译版〈西游记〉中佛教词汇的翻译》[②]。这篇论文的重点在于《西游记》佛教词的维吾尔语翻译。作者首先把佛教词分类，在此基础上比较深刻而全面地考察佛教词在维吾尔译文中的翻译方法和特色。武飞龙的《言语行为理论视角下〈西游记〉中谚语翻译对比研究》[③]，李红梅的《从〈西游记〉物质名词的翻译看文化负载词的翻译》，李志敏、倪静的《〈西游记〉中孙悟空的言语幽默翻译研究》，这些研究成果主要以《西游记》国外的翻译研究为观察对象，客观的讨论作品在外国语言中的翻译传播情况。

（三）研究对象及其研究方法

本论文主要是通过搜集整理文献，再通过对比的方式进行研究。先是搜集相关的文献资料，进行严格的整理之后，在分析大量译例的基础上总结出维译应遵循的基本原则。我们首先要弄清楚的是哪些是我们研究的方法，本研究内容主要采用归纳法、比较对比法、文献分析法和举例论证法，对研究对象进行深入探讨，查看相关的资料与论文，进行对比分析，让大家深入了解维吾尔语表达中的词汇搭配。

《西游记》是文学名著，因此对《西游记》的研究很多。如上面提及过，要是把所有相关《西游记》研究的成果来说明、分析研究情况，一个人的精力不够，时间和空间都不允许。所以，我将对《西游记》除了维吾

① 秦瑞英.中国古代四大名著的维文翻译及研究现状[J].兵团党校学报，2017（4）：68-71.

② 贾义龙.浅析维译版《西游记》中佛教词汇的翻译[D].乌鲁木齐：新疆师范大学，2014.

③ 武飞龙.言语行为理论视角下《西游记》中谚语翻译对比研究［J］.大连：大连外国语大学，2019.

尔文以外的其他语言文字中的翻译的研究作为自己大概参考的文献，针对《西游记》维吾尔文翻译中的，对我的论文有直接关系的成果来简要说明研究情况。

二、《西游记》二十七回维吾尔文翻译分析

（一）词语翻译与句子翻译分析

词汇是比较重要的语言单位，组成句子的最小而能表达独立意义的语言单位。翻译中，具有特殊意义和文化色彩的词语的翻译，直接影响到翻译的总质量。再者,《西游记》是传奇色彩浓郁、文化根源深厚的章回体小说。其维吾尔文翻译中，也有不少的单词及其特殊的翻译方法。就从《西游记》二十七回的维吾尔文翻译来讲，有以下几个方面的特点。

从汉维翻译的角度来看，包括《西游记》在内的四大名著的翻译可以说是达到了信达雅的标准，不光信达雅地表达原文的内容，还很疏通地再现目的语的内在活力。所以说,《西游记》的维吾尔文翻译本和原文的阅读不仅使人欣赏到原文精致优雅的语言，还可以让人敬佩目的语的表达活力。例如：

二十七回的开头有“却说”一词。译者把这个词翻译成“ئەلقىسسە”。因为,“ئەلقىسسە”一词在维吾尔语中一般用于描述传说故事、童话故事。这样的翻译，不仅拉长叙述时间，把既有神话传说色彩，也把故事说得更明白。从开头部分的这些因素来推测,《西游记》的翻译可以说是榜样的工作。

（二）成语与书面语翻译

众所周知,《西游记》不仅是小说，而且也是语言、文字、文化和历史的百科全书。其中蕴含的历史文化信息、语言文字信息、民间文学信息、神话传说信息很多，这一点说明《西游记》是我国语言文字最好的资料库之一。这一个特点，给《西游记》书面语言的维吾尔语翻译带来了不

少的障碍和挑战，这又是给翻译的最后结果添加不少魅力和形象色彩的一点。因为，译者在翻译过程中不仅要掌握好原文书面语言的语言文化信息，还要发挥好维吾尔文的表达能力，不然不会有这么好的翻译结果。例如：

却说常言有云：山高必有怪，岭峻却生精。果然这山上有一个妖精，孙大圣去时，惊动那怪。(《西游记》，二十七回，第258页)

«ئېگىز تاغلاردا ئالۋاستى بار، جىلغىلاردا جىن» دېگەندەك، بۇ تاغدىمۇ بىر ئالۋاستى بار ئىدى. ئۇ سۇنۋۇكۇڭنىڭ شەپىسىدىن ئويغىنىپ كەتتى.

维吾尔民族讲述故事的时候习惯用成语、习惯用语、谚语。如上的例子，明显表达维吾尔语中的这种习惯。翻译的习惯用语，很符合维吾尔谚语的结构和讲述模式，这样，译者才能实现“有滋有味”的翻译目标，这对作品的叙述特点也添加了不少的滋味。因为，翻译中常常有一种能够契合目的语读者阅读习惯的常识，谁能接近目的语读者的阅读滋味，谁就能做出较好的翻译。这样的例子还很多：

好妖精，停下阴风，在那山凹里，摇身一变，变做个月貌花容的女儿，说不尽那眉清目秀，齿白唇红，左手提着一个青砂罐儿，右手提着一个绿瓷瓶儿，从西向东，径奔唐僧——圣僧歇马在山岩，忽见裙钗女近前。(《西游记》，二十七回，第259页)

ئالۋاستى ئامالسىز جىلغىغا قايتتى بىرلا ئېغىناپ، ئاي دېسە ئاي ئەمەس، كۈن دېسە كۈن ئەمەس، كۆزلىرى بۇلاقتەك، قاشلىرى بەرگى قىياقتەك، چىشلىرى ئۈنچە مارجاندەك، لەۋلىرى پىشقان ئەينۇلدەك ئاجايىپ بىر ساھىبجامالغا ئۆزگىرىپ، سول قولىدا بىر كوزا، ئوڭ قولىدا بىر يېشىل ساپال قاچىنى كۆتۈرگەن ھالدا تاڭ سەنزاڭغا قاراپ يېقىنلاپ كەلدى.

译者在这段话的翻译中将“月貌花容”这一词翻译成“ئاي دېسە ئاي ئەمەس، كۈن دېسە كۈن ئەمەس”，这样的译文风味贴近维吾尔语读者的风味。文学翻译中，翻译出来的“术语”必须符合目的语的阅读习惯，更重要的是形象地表达原文的意思。所以译者在翻译以上这段话时运用了意译法，这样翻译不仅不会让译文读者犹豫，反而达到信、达、雅的目的。

另外，译者将这一段话的妖怪面目翻译成维吾尔文学神话传说中的美人形象一样。如“眉清目秀”翻译成“كۆزلەرى بولاقتەك”、“齿白唇红”翻译成“چىشلىرى ئۈنچە مارجاندەك، لەۋلىرى پىشقان ئەينۇلدەك”，这样不仅提升内容的叙述神秘色彩和神话传说口味；而且，译文的阅读风味贴近维吾尔语读者的风味。例如：

那八戒见他生得俊俏，呆子就动了凡心，忍不住胡言乱语，叫道：“女菩萨，往那里去？手里提着是什么东西？”（《西游记》，二十七回，第259页）

«كۆرمىگۈچە كۆيدۈرمەس» دېگەندەك، جۇ باجيې قىزنىڭ نازاكەتلىك ھۆسن جامالىنى كۆرۈپلا، كۆڭلىگە سۇ يۇگۇرۇپ، تىللىرى كالۋالىشىپ سۆزلەشكە باشلىدى :

— شەپقەتلىك مەبۇدەم، قاياققا يول ئالدىڭىز؟ كۆتۈرۈۋالغىنىڭىزنىڭ نېمە ئىكەنلىكىنى بىلىشكە بولارمىكىن؟

从以上的例子来看，译者很成功地将维吾尔日常用语和译文的叙述模式完美的结合了起来。读了这一段，我们就可以想象民间故事中的美女形象和故事情节。

三、总结

我在本文研究过程中发现译者在翻译地名、人名、文化类词语翻译方面运用了直译法，如孙悟空（سۇن ۋۇكۇڭ）、猪八戒（جۇ باجيې）、唐三藏（تاڭ سەنزاڭ）、妖魔（ئالۋاستى）、鬼怪（جىن）等；还有一些文化类词语翻译方面运用了意译法，如土地、山神（يەر مۇئەككىلى），（تاغ ئىلاھى）等，这样比较有特色的单词都翻译得非常到位。值得注意的是译者在翻译的过程中，把同一类单词翻译成不同的形式和内容。这不仅提高了作品的语言魅力，更重要的是大大挑战了维吾尔语的表达能力，这样翻译不仅不会让译文读者犹豫，反而达到信、达、雅的目的。另外译者在翻译成语和书面语过程中运用了意译翻译法，如“变做个月貌花容的女儿”，本来句子中“月貌花容”这个成语的意思是“如花似月的容貌”，但是译者把这个句子翻译成“ئاي دېسە ئاي ئەمەس، كۈن دېسە كۈن ئەمەس”，这样，译文的阅读风味贴近维吾尔语读者的风味。

总之,《西游记》是我国文学四大名著之一，是一部充满传奇色彩，又涉及历史故事的章回体小说。《西游记》的维吾尔文翻译是汉维翻译的榜样，值得敬仰和尊重。不过，翻译的过程中译者也漏了一些问题。在研究中，我们发现一些问题并对此提出自己的建议和意见。我们的研究范围只是二十七回的翻译，所以发现的问题并不是很多，不过发现的还是需要说明的重要问题，这对作品今后翻译得更加完整会有所帮助。

参考文献：

[1]吴承恩.西游记：汉文版：上册[M].天津：新蕾出版社，1979.

[2]吴承恩.西游记：维吾尔文版[M].木合塔尔·买合苏提，译.乌鲁木齐：新疆人民出版社，2008.

[3]阿尔帕提古丽.汉维语言对比翻译研究[M].北京：中国社会科学出版社，2018.

[4]努日曼古丽·买买提江.《西游记》维译本人物名称翻译研究[D].兰州：西北民族大学，2015.

[5]严治平.《西游记》维译本中妖怪名称的翻译分析[D].乌鲁木齐：新疆师范大学，2016.

[6]秦瑞英.中国古代四大名著的维文翻译及研究现状[J].兵团党校学报，2017（4）：68-71.

[7]贾义龙.浅析维译版《西游记》中佛教词汇的翻译[D].乌鲁木齐：新疆师范大学，2014.

[8]武飞龙.言语行为理论视角下《西游记》中谚语翻译对比研究[J].大连：大连外国语大学，2019.

[9]李志敏，倪静.《西游记》中孙悟空的言语幽默翻译研究[J]. 江西电力职业技术学院学报，2018，31（11）：114–116.

[10]李红梅. 从《西游记》物质名词的翻译看文化负载词的翻译[J].校园英语，2017（22）：233–234.

浅论《西游记》第五回的维吾尔文翻译中的若干问题

艾合散·亚尔买买提
（西北民族大学中国语言文学学部　甘肃兰州　730030）

一、绪论

《西游记》在核心思想上是儒、释、道三教思想的融合与统一，书籍中的人物形象也是三种文化在人物形象上的折射[①]。根据多元文化因素的影响来看，翻译这本巨著就不能简单地只翻译其字面意思，而要做到考虑其深层次的含义。通过观察学习，发现将《西游记》这本巨著翻译成维吾尔文的译本并不多见，为丰富这一方面的研究成果，笔者通过归纳整理维吾尔语翻译本第五回的翻译，运用翻译方法进行归类和分析，研究在处理不同类型人物名称时应该正确使用的翻译方法以及翻译规律和特点。本文还进一步对《西游记》第五回文本中的人物名称翻译而成的维吾尔语翻译版本进行效果评估，考察译者在翻译的过程中存在的问题。

① 谢瑾．论《西游记》回目中专有名词的维译研究[D]．乌鲁木齐：新疆师范大学，2016.

二、《西游记》第五回概述

(一)《西游记》是一部什么样的作品?

《西游记》作为我国第一部充满浪漫主义色彩的神魔小说，为“古典四大名著”之一。小说主要描写了“齐天大圣”孙悟空横空出世、大闹天宫，被压五行山下受到唐三藏解救，最终随着师父唐僧、二师兄八戒、三师兄沙僧以及白龙马历经九九百十一难，最终在西天求取到真经并“五圣成真”的故事。

自问世以来,《西游记》因其精彩绝妙的故事情节，在民间广为流传。其版本众多，现存明刊百回本《西游记》至少有六种，但无作者署名。清代学者考证后认为吴承恩是《西游记》的作者。清代以后,《西游记》被译为英语、法语、德语、西班牙语、俄语、日语、越南语等，广传至欧美、东亚各地，其影响范围进一步扩大。

作为明朝中叶神魔鬼小说的典型范本《西游记》，在反映那个时代背景和文化的同时又为其注入了艺术色彩。在该小说中不仅可以追溯到佛教、道教和儒家思想的重要内涵，更将这三者进行融合，完美地诠释了当时时代背景中的儒释道三教合流思想的深刻内涵。例如，在这本巨著中佛教思想最为明显，小说以唐僧师徒四人西天取经为题材贯穿全文，取经的历程中充满了浓烈的佛教色彩，同时以和唐僧、如来佛、观世音等人物有关的情节来宣扬当时社会背景中所包含着的浓厚的佛教思想。《西游记》中不仅包含着非常丰富的思想内容，同时也是艺术层面很高的表达。这部小说中不仅蕴含着丰富多彩的艺术形象，同时还充满着曲折动人的故事情节。书中许多人物不仅神奇古怪，同时在作者的笔下呈现出强烈的现实性，这也就使《西游记》这本巨著中的人物更具有艺术特色。《西游记》这一原著的故事情节既有趣又复杂，在诸多中国古典名著中，可谓一部充满娱乐性与趣味性的神话小说，老少皆宜，雅俗共赏。虽然师徒四人在取经的路途中充满坎坷并且困难重重，但是读者在阅读的过程中总是带着轻松愉悦的心情，这跟作者的写作手法密不可分。

（二）《西游记》第五回内容

《西游记》第五回“乱蟠桃大圣偷丹　反天宫诸神捉怪”，被很多读者视为这部小说的经典。该回合通过对齐天大圣孙悟空与天宫诸神斗法场景的描述，不仅淋漓尽致地呈现出大圣百折不挠、坚韧不屈的精神，也彰显出其追求自由、不受压迫的个性。作者吴承恩对大圣这种精神的彰显，与其时政府采取闭关锁国政策，压抑民众个性的时代背景有关，凸显出彼时人们对自由、对外界事物的憧憬和向往之情。

孙悟空自封“齐天大圣”，在花果山水帘洞过着自由自在的生活，玉皇大帝对其十分不满。于是，玉帝接受太白金星的建议，假意封悟空为“齐天大圣”，将蟠桃园交给大圣管理，想借此将大圣“软禁”于天界。大圣掌管蟠桃园后，听闻这蟠桃十分稀有，于是专门挑选了个大的仙桃，美美地饱食一顿，进入梦乡。

这时，正值王母寿辰，王母娘娘设宴，大开宝阁，欲在瑶池中做蟠桃盛会，于是派红衣、青衣、素衣、[①] 皂衣、[②] 紫衣、黄衣、绿衣七仙女，各顶花篮去蟠桃园摘桃建会，这为大圣大闹蟠桃园及重回花果山埋下了伏笔。当大圣问及，蟠桃宴会是否宴请自己时，七仙女回答，蟠桃宴有“旧规”，一般宴请的都是菩萨、罗汉、观音、八洞三清、各宫殿大小神等，不知大圣的身份是否受到邀请，是否可以赴宴。不过，众仙女又提及，上述规定为“旧规”，不知今日是否有所变化。该回合借由七仙女之口，两次提及“旧规”，实际上表达了作者对当时严重禁锢人们思想和个性的社会制度的鞭笞。

问过七仙女后，悟空得知王母娘娘要举办蟠桃宴，请了诸路神仙，却唯独没有他。于是大圣怒气冲冲地大闹了蟠桃宴，还将所有备好的酒菜一扫而光，用乾坤袋装着准备带回给花果山的猴子猴孙们。不料，因喝了许

① 素：指白金黄。

② 皂：指紫蓝青。

多仙酒，迷迷糊糊中大圣不慎撞进了太上老君的兜率宫，将专供玉帝的金丹吃个精光。随后，悟空回到花果山，与他的猴子猴孙们一起举办“仙酒会”。玉帝和王母娘娘知道此事后勃然大怒，下令托塔李天王率十万天兵天将下界捉拿悟空。大圣大闹蟠桃会后，得知众神欲捉拿他“归案”，他却坦然自若，并言：“今朝有酒今朝醉，莫管门前是与非。”这几句，将大圣临危不乱、泰然自若的性格刻画得惟妙惟肖。

一场激战后，悟空与二郎神大战了几百个回合，难分伯仲。结果，大圣最后遭到太上老君暗算，被捉拿至天庭。各路神仙用尽办法，却无法伤及大圣一根毫毛。无奈之下，玉帝将大圣打入太上老君的炼丹炉，想将其烧死。不料，大圣不仅没被烧死，还练就出一双“火眼金睛”。他跳出炼丹炉，一路过关斩将打入灵霄宝殿，玉帝狼狈逃窜。“美猴王”悟空获得胜利，重返花果山。

（三）李靖与太白金星

李靖，即托塔李天王，金吒、木吒、哪吒三太子之父，在《西游记》《封神演义》等古典神话小说中常有出现，曾在悟空偷食蟠桃逃回花果山后，奉玉帝之命率十万天兵捉拿悟空，却最终失败。

太白金星，道教神仙之一。原拜师于道家开山鼻祖老子，因受老子点化，体悟到道教真言，因而得道成仙，成为玉帝的信使。在《西游记》《封神演义》等神话传说中，太白金星常被描述为一个白发长须、慈眉善目的老人。

三、《西游记》第五回的维吾尔文翻译中的若干问题

我国作为一个多民族杂居共处的“大家庭”，各民族间文化和语言的差异，一定程度上影响着彼此间的交流与沟通。① 随着社会经济的发展与繁荣，大众对于精神文化的需求与日俱增。在此背景下，维吾尔语翻译事

① 童僮．汉语歇后语的维吾尔语翻译研究 [D]．北京：中央民族大学，2019.

业得到了长足发展，许多汉语典籍被翻译为维吾尔语，在维吾尔读者中得到了广泛的传播。其译文数量大、种类多，使汉维翻译事业蒸蒸日上。尤其是进入21世纪后，在诸多翻译人员的辛勤努力下，汉维翻译作品得到了突飞猛进的增长，这对我国民族交流及经典著作的传播而言大有裨益。但同时，我们也需要认识到，当下诸多汉维翻译作品还存在着很多问题，如若不能及时地发现和解决，必然会对汉维翻译事业造成不良影响。以《西游记》为例，其中存在着不少汉维翻译问题，需要对其进行深入探讨，以对后续研究提供助益。这一部分笔者主要探讨《西游记》第五回存在的问题。笔者通过对汉维对照，发现《西游记》中的一些问题，可进一步区分为“死译”、误译与漏译三种。下面举例具体分析。

（一）“死译”

尽管翻译要求“贴近原文”，但这并不是说要在翻译中逐字逐句地进行翻译。“词汇”是一个流动的概念，在不同的语境中，同一个词可能具有不同的含义。① 因此，译者需要准确把握用语场景，根据上下文语境灵活处理词汇，才能做到“贴近原文”。目前，在《西游记》的汉维翻译中，存在着很多译者只关注词汇在词典中的标准含义，忽略其在上下文语境中具体含义的情况。这种逐字逐句的“机械式”翻译，往往使译文枯燥乏味，甚至脱离原文意思。例如：

（1）其时，托塔李天王传令，十万天兵扎营安寨，将花果山围得水泄不通。

Wajra wananiŋ bujruqi bilɛn ɛrʃ lɛʃkɛrliri tað ɛtrapiða barðah qurup tað ɛtrapini ʧɛnbɛrʧas qorʃidi.

这一句译文中“水泄不通”这一词译者翻译的时候用的是“ʧɛnbɛrʧas”，没有形象地表达天兵将花果山包围得死死的情节。笔者认为，为了更生动地表达花果山被天兵紧密包围住，我们应该用跟原文一一对应的

① 严治平.《西游记》维译本中妖怪名称的翻译分析[D].乌鲁木齐：新疆师范大学，2016.

“su otmigudɛk”，这样更为恰当。因此，该句子应译为：Wajra wananiŋ bujruqi bilɛn ɛrʃ lɛʃkɛrliri tað ɛtrapiða barðah quruptaðni su otmigudɛk kilip muhassirigɛ aldi.

（2）好大圣，捻着诀，念声咒语，对众仙女道：“住！住！住！。”

Sun wu koŋ ʃu sθzdin kijinla ɛpsun oqup，pɛrizatlarða qarap：“tur，tur，tur” dɛp zikir qildi。

这一句译文虽然基本上传达了原文的意思，但是没能够生动地表达原文的感情色彩和文化背景。比如：翻译“住！住！住!”时应该充分考虑这里的“住！住！住!”指的是让那些仙女们定身，进入睡眠状态，因此应该按照维吾尔语的相关表达方式来翻译为“qat，qat，qat”。这样的话这一句表达得更形象，并给读者交代孙悟空利用定身法让那七衣仙女，一个个眼睁睁，白着眼，都站在桃树之下的小故事。所以该句子应译为：Sun wu koŋ gipini tjgitipla，pɛrizatlarða qarap：“qat，qat，qat” dɛp qaturuʃ ɛpsunini oqup ularni bihoʃ qildi.

（3）我今早在瑶池中受用时，见长廊之下许多瓶罐，那里面都是玉液琼浆。

Bjgjn ɛtigɛn qaʃ bulaqtiki uzun ajwanda nurðun idiʃlarða qatʃilap qojulðan ɛntɛhur ʃarabni kθrdjm.

这一句中核心词“玉液琼浆”的维吾尔语翻译成“ɛntɛhur ʃarab”，因为玉液琼浆是用美玉制成的浆液，古代神话传说饮了它可以成仙，因此我们翻译它的时候尽量选用通俗易懂的、约定俗成的、接近日常生活的词，所以笔者认为“玉液琼浆”译为“Hislɛtlik ʃarab，samwi mɛj”的话翻译更接地气。所以该句子应译为：Bjgjn ɛtigɛn qaʃ bulaqtiki uzun ajwanda nurðun idiʃlarða qatʃilap qojulðan Hislɛtlik ʃarab/ilahij mɛj /samwi mɛjni kθrdjm.

（二）误译

《西游记》维吾尔语版本中的有些内容对当时的语言文学的发展情况而言是可以接受的，但是到了现在就不太适合了。所以笔者把它归类为误译。例如：

（1）今日东游，明日西荡，云去云来，行踪不定。

Bjgjn mɛʃriqtɛ bolsa ɛtɛ mɛðribtɛ bolup，bulut jstidɛ babkaniŋ mokisidɛk qatrap zadi tinim tapmidi.

这一句译文中译者不应该把东和西翻译成mɛʃriq和mɛðrib，应该多考虑考虑维吾尔语的用词特征和行文规则，应翻译为维吾尔语读者所早已习惯的“u jaq –bu jaq”。译者翻译时应该没必要一个字一个字地翻译，而是能表达出原文所表达的意思就行，笔者认为这一句翻译为“bulut jstidɛ babkaniŋ mokisidɛk u jaq –bu jaqqa qatrap zadi tinim tapmidi.”的话更为恰当和通顺。

（2）一日，玉帝早朝，班部中闪出许旌阳真人。

Bir kjni jurun sultanniŋ hozuridiki ɛtigɛnlik tawapta top arisidin xj zhnɛg jaŋ isimlik parsa ʧiqip kɛldi.

笔者认为，这句译文中有两处存在误译的情况，第一处为：译文中将“早朝”翻译成“ɛtigɛnlik tawap”。其实《现代汉语词典》中对“早朝”给出以下几种定义：“1.早晨；早上。2.指早饭。3.早上朝会或朝参。4.一种明朝时候的仪式。”因此翻译早朝时我们要考虑这是玉皇大帝朝廷的政治仪式而不是宗教仪式，因此应译为“ɛtigɛnlik qobul”来保证原文所表达的意思。第二处为“真人”一词。《现代汉语词典》对“真人”给出的定义是：“真人都是从尊敬三宝、修持十善而来。历史上，‘真人’封号由‘天师’而改。据传，明洪武年间，正一张宇初天师来朝，洪武帝喝道‘天岂能有师乎？’，遂改号真人。”之所以翻译时要顺着明代时期“真人”的用法，应译为“hɛq zat天师”，而不用对译文读者很陌生的“parsa”来表达。所以，该句子应译为：Bir kjni jurun sultanniŋ hozuridiki ɛtigɛnlik qobulda top arisidin xj zhnɛg jaŋ isimlik hɛq zat ʧiqip kɛldi.

（3）你且权管那蟠桃园，早晚好生在意。

Sɛn pironos ʃaptulluqiða igɛ bolup，ɛtigɛn kɛʧliri kθz qulaq bolup qojðin.

这一句译文中将生活中常用的水果名“蟠桃”翻译成“pironos ʃaptuli”，其实蟠桃在新疆地区广泛种植，因此它在日常生活里有着所对应的名称“toðaʧ ʃaptul”。因此笔者认为,《西游记》维吾尔文版中所翻译的“pironos ʃaptuli”既没有群众基础，很难普及，也不遵循翻译当中通俗易懂、约定俗成的翻译原则。所以，该句子应译为：Sɛn toðaʧ ʃaptulluqiða igɛ bolup，ɛtigɛn kɛʧliri kθz qulaq bolup qojðin。

（三）漏译

又一起小妖来报：“爷爷！那九个凶神已把门打破，杀进来也！”

jɛnɛ bir top majmun jjgjriʃip kirip “Hiliqi toqquz ðaljir dɛrwazini ʧiqip bisip kirdi” dɛp hɛwɛr qildi.

这一句译文在翻译时把句子的重要组成部分之一的“杀进来也”漏掉了，按照翻译的忠实性原则不应该漏掉的，所以该句子的完整翻译应为：jɛnɛ bir top majmun jjgjriʃip kirip “Hiliqi toqquz ðaljir dɛrwazini ʧiqip qir-ʧap qilðniʧɛ bisip kirdi” dɛp hɛwɛr qildi.” 这样才能完整地传达原文所表达的所有信息和感情色彩。

四、提高小说翻译质量的策略

（一）细读小说，了解原文背后的文化环境

无论是什么翻译，阅读和理解要翻译的文献都是翻译的前提，不理解文字的话，就不知道是什么意思，就无法有效地进行翻译。要读文献，译者首先要有良好的文化背景。小说专业翻译是技术含量相当高的翻译工作。译者不仅具有丰富的文学基础知识储备和文化背景，还应具有洗练的语言综合运用能力。如：

云去云来，行踪不定。

Bulut vstidɛ babkarniŋ mokisidɛk qatrap zadi tinim tapmidi.

这个句子当中，本来在汉语中表示忙来忙去的“云来云去”用维吾尔

语表达时找到了一个高度匹配的维语惯用语“babkarniŋ mokisidɛk”，这种基于原文文化背景的翻译让读者更有共鸣。

（二）翻译的时候要追求“信”“达”“雅”

所谓“舍形求意”，指在翻译时要尽量摆脱原文束缚，使译文尽量符合语境及汉语逻辑思维的表达。换言之，翻译时可能会遇到一些句子难以保持与原文的“近似”，这个时候就要果断舍去这些句子，但要使剩余的句子翻译尽量贴近汉语逻辑思维的表达。《西游记》的行文风格非常口语化，这使译者在翻译时常常遇到一些难以百分之百转译的句子，这时就要舍去这些句子，使整个段落的语意表达通顺而连贯。换言之，译者的译文必须清晰易读。在阅读相关小说时，译者应掌握大量汉语谚语，并以此为基础进行谚语文献翻译。为了确保翻译的准确性，有时需要对几个句子进行全面分析，以便清楚地表达句子。如：

诗酒且图今日乐，功名休问几时成。

Nɛzmɛ oqup sharab iʧsɛŋ dilni ɛjlɛr sahadiman，shθhrɛtni dɛp ilishqanlar ronaq tapqaj qaj zaman.

原文里孙悟空说出来的这句话的维吾尔文翻译语言优雅，充满了智慧和哲理，让读者充分意识到《西游记》是名副其实的一部能够代表中国古典文学巅峰的巨作。通过这一句诗歌的翻译能够看出来译者超强的翻译能力和维语文字功底，因为译者的智慧这首诗歌达到了“雅”的标准。

（三）灵活运用多种翻译方法

像《西游记》一样具有悠久历史和丰富的文化元素的小说，我们必须参照约定的翻译，即“约定俗成”，并继续使用。对于一些在《西游记》中特有的谚语和人名、地名不恰当的术语，在翻译之前，首先要了解熟语领域的专业知识和谚语产生的背景知识。我们可以把音译、直译结合起来翻译，分析和创新新概念的意义，提高新概念和旧概念的意义。创新是准确表达术语的科学内涵和促进理解的一个重要手段。如：

话表齐天大圣到底是个妖猴，更不知官衔品从。

ɛlqissɛ sun wu koŋ bɛribɛi majmun bolghaʧqa mɛnsɛpniŋ nimɛ ikanlikini bilmɛjtti.

这一句的翻译过程中译者运用了多种翻译方法，比如：“话表”用意译法翻译成“ɛlqissɛ”，孙悟空音译成“sun wu koŋ”，翻译“妖猴”的时候运用了直译法。这种灵活运用多种翻译的方式让翻译作品更准确，更优雅，更有魄力。

五、结语

本文就《西游记》在汉维翻译中较常出现的问题进行了说明，旨在抛砖引玉，引起学界对汉维翻译中常见的问题关注和探讨，并及时予以解决。《西游记》在中国文学史上具有着重要的地位及其影响力，而维吾尔文译本对于民族交流和民族文化传播的重要性更是不言而喻。因此，在翻译过程中，需要千锤百炼、精益求精，使译文水平与该名著的地位相符，即“实至名归”。当然，无论如何，我们要感谢译者及编辑们为维吾尔文版《西游记》的辛勤付出及重大贡献，但我们也需要对译文中出现的问题“直言不讳”，因为只有无所顾忌和隐瞒地指出译文现在存在的问题，才能达到“一针见血”的效果，才能有效解决这些问题，沿着前人的足迹往前迈进，才能使经过打磨的“四大名著”维吾尔文译本成为经得住时间、市场和读者考验的“经典”之作。

参考文献：

[1]努尔艾力·库尔班，阿尔帕提古丽.从汉语词语翻译的角度看《西游记》的维吾尔语译本[J].民族翻译，2020（05）：67-73.

[2]张晓彤.四大古典文学名著少数民族译本传承与创新——基于合作模式的数据库建设[J].甘肃科技，2020，36（16）：81-84.

[3]童僮.汉语歇后语的维吾尔语翻译研究[D].北京：中央民族大学，

2019.

[4]秦瑞英.中国古代四大名著的维文翻译及研究现状[J].兵团党校学报，2017（04）：68–71.

[5]谢瑾.论《西游记》回目中专有名词的维译研究[D].乌鲁木齐：新疆师范大学，2016.

[6]严治平.《西游记》维译本中妖怪名称的翻译分析[D].乌鲁木齐：新疆师范大学，2016.

[7]努日曼古丽·买买提江.《西游记》维译本人物名称翻译研究[D].兰州：西北民族大学，2015.

[8]唐红.《西游记》在新疆少数民族中的传播[J].新闻爱好者，2011（24）：51–52.

[9]伊明·阿布拉.中国四大古典文学名著民族语文翻译概述[J].民族翻译，2008（02）：49–55.

[10]王丹.《西游记》中生态文化负载词的翻译研究[J].文学教育（下），2020（11）：30–31.

[11]吕卓琳，刘海燕.生态翻译学视角下《西游记》回目翻译研究[J].海外英语，2020（21）：183–184.

[12]戴雨娇，朱明胜.《西游记》英译本中孙悟空名字的翻译[J].江苏外语教学研究，2020（04）：78–81.

[13]刘珍珍.译者的诗学态度与跨文化翻译中诗学的赋值[J].湖南科技大学学报（社会科学版），2020，23（05）：104–110.

[14]曹慧敏.《西游记》“西行”之路探究——基于跨文化传播视角的考察[J].四川师范大学学报（社会科学版），2020，47（04）：130–135.

维吾尔文译本《红楼梦》中古体诗词维译技巧的研究

吴才森　杨德明

（西北民族大学中国语言文学学部　甘肃兰州　730030）

摘要：本文通过对《红楼梦》中古体诗词汉语版和维吾尔译版的对比研究，结合维汉翻译理论，分析、研究找出了维译本《红楼梦》古体诗词中所使用的维译技巧，大致采用了直译法、增译法、减译法、意译法这四种维译技巧，这四种维译技巧能够较为完美地解决汉语《红楼梦》中古体诗词的维译，将《红楼梦》诗词中的“外在美”和“内在美”表现出来，让维译本读者感受到《红楼梦》中古体诗词的美。而后通过对《红楼梦》中古体诗词的维译技巧和英译技巧的对比研究，浅析维译技巧存在的普遍性和特殊性。最后是对《红楼梦》中古体诗词维译技巧研究的现实意义的解析以及结语的感想和对指导教师的答谢。

关键词:《红楼梦》；古体诗词；维译技巧；普遍性；特殊性

一、概述

（一）关于《红楼梦》的维吾尔文翻译状况

虽然《红楼梦》在世界上已有多种语言的全译本，但从国内来看,《红楼梦》国内少数民族文字译本只有10余种，各种译本共计10本，其中节译本4本（朝鲜文、蒙古文、锡伯文、满文各一本）；全译本6本（朝鲜文两本，蒙古文、维吾尔文、藏文、哈萨克文各一本）。根据西北民族大学杨德明教授和新疆大学景萍副教授联合发表的《维译本〈红楼梦〉翻译研究文献综述》一文中的统计，从1985年至2015年期间，关于维译本《红楼梦》翻译的研究文献只有25篇，其中硕士论文8篇。随着近年来国家的发展，因此文化对国家的综合实力越来越重要，国家更加注重自身文化的发展，因此，语言研究和翻译研究也随之发展，学者们对《红楼梦》各种版本的语言翻译、文化翻译、译本对比等方面进行了大量的研究。然而，《红楼梦》的维吾尔译文却少有人问津。

（二）古体诗词维吾尔文翻译时需要注意的问题

生动形象是一切文学语言所共有的特点。诗词作为文学的一大类别，与其他文学语言相比，它在具有更加精练和简短的同时拥有更具内涵的特点。诗词的分类按时间来分，分为古体诗词和现代诗词，古体诗词相对于现代诗词而言有更为严格的格律，而且就从古今诗歌字数和内容来看，古体诗词显得更加精练和内容丰富。因此，在《红楼梦》维吾尔文翻译时，古体诗词的翻译是比较棘手的。但在《红楼梦》古体诗词翻译时，也需遵守翻译原则。翻译原则的首则是译者在《红楼梦》古体诗词翻译时应当注意忠实原文内容，其次是达到语序通顺、符合维吾尔语用语习惯，这些是最基本的。但古体诗词维吾尔文翻译时光做到这两点是不够的，忠实原文和语序通顺、符合用语习惯，只能体现出古体诗词形式上的“外在美”，并不能体现古体诗词意境上的“内在美”。古体诗词的“内在美”是诗词的精华所在，是诗词的“灵魂”所在，如果古体诗词翻译时过分追求“形似”，而导致“以形害意”，这是不可取的。因此，译者在古体诗词的维吾尔文翻译时要忠实表现原著更深层的东西，即诗词的“意境”，而诗词的“形式”反倒成为了相对次要的东西。由此可见，《红楼梦》古体诗词的维吾尔文翻译需要译者掌握相当高的双语水平，无论是对汉语文化还是维吾尔文化都要有足够的了解。

（三）维吾尔文译本《红楼梦》中古体诗词翻译技巧研究的意义

通过对维吾尔文译本《红楼梦》中古体诗词翻译技巧的研究，可以提高个人的维汉双语水平和文学修养，也能够帮助从事维汉双语翻译工作者处理古体诗词的翻译问题。同时，体现了国家对少数民族语言文学的重视，增加相互之间的理解，促进民族之间的团结，增强少数民族对中华民族文化的认同，增强少数民族同胞对中华民族文化的自信，使中华民族产生凝聚，共创中华民族文化欣欣向荣的景象。研究《红楼梦》中古体诗词的维吾尔文翻译技巧，不论是对于个人还是从事《红楼梦》的维汉双语翻译工作者，对于文学的交流、民族与民族之间的交流，对于整个社会甚至整个国家，都具有重大的意义。

维吾尔文译本中古体诗词维吾尔文翻译技巧研究的意义是一个深远的过程。文化的作用是潜移默化的，对于个人而言，有助于提高个人的文学修养；对于从事翻译者而言，也能够提供一个借鉴；能够加深语言文学之间的交流，增加彼此之间的认同，对于民族团结、社会稳定来说，具有非常重要的意义。

二、维吾尔文译本《红楼梦》中古体诗词的维译技巧研究①

（一）直译法

直译法是指在合乎译文语言的全民规范的情况下，译文刻真求实，通过保留原作形貌（表达方式）来保持原作的内容与风格。直译法是使用范围最广、数量最多、最理想的翻译方式，因为直译可以最大化还原原著中的风土人情和语言文化。但由于文化的差异性，实际上，直译法并不能在

① 这里主要以《红楼梦》古诗词中的词语为主要研究对象，通过对原著和维吾尔文译本的比较，再结合汉维翻译手段研究得出，维吾尔文译本《红楼梦》古体诗词中主要采用了直译法、意译法、增译法、减译法这四种维译技巧。

翻译语中体现原语的语言文化和风土人情，甚至可能在翻译语中，因为文化的不同，出现本末倒置的情况。当然，一种语言词语蕴含的意义在另一种语言中不可能完全没有体现，在处理那些不具备任何感情色彩的词语翻译时，应当使用直译法。在本节中，笔者主要针对《红楼梦》古体诗词中的词汇来进行研究，所以，这里的直译法是指《红楼梦》中古体诗词的词汇直接译成维吾尔语词汇而不进行任何的解释、增删或者是修改。

1. 普通名词的直译

普通名词无论在汉语还是维吾尔语中都有唯一的词语与之相对应，因为其不具备任何意义，所以可以采取直译的方式。例如：

خەلقئالەم دەيدۇ بىردەك پەرىشتە ئوبدان،

ئەمما چىقماس نامۇ - شۆھرەت يادىدىن تامام.

世人都晓神仙好，唯有功名忘不了。(《好了歌》)

在汉语中“世人”本就是“世间的人”的释义，同样在维吾尔语中也不例外，所以译者采用了“خەلقئالەم”—— 所有的人与世人相对应。在译诗第二句功名的译文中，译者采用了“نامۇ - شۆھرەت”——“功劳—声誉”这一联合词来与之对应，在现代汉语中，功名就是功劳和名誉的意思，译者还原了功名在原著中的含义。再如：

ئۆتكەنكى شۇ خان - ۋەزىرلەر نەلەرگە كەتتى؟

终朝只恨聚无多，及到多时眼闭了。(《好了歌》)

在原著中“终朝”的释义为“整天”，在译文中，译者将终朝译为“خان - ۋەزىرلەر”—— 日夜、从早到晚，完美地还原了终朝一词在原著中所表达的内容。在一些自然景象的翻译上，也可使用直译的方法，例如《桃花行》的桃花一词，维吾尔语使用“شاپتۇل چېچىكى”来翻译；再例如在《咏白海棠》一词中，译者将白海棠的意象直接译成“ئاق باسمەنگە”。

2. 专有名词（人名、地名）的直译

因为文化的相通性，在一些诗词中出现的人名和地名的翻译上，译者大多都会采取音译的直译方式。在地名的翻译中，在《红楼梦》第五十一回十首怀古绝句中，具有典型的例句，例如《赤壁怀古》的赤壁直译为“چىبى”,《交趾怀古》的交趾直译为“جياۋچى”，凡是出现的地名都使用了直译。

《交趾怀古》典故中的子房和马援都使用了直译，人名和地名的直译是最常见的直译方式，一般会在这些专有的名词后面加上注释，主要是为了体现原诗词中所使用历史人物象征的意义，所以在这里不做过多解释。

《红楼梦》古诗词中不具备特殊意义和感情色彩的普通名词、特有的地名人名、在双语中具备相同感情色彩的词语都可以使用直译法将其译成维吾尔文，这样的翻译方法对于诗词的翻译而言，在很大程度上还原了诗词内容、表达方式，让上下句看起来相对比较整齐、对仗，具有形式感。但因为文化的差异性，可能在汉语语言文化中具有褒义感情色彩的词语在维吾尔语中并未具备相应的褒义色彩，倘若使用直译法将这类词语维吾尔文译，势必会在翻译的过程中容易失去诗词最重要的东西 ——“诗魂”。所以，译者在使用直译法的基础上还搭配使用了其他翻译技巧，以此在译诗中体现汉语文化《红楼梦》中古体诗词的魅力。

（二）意译法

意译法是指使用译文语言中动用与原文相同或相似的表达形式，以代替原作中因两种语言不同而无法保留的内容与形式之间的相互关系，力求做到虽失原作形貌。但从不同范围的上下文来看，仍不失原作的内容而且与原作的风格相适应。在本节中，意译法是指在原著中《红楼梦》古体诗词词语翻译时，因为在维吾尔语中并未存在相同意义的词语来与之直接对应，或者在维吾尔语中有直接与之对应的词语但未能体现原诗词词语具备的感情色彩和特殊意义时，而采用与之相似的词语或者相对应的表达方式以求保持原作的内容和风格。

1.具有特殊含义词语的意译

例1：

توزىدى گۈللەر سولىشىپ قاپلىدى يەرنى غازاڭ

كەتتى ئاندىن رەڭ-پۇراقلار كىم ئاڭا چەككەي پىغان؟

花谢花飞花满天，红消香断有谁怜？（《葬花吟》）

在这里，汉语中“红”和“香”并非是表面上的含义，所以译者将原诗中的“红”和“香”运用了颜色“رەڭ”和味道“پۇراقلار”来表达。在这里，如果去符合汉语原文中的红和香的表面意思，而不深究红和香的深层含义的话，这样的译文是不能体现汉语古诗词的内在美的，于是译者采用了意译的方式，用已有的词汇去解析汉语古诗词中词汇的深层含义，表达了对花谢的无奈和感慨以及对林黛玉命运的暗示。

例2：

كۈز كۈنى گۈلنى سېغىندىم، زارىقىپ ئويغا تولۇپ،

ئاق قىياق، ئاقباش قومۇشتىن كەتتى كۆڭلۈم بۇزۇلۇپ.

怅望西风抱闷思，蓼红苇白断肠时。（《忆菊》）

在译文中，译者将断肠翻译为“كۆڭلۈم بۇزۇلۇپ”——我的心坏了，非常生动形象地表现了断肠这二字的悲痛心情，让读者体会到了词人当时的心情沉重。

2.特有名词① 的意译

例1：

ئۆتكەنكى شۇ خان - ۋەزىرلەر نەلەرگە كەتتى؟

گۆرلىرىنى ئوتلار بېسىپ بولدى باياۋان.

古今将相在何方？荒冢一堆草没了。（《好了歌》）

在译诗的第一句中，译者把将相译成了王公和大臣“شۇ خان-ۋەزىر”，尊贵身份的词汇来解释了将相的意思。而在译文的第二句当中，因为在维

① 在文中是指由于汉语文化的地域性，只存在于汉语中的名词或者典故。

语不存在荒冢这么一说，于是译者采用了荒凉的戈壁滩“گۆرلىرى”来表达。当然，这对于源语读者来说会觉得有所出路，但这是符合维吾尔族同胞的生活环境认知的。

例2：

خەلقئالەم دەيدۇ بىردەك پەرىشتە ئوبدان

世人都晓神仙好。（《好了歌》）

在汉语中，神仙的释义是正义且具有非常人力量的存在，这里译者采用了天使的译法来表达这一意象，符合读者的文化审美。因为在维吾尔文化当中，没有神仙这一概念的存在，于是采用了天使“پەرىشتە ”来代替。

例3：

كۆڭۈلدە ئاي پەرىسىگە ئىشق ئىزھار قىلاي دەيسەن.

لېكىن بوپ-بوش پېشايۋاننىڭ زىياسىز قاپتۇ زۇلمەتتە.

幽情欲向嫦娥诉，无奈虚廊夜色昏。（《咏白海棠·其二》史湘云）

在这里，译者为了迎合目的语读者的文化理解，将“嫦娥”这一汉语典故运用了“ئاي پەرىسىگە ”——月中的天使来意译，这样的意译方式既将汉语中“嫦娥”的典故做了解释，又符合维语读者的认知，是值得学习的。

意译法的使用是为了解决两个方面的问题：一方面，当《红楼梦》古体诗词中出现蕴含丰富情感的词汇时，直译时不能体现其中的内涵；另一方面，词汇只存在于汉语语言文化当中，在维吾尔语当中没有与之对应的词汇用来翻译。一旦出现这两方面的问题，都应当使用意译法来进行翻译。

（三）增译法

增译法是指在译文中添加词句，以求达到更完整表达原文内容目标的翻译方法。在本节中，增译法是指在《红楼梦》原著古诗词翻译过程中，首先是为了符合维吾尔语语法规则，在句子中增加缺少的主语和谓语，其次是为了完整表达原文内容。

1. 补全主语

例：

ۋەجىسىز ئىستەيدۇ رەنجىش ياكى غەم

گايىدا تەلۋە بولۇپ، گايى جىم.

无故寻愁觅恨，有时似傻如狂。(《西江月・无故寻愁觅恨》)

这是一首描绘贾宝玉性格特征的诗词，也是典型省略主语的诗句，在这里原诗词根据上下文省略主语，在维吾尔语的语法中，缺少主语是不能成句的，因此译者在这里动词构面添加了人称词缀“ۋەجىسىز”，还原了主语。与此同时，译者在这里将无故寻愁觅恨拓展开来，解释为“（他）会无怨无悔地祈祷，抱怨或者忧愁”，还原出贾宝玉没有缘由便忧愁、愤恨的这一愤世嫉俗与旧时代格格不入的形象。

2. 补全谓语

例 1：

ئېچىلىپ شاپتۇل تالادا ئەستى سەلكىن لەرزىنىپ،

帘外桃花帘内人。(《桃花行》)

在这句诗词当中，作者添加了“ئېچىلىپ”——开这一动词，在汉语中，虽然有此意义，但是这个“开”字是可有可无的，但维吾尔语中桃花在帘外，因为桃花非人，所以这样是有悖生活常理的，所以译者在此添加了“开”这一动词来使逻辑通顺。

3. 补全内容

例 1：

ئۆزى تەرسا، خۇلقى يۇچۇن، پەيلى ھەم ئەجەپ ئۇسال،

پىتنىگە قېلىشنى قىلمايدۇ خىيال.

行为偏僻性乖张，那管世人诽谤！(《西江月》)

在这里，译者将贾宝玉行为不同常人，性格张扬通过增译的方法翻译为“自己固执、性格不好、举止也很糟糕”用以形容贾宝玉的性格，是符合原著贾宝玉的形象的。

例2：

خاسىيەتلىك نى ۋاقىتلار ئۆتتى، ئىسسىت، بىمالال،

ئىسسىتكى ئەجدادىنىڭ كەتتى بىكار.

可怜辜负好韶光，于国于家无望。（《西江月》）

在此，译者将可怜辜负好韶光，翻译为可惜了已过去从容的时光，是符合原文中作者对贾宝玉辜负美好时光的感慨的。

综上所述，增译法的使用是为了能够更好地表达原诗词内容，处理语言思考逻辑上的不同，使译文符合生活用语规范。因为在汉语古诗词中，为了使行文简便，上下联对称，有必要而且能够做到省略掉一些内容，例如主语或者动词，但在翻译成维吾尔文的时候，一旦缺少这些省略掉的主语名词或者动词时，维语译文就不通顺，译者应当注意将这些省略掉的内容补充出来，以补全作者在原文中表达的内容。

（四）减译法

减译法指根据需要删减原文的翻译方法，以求更简洁顺畅地表达。在本节中，减译法是指在《红楼梦》原著古诗词维吾尔文译过程中，在内容上，一个诗词意象在上下联反复出现而造成译文冗长的时候，应该适当删减，以求更简洁顺畅地表达；在语法上，因为在维吾尔语中，一般情况下，使用的是数词加可修饰名词，而省略中间的量词，所以在翻译时有些量词可以省略不译。

1. 词语反复出现时的删减

例1：

ئېچىلىپ شاپتۇل تالادا ئەستى سەلكىن لەرزىنىپ،

قىلمىدى پەرداز سەھەردە، ئۆيدە گۈلتەن ئېرىنىپ.

桃花帘外东风吹，桃花帘内晨妆懒。（《桃花行》）

在此，因为桃花在原诗词第一句中就已经出现，所以译者在第二句翻译时直接省略掉了桃花的翻译，桃花帘内翻译成了在家里，这样的翻译方法，对于原文内容而言是不符合汉语所表达内容的，但对于维吾尔语的表达来说却是成立的。译文对比原诗词内容而言，虽然删减了一些词语，但并不妨碍原诗词的内容表达，这是可取的。

例2：

پەردىنىڭ سىرتىدا شاپتۇل، ئىچىدە نازبوي تۇرار،

ئارىسى يىراق ئەمەس دەل بىر-بىرىگە كۆرۈنىپ.

帘外桃花帘内人，人与桃花隔不远。（《桃花行》）

在第一联中，“帘”这一意象出现了两次，所以译者在第一句翻译的时候直接减译成了桃花在外面、人在屋内。符合原文的逻辑，可以采取。

总的来说，减译法的使用是为了译文的精简，当一个意象出现多次，在不影响原文内容转达的情况下，我们可以考虑把它删掉不译，这是由于语言的地域性造成的。在汉语古体诗词中，不具备特殊情感意义的词语在一句诗中反复出现，一是为了对仗，二是为了押韵，不仅不会令人觉得繁琐，反而会让人体会到诗词的抑扬顿挫的音乐美，这是汉语诗词独有的特色；但在古诗词翻译时，一个诗词意象反复出现，不仅不起押韵、对仗、对偶的作用，更加不会令维吾尔读者体会到诗词的音乐美，只会令译文冗长，令读者觉得啰嗦。因此，采取减译技巧是有必要的。

2. 数量词的省略

例：

تولسا گەر ئەپسانىگە قەغەز بېتى،

سىڭدى مىسرالارغا ئاچچىق كۆز يېشى!

满纸荒唐言，一把辛酸泪。（《金陵十二钗》）

在译文第二句中，译者省略了一把的数量词的翻译，译为“对诗句渗入痛苦的泪水”，这样子的译法是出于目的语读者而考虑的，虽然这样与原文有所出入，但并未改变一把辛酸泪的意义，所以这是可行的。

减译法的使用主要是为了让源语在内容和语法上尽量与目的语贴合，在读者通俗易懂的情况下，对原文进行删减，使译文精简、内容顺畅。

综上，译者在《红楼梦》古体诗词翻译时使用了直译、意译、增译、减译这四种技巧，用来表达《红楼梦》原著中古诗词的内容，还原作者在使用的表达手段，此译本是一本成功的作品。通过对这四种主要的翻译技巧进行研究，我们不难发现，这四者之间存在着密不可分的关系，直译技巧的使用是为了还原《红楼梦》那些未具备感情色彩的诗词意象和专有名词在诗词中的含义，而意译技巧的使用主要是为了更好地表达《红楼梦》诗词意象的释义和内涵，增译技巧的使用是为了更好地还原古诗词内容的逻辑，以便符合维吾尔语用语习惯，而减译技巧的使用是为了解决原著中古诗词在汉语语言文化为了押韵或者强调而多次使用一个诗词意象在翻译时却显得译文繁琐和冗长的问题。这四种维吾尔文翻译技巧的使用，有助于译者解决《红楼梦》古体诗词的翻译问题。

三、维吾尔文译本《红楼梦》中古体诗词维吾尔文翻译技巧存在的普遍性和特殊性

这里仅以《红楼梦》中古体诗词的维吾尔文翻译技巧和英译技巧做对比，从词汇和句法方面浅析《红楼梦》中古体诗词维译技巧存在的普遍性和特殊性。

（一）维吾尔文翻译技巧存在的普遍性

由于文化的相同性，所以无论是维吾尔文化和汉语语言文化之间，还是英语语言文化和汉语语言文化之间都存在着文化相同的地方。在一种语言中名词、形容词等抽象的概念，在另一种语言文化之中总是能找到相应的词语来与之对应。与之相同，在《红楼梦》古体诗词的维吾尔译中所使用的翻译技巧，在英译时也有体现。在蔡育红对霍克斯英译本《红楼梦》诗词意象翻译的研究一文中[①]，作者发现霍克斯使用了大量的直译技巧来翻译《红楼梦》原著中的诗词意象。例如，霍克斯将中国文化象征着离

① 详见蔡育红.文化视域下诗歌意象翻译方法与意象传递效果研究——以《红楼梦》英译为例[J].宿州学院学报，2019，34（09）：49-52.

愁相思的"雁"这一诗词意象全部直译成"wild geese"，将象征君子气节的"竹"这一诗词意象直译成"bamboo"。在意译技巧的使用方面上，霍克斯对"鹤"这一意象的翻译，根据感情色彩的不同，翻译为"stork"和"crane"，其中"stork"具有幸运的含义，而"crane"不具备。在增译技巧的使用上，霍克斯通过增译法以达到诗词内容的完整和诗词情感的表达。而在减译技巧的使用上，霍克斯采取总称来代替特殊名词的表达，用以简明扼要地突出意象特征。维吾尔文译技巧的普遍性基于文化的共同性，维吾尔文译技巧的普遍在于《红楼梦》古诗词维吾尔文译时可以使用，在英译时，或者翻译成其他语言版本时，都可以使用，反之亦然。

（二）维吾尔译技巧存在的特殊性

由于文化之间存在差异，导致了《红楼梦》古体诗词在维吾尔译技巧使用的细节和目的上与英译技巧有所出路，文化之间的差异性决定了维吾尔译技巧存在的特殊性。在《红楼梦》古诗词维吾尔译中，为了译词能被广大读者所接受，在译文的表达上尽可能地去符合维吾尔语用语习惯，在《红楼梦》古体诗词的诗词意象直译和意译时，译者会根据诗词意象在汉语中所表达的感情色彩在维吾尔语中找到与之表达相应感情色彩的词语来表达；在增译技巧和减译技巧的使用方面，为了补全主语，维吾尔语里可以使用添加人称词缀的方式，不用直接增加主语，只需要在动词后面加上人称词缀即可，而减译技巧的使用，在维吾尔语中主要是起精简作用和紧凑结构，在霍克斯《红楼梦》古诗词英译中译者使用减译技巧主要是为了精简和强调。前面是词语处理时的维吾尔译技巧的特殊性；从诗词的整个句子来看，维吾尔语还具备了通过调整译文词序来达到汉语诗词的押韵效果，这对《红楼梦》古诗词的"外在美"而言，是至关重要的。

通过对《红楼梦》中古诗词维吾尔译技巧存在的普遍性和特殊性的对比，有助于我们了解和使用维译技巧，以达到更好的翻译效果。

四、结语

《红楼梦》是一本比较高雅的读物,《红楼梦》中的古体诗词更显非凡，无论内容是写人还是写物，形象刻画都入木三分，而在抒情和拟人方面也是别具一格，值得读者鉴赏。翻译《红楼梦》有利于促进汉族同胞和少数民族同胞的文学交流，增强维吾尔族同胞对中华文化的认同感以及自豪感。本人在查阅了大量相关的文献资料之后，对汉语翻译成维吾尔语时所使用的技巧有了较为全面的了解，通过《红楼梦》原著和维吾尔译版的对比，找出了维吾尔文译本《红楼梦》中古体诗词维译时具体使用的技巧，这一点是让我觉得欣慰的。但是因为本人的双语认知和了解水平未达到一定的高度，对双语文化的认知不够，在写作的时候遇到了重重的难题，可能存在不足之处，在论文当中也会出现一些错误，在这里仅为大家提供一些参考。最后也希望能够对从事维汉双语翻译的工作者提供一定的帮助。

参考文献：

[1]赵雨柔.霍克思译本《红楼梦》诗词意象翻译研究[D].广州：广东外语外贸大学，2018.

[2]刘博.《红楼梦》诗词风格翻译的对比研究[D].吉林：吉林大学，2011.

[3]曹雪芹，高鹗.红楼梦[M].珠海：珠海出版社，2005.

[4]苗焕德.红楼梦：维吾尔文译本[M].乌鲁木齐：新疆出版社，1978.

[5]史震天，马维汉，张玮，陈世明，艾合麦德·叶合雅.汉维翻译教程[M].乌鲁木齐：新疆人民出版社，1989.

[6]张敬仪.汉维—维汉翻译理论与技巧[M].北京：民族出版社，2002.

[7]阿尔帕提古丽.汉维语言对比翻译研究[M].北京：中国社会科学出版社，2018.

[8]刘博.《红楼梦》诗词风格翻译的对比研究[D].吉林：吉林大学，2011.

[9]蔡育红.文化视域下诗歌意象翻译方法与意象传递效果研究——以《红楼梦》英译为例[J].宿州学院学报，2019，34（09）：49–52.

[10]王丹阳.《红楼梦》翻译的诗学新解：文学翻译研究的应用诗学视角[M].南京：南京师范大学出版社，2014.

[11]向红.互文翻译的语境重构：以《红楼梦》英译为例[M].长沙：湖南师范大学出版社，2014.

[12]杨德明，景萍.维译本《红楼梦》翻译研究文献综述[J].民族翻译，2016（01）：17–25.

[13]HAWKES. The Story of the Stone[M].London：Penguin Books，1973.

从《红楼梦》的诗句来看林黛玉人物的塑造

杨晓菲　杨德明

（西北民族大学中国语言文学学部　甘肃兰州　730030）

一、绪论

国内的文学作品中作者为塑造人物多会采用诗句，以诗喻人，从触目可见的外貌到精神世界的延伸，各类具有鲜明色彩，颇具独特气质，与众不同的人物都被创造出来。《红楼梦》中亦通篇皆是诗的世界。甚至可以说,《红楼梦》的本体是诗，以诗来叙事，借诗来喻人。可以说《红楼梦》本就是历经数千年岁月，积累了作者心血和人生的瑰丽又悲哀的诗篇。因此，里面的人物在《红楼梦》这篇大型诗篇的末尾充满了宿命感般的无奈，以及人生落幕般的惨剧。于是《红楼梦》中的黛玉形象，不仅仅是一位多情美貌、聪敏多虑、颇有诗人气质与诗人才情的少女形象，更揭示了一定的历史时期的社会现象。她承载着几千年以来中华文化的独特象征和一定的审美境界，从她的形象中，我们几乎可以窥探到千百年前中国古代文士的一种简单缩影。

二、林黛玉、薛宝钗判词的预示

《红楼梦》中的诗词始终带着对人物命运鲜明的隐喻，使其中塑造出的女性人物形象从一开篇起就饱含着命运的悲凉和无奈。就如林薛二人的判词：

可叹停机德，堪怜咏絮才，

玉带林中挂，金钗雪里埋。

这几句判词对林黛玉和薛宝钗这对无论是从性格还是人物形象都完全不同的两位女性进行了明确的对比。她们俩一个虽父亲亡故却尚有母亲兄长相护，一个母亲早亡父亲年迈只能寄人篱下孤苦伶仃；一个体态丰盈、风流婀娜，恪守封建妇德，一个多情率真、孤傲自赏，悲凉早亡。

即使林黛玉出生在一个封建家庭，但由于家道中落，故而封建礼教和世俗功利对她的影响实在是很有限，因此她保持着纯真的天性，敢爱敢恨，我行我素，虽因家庭原因她不得不寄居在声势显赫的荣国府里，可她自矜自重，警惕戒备着周遭环境的势利与恶劣，一直用直率与锋芒保卫着自我的纯洁。在那个冷漠的环境中，宝玉便成为了她唯一的精神寄托，于是她执着地向宝玉要求对彼此的知心以及忠于自我的爱情。而薛宝钗出身在一个豪富的皇商家庭，她与林黛玉本就有着截然不同的性格心绪，即使她们二人同样都博览诗书，才思敏捷，但林黛玉是个追求美好丰富的精神生活的人，可薛宝钗却是个要把现实利益把握在自己手上的人。即使薛宝钗与贾宝玉之间并没有精神世界相通的爱情，但却握有实现婚姻的优势，因为她的人品和才干，是封建家长心目中要求的贤妻良母的最好体现，又因为当时的薛家有着贾家所急缺的财富，故而“金玉良缘”就成为了“木石姻缘”最大的阻碍，只可惜没有精神层面的情感而只有形式的婚姻也揭示着薛宝钗悲剧的开始。

再说林黛玉与贾宝玉两人的恋爱注定是一个悲剧，因为它是违背父母之命、媒妁之言的封建婚姻制度所不能接受的自由恋爱，他们恋爱的思想内核是叛逆的，这就与整个封建主义婚姻十分冲突，触及到了封建家庭的根本利益，根本没有调和的余地。于是，在最后，林黛玉只好怀抱着她对宝玉纯洁的爱和对周遭环境的怨愤永远地离开了尘世，实现了她“质本洁来还洁去”的誓言。

黛玉和宝钗两个人同处大观园，心境处境却截然不同，最终的结局也是令人唏嘘，正应了“玉带林中挂，金钗雪里埋”的命运预示。

三、林黛玉的诗人气质

诗人气质即林黛玉的特质。

林黛玉作为《红楼梦》最为中心的女性人物形象之一，通过对她典型性格的分析可以将其作为封建社会的“叛逆者”的代表，在生活中及其心理上的率真自然，任性情真，在诗中表现出的对爱情和自由的追求，充分表现了她在“人性”上的觉醒。

就比如此句：

质本洁来还洁去，强于污淖陷渠沟。

这句很明显地表现出了她对自我生命的认知，哪怕最终要不带对这尘世的留恋干干净净的离开，也好过陷入红尘的淤泥里，颇有一种宁为玉碎的孤傲，这正是林黛玉对人生的看法，是封建时代里她“叛逆”追求的表现。故而将林黛玉放在大观园中最杰出的诗人位置毫不为过。由于她与封建卫道者相背道而驰的爱恨，以及完全不同的追求，她无法在封建正统思想和封建正统势力两相夹击的荣国府中用言语表达她的内心，但正是在这种严峻的封建势力阻碍和压迫下，她却以她精湛的艺术技巧写出了惊艳大观园的诗篇。在诗中以景叙情，托物言志，借古喻今。

一声杜宇春归尽，寂寞帘栊空月痕。

一声杜鹃啼哭预示着春日的结束，最终也只剩下了寂静的窗帘映衬着孤月，这正是林黛玉对那个时代里勋贵富贾最后也会走向衰落的超前的思考，她那不符合封建社会的思想和超脱俗世的追求都在她的诗中表现出了她民主主义思想的萌芽。

林黛玉的形象可以说是诗的化身。从她如诗般的身世到如诗般的性格，可以看出她是作者理想的诗化般的诠释。《红楼梦》从开篇就通过诗般的语言叙述了林黛玉似虚幻又似真实的身世：“西方灵河岸上三生石畔有‘绛珠草’一株……神瑛侍者却常在灵河岸上行走，看见这株仙草可爱，遂日以甘露灌溉，这‘绛珠草’始得久延日月，后来既受天地精华，复得甘露滋养……饥餐‘秘情果’，渴饮‘灌愁水’。”（引自《红楼梦》黄山书社1994年第一版版本）从此林黛玉诗般的身世就进入到读者的视野，更从此处得知黛玉“还泪感恩”的由来，而后篇中又通过贾宝玉梦中再游太虚幻境会见潇湘妃子：“白石花栏围着一棵青草……不禁心动神怡”来美化结局。两相对比下，惊叹林黛玉真可谓诗的化身。

林黛玉更是有着诗一般的性格。她多愁善感，至真至性。林黛玉是情的化身，更是爱情的象征。她多愁，因为她借居荣国府，对生活和事物都有她独特的联想和感悟。于是，望见春迟，她伤怀：

闺中女儿惜春暮，愁绪满怀无释处。

见到落花，她悲情：

花开易见落难寻，阶前愁杀葬花人。

自然，可以看得出在日常生活中的林黛玉是率直的，纯真的，乃至天真烂漫的，她“肩上担着花锄，花锄上挂着纱囊，手内拿着花帚”，怀着悲春怜香之情，收落花于锦囊，葬于花冢。她这般的少女纯真着实可爱，甚至天真。

四、《葬花辞》映射下林黛玉的悲剧

一曲《葬花辞》诉尽了她的悲切，她的多情。她的无奈，她的感伤皆在率真任性下掩藏。《葬花辞》是作者曹雪芹用来塑造林黛玉这一艺术形象、为了表现她独特的性格特征十分重要的作品，同时也是林黛玉对自己身世感慨悲叹以及对自己结局的一种预示。

花谢花飞花满天，红消香断有谁怜？

百花凋零，满地的落红，黛玉看着这些不久前还依旧明媚鲜艳的花儿，此时却零落成泥，也许过不了多久就会消逝于世间，想着自己的未来也许也是如眼前的落花一般飘零，甚至无人问津，黛玉更添悲凉。

游丝软系飘春榭，落絮轻沾扑绣帘。

黛玉看见柔软的蛛丝儿在春日的树间游荡，似是要断开了却又粘连着，那漫天飘散的柳絮随风而动，扑在了绣花的门帘上，这般美好的景象令少女原本怜落花的悲愁都似乎平静了下来，然而春景和煦却难逃时光摧残，后一句更是将黛玉的愁春表现得淋漓尽致。

闺中女儿惜春暮，愁绪满怀无释处。

再美好的事物终究会被岁月侵蚀，黛玉这位闺阁小姐想到了春日的美好，同时更看到了春日迟暮，对逝去的美好的感慨也是黛玉无奈、孤独、无助的心情！

手把花锄出绣帘，忍踏落花来复去。

黛玉本就是个柔弱的身体，当她手执花锄到园中，看到园里花儿飘落了一地，她自然不忍心踩踏着花儿，因为花儿虽然鲜妍美丽，却只能在风中飘零，无法选择自己的命运，无法反抗自己的结局。就像大观园的林黛玉，在贾家的大家族中看起来光鲜亮丽却无法抗拒时代和家族的压迫，那般柔弱的身子偏偏有着坚韧又孤傲的性子，想来当真是不易的。

柳丝榆荚自芳菲，不管桃飘与李飞。

这句诗中寄寓着对世态炎凉、人情冷暖的愤懑，不过这首诗也不是一味的悲哀凄凉，诗中仍然有着一种抑郁不平之气。

桃李明年能再发，明年闺中知有谁？

此时的黛玉竟已然想到了明年桃花李花再盛开的时候闺阁之中究竟还会否有自己的身影，这已经是对自我生命有了高度的认识了，她感慨了岁月的无情，甚至想到了物是人非的结局。

三月香巢已垒成，梁间燕子太无情！

黛玉她拟宝玉为梁间燕，认为自己是三月香巢，然而梁间燕子终归是太过无情，说明黛玉已然对自己与宝玉之间的爱情有了预告，知道二人也许没有好的结局，也许在这样境况下的自己定然也难逃亡故。

明年花发虽可啄，却不道人去梁空巢也倾。

而此时的黛玉也表明了她与宝玉之间的关系，便是如果黛玉去了，宝玉自己定然也是无处安身的。

一年三百六十日，风刀霜剑严相逼。

这便是林黛玉对长期压迫着她，禁锢着她的冷酷又无情现实的控诉。黛玉本就心思敏感，寄人篱下本就让她心生抑郁，况且黛玉虽有贾母的关爱，宝玉的怜惜，但黛玉的才情本就胜过他人，她又颇为孤高，难免会招致贾府其他人的不满，更别说相较起他人，黛玉就显得过于独树一帜，这般处境下，这句诗就表达了黛玉对于在贾府中长年累月受到的有意无意的“排挤”，更是对塑造林黛玉过刚易折的未来命运的无情控诉。

明媚鲜妍能几时，一朝漂泊难寻觅。

这难道不是对贾家命运的预示吗？所谓一语成谶也不过如此了，贾家势必会走向衰落，而覆巢之下焉有完卵，每个人必然难免遭祸，四散而去，各自漂泊。

愿侬此日生双翼，随花飞到天尽头。

表明了自己有愿意长长久久追寻宝玉的心愿以及决心，然而，

天尽头，何处有香丘？

黛玉自己肯定也是知道这种追寻是无法有归属的，悲剧也一定会发生，这自然也是对宝黛之间爱情悲剧的一种强烈预示。

未若锦囊收艳骨，一抔净土掩风流。

质本洁来还洁去，强于污淖陷渠沟。

想到再美丽的花儿都会在尘世上飘零腐烂，黛玉宁愿用锦囊将它们都收拾好，用干净的泥土掩埋了，好歹能让花儿的娇艳姿态与风流气质留在泥土里，让花儿干干净净的来也能冰清玉洁的去，倒不至于在污水淤泥中被迫腐朽。同时，这亦是黛玉在发觉自由和幸福遥不可得时，所表现出的

不愿与世俗同流合污，不愿被现实玷污、不甘于低头屈服的孤傲性格。

尔今死去侬收葬，未卜侬身何日丧？

侬今葬花人笑痴，他年葬侬知是谁？

当时的林黛玉一定在为自己悲叹。试想这些花儿即使凋谢了，但好在有葬花的人为它怜惜，也勉强可以算得死得其所了，然而当自己有朝一日死去，亦踏上死亡的路途时会不会也有个能够懂得我理解我的人，像今日的我葬花一般为我怜悯可惜呢？也许不会吧，人的一生本就命途多舛，也许还不如这如今的落花一般呢，故而此时的黛玉定然是内心凄凉无所适从的，更是对塑造出的林黛玉过刚易折的性格在未来有凄凉命运的无情控诉。

试看春残花渐落，便是红颜老死时。

那凋残的春色，渐渐飘落的花儿不正是闺阁少女未来衰老死亡的结局吗？诗句实际上也是隐示命运的谶语，黛玉是一朵娇嫩明媚的花朵，静静地绽放，却在时代的狂风骤雨中被折磨以致枝枯叶败，从世间悄悄地消逝。就如同诗句中都隐约预示着黛玉在命运使然下无可奈何的遭遇。

一朝春尽红颜老，花落人亡两不知！

黛玉对死亡和命运有着自己特别的焦虑感，在此诗中也点明了日后黛玉的结局也应该像这花儿一般凄凉飘零，终究只能落得“有谁怜”的地步，终极只得“花落人亡”的结局，从此也奠定了《红楼梦》悲凉的结局。

一曲《葬花辞》可谓是林黛玉的内心独白。整首诗实实在在地写出了林黛玉对于自身未来死亡的焦虑，对于自己人生即将幻灭而产生的感慨。她将自己与花相比，觉得自己的人生也有可能就如同花一样，有着花一般飘零的命运。每一句诗都可谓是一语成谶。也许诗句中已经在暗指，宝玉和黛玉的姻缘可能在三月就已然有了定数，却不料至秋天时却又生了变数，真真就如梁间的燕子一般无情又绝情地飞离了。而后宝玉离家，黛玉逝去，即是为最后的悲剧埋下了伏笔，同时也暗示着宝玉和黛玉的爱情终究是镜花水月，最终也将在当时封建统治阶级的压迫下走向灭亡，是黛玉结局的一个缩影。在此也呼应了从《红楼梦》开篇就塑造的林黛玉为“情”而生的人设。

不可否认，黛玉虽出生在那样一个封建思想为主流的女子饱受压迫的社会里，她依然独树一帜，并未受这种在其他人都认为的主流思想的影响，乃至最终死亡。她始终一直坚守着自己的想法，从未曾有过哪怕一丝一毫的动摇。《葬花辞》是林黛玉自身高洁，独出于世，清高孤洁，不愿意同世俗同流合污的品质的最突出的表现，是曹雪芹先生塑造林黛玉的一大重心！

整首《葬花辞》凝聚着少女的血泪，那是黛玉流不尽的悲伤，曹先生通过丰富奇特的想象描绘了整首诗暗淡凄清的画面，表现了忧伤而又强烈的基调，更展现了黛玉内心的多愁善感以及孤傲清高深处隐藏的矛盾和痛苦。这样复杂又偏偏细腻的心理活动，通过整首诗让林黛玉在对生死和爱恨这样复杂的感情斗争中产生出了一种对自身焦虑不安的体验和对生命迷茫的情感。

五、《桃花行》塑造的林黛玉的宿命感

《桃花行》单单从诗名来看的话，诗歌应该表现春天的生机盎然，但全诗中表现出来的感情和人物的命运却是林黛玉这个在大观园里最为美丽、最具有生命的意义、对人生充满着热情和渴望的诗魂生命的冬天。

桃花行

桃花帘外东风软，桃花帘内晨妆懒。

这首诗开头就写到了帘外桃花迎春风，帘内晨起的少女懒得梳妆的美好场景。偏偏如此美好温柔的开头后续却描绘了林黛玉自己从清晨到黄昏以泪洗面的哀愁，把灿烂的桃花同孤单的一个少女反复对比，正是黛玉在封建制度压制下的苦闷心情的表现。

落笔伊始即写到了帘外的春风如暖和桃花的绚烂，而帘内的人却懒得

打扮梳妆，阳光正好，景色诱人，不正是出去游玩一番的好时光吗？不知何事萦怀抱，想必是极大的苦恼，才会让人“晨妆懒”。全诗的悲情色调由此开始蔓延、渲染。桃花铺天盖地的烂漫，恣情肆虐的纷飞，没有给黯然神伤的人儿一丝的慰藉或者愉悦，满腹的愁思在血染成霞、烘楼照壁的桃花里愈发悲凉凄楚。

帘外桃花帘内人，人与桃花隔不远。

此句一出，不由得想起苏轼的“墙里秋千墙外道”，然而即便是“笑渐不闻声渐悄”，也没有林黛玉的“人与桃花隔不远”更让人觉得愁苦，相隔不远，却似乎真真切切地隔着一层厚障壁，近在咫尺，却碰触不得。接着更是通过“帘不卷”，使帘成为一种象征，一种阻隔帘内人享受春之幸福温馨的势力的象征。这个势力是什么呢？或许是她寄人篱下，敏感异常，多思多虑的性情；或许是心上人寻而不见，见而不得的煎熬与苦闷，可能穿越四季，静默地守候着的桃树可能知道些许吧。

抒发的情感逐渐推进、深化。到了一种花人交融的程度。不论是崔护的“人面不知何处去，桃花依旧笑春风”，还是李清照的“帘卷西风，人比黄花瘦”，虽然穿越时空，与林黛玉的“桃花帘外开仍旧，帘中人比黄花瘦”有异曲同工之妙，然而终是没有这般的悲伤情思意绪。帘外的春风恣意地吹着，徒留帘内的人孤独伤悲，与之前的“隔不远”“帘不卷”相呼应，渲染出情绪的悲凉。

闲苔院落门空掩，斜日栏杆人自凭。

依旧是那个春风，依旧是那个桃花，依旧是那个人，“空倚栏杆空倚门，空着眉间淡淡痕”。形声兼备，既写出了观花人的可怜可叹的形体之态，更勾勒出观花人的神伤。接下来的四句：

桃花桃叶乱纷纷，花绽新红叶凝碧。

雾裹烟封一万株，烘楼照壁红模糊。

应当是观花人眼中的景物，它们是对观花人悲伤情绪的反衬。红花绿叶，千株万株红模糊。我想，大概是精神恍惚，泪眼观花造成的吧，这种伤情，最为含蓄，也最为传神。

憔悴花遮憔悴人，花飞人倦易黄昏。

世间流转，从“晨妆懒”到“斜日凭栏”，最后到了“花飞人倦易黄昏”，从时间的流逝上也反映了人物阴郁缠绵的心境，任凭时间流转，可怜的人儿依旧是不变的可怜悲苦。

侍女金盆进水来，香泉影蘸胭脂冷。

诗又开始从洗脸这一生活细节上描写，处在这种心境的人，自然是“见花溅泪”“见月伤怀”。果不其然，她从洗脸的泉水倒映中看到自己脸上残存的胭脂，便展开了联想，把胭脂，花的颜色，人的泪巧妙扭合在一起，至此，作者达到了花人交融的境界，既认为桃花命薄，又是同病相怜。就如同夕阳无限好，只是近黄昏，终究是“花飞人倦”。

一声杜宇春归尽，寂寞帘栊空月痕。

最后的结尾，是悲伤情绪的升华，也是一种悲惨结局的隐喻，杜鹃悲鸣，空余月痕，读到此处，我们也不免深受其悲切情怀的强烈感染。全诗触景生情，又似乎是一种悲伤的绝笔，对比鲜明，意境融洽，读起来如行云流水，却又感人至深，愁肠百转。

古往今来桃花都是炫彩夺目的代表，正如林黛玉是美丽娇艳的，但桃花凋零也正如林黛玉生命脆弱，这种美丽稍瞬即逝的快速感与情感的落差产生了不可思议的悲剧效果，也使桃花的艳丽明媚与黛玉凄凄凉凉的命运产生了一种鲜明的对比感。由此，一种红颜薄命的宿命感油然而生，把林黛玉这个美好又悲凉的人物塑造得更加鲜明。

可能也正是因为桃花具有这样丰富的意蕴，曹雪芹在《红楼梦》中以一曲《桃花行》抒写林黛玉的美丽脱俗和她对人生的憧憬，同时又以此表现她对人生的恐惧和生活的绝望，自然再合适不过。可也许选择桃花这样的春日之景来表现林黛玉生命的终结所产生的悲剧效果更深，更能体会“千红一哭，万艳同悲”的悲惨和凄凉。毕竟向来桃花是生机和美好的代名词。如同《诗经》中“桃之夭夭，灼灼其华”所表现出的生命的美好和生活的热情。桃花的鲜活气息特征鲜明，但绚丽的桃花转眼间便可能凋零成泥，用桃花来感慨美好的生命与青春逝去的无奈和感伤，在《桃花行》中更能表现林黛玉当时对青春易逝、红颜易枯，宿命难破的感慨心绪。即使美丽芬芳，却难逃严酷命运的“风刀霜剑”，此种命运的凄风苦雨已经横扫整个大观园，美丽被摧残的枯萎，生命被凄惨的埋葬，春意盎然的大观园不过是在转眼间便成了空荡荡的死寂，这种残酷的对比使桃花更适合抒写薄命女儿生命的绝唱。

六、结语

林黛玉这个在《红楼梦》中颇有才情却身世如落花般飘零的女子，本质上脱不去侯门千金阶级的烙印，可金闺弱质的娇柔下偏偏生出了对那个时代的逆反心理。她的身上压着那个时代厚重的历史，被迫迎合封建社会的“风刀霜剑”，那是一个时代的爱恨悲剧，是封建时代的少女向往自由与爱情的悲歌。林黛玉内心的孤寂，她的多疑以及聪慧率真都在红楼诗篇中表现出来，这样一个有着强烈追求的人，在那个没落的世道、没落的阶级、没落的时代是“寄人篱下”般的飘零，是封建势力障碍的突破。

参考文献：

[1]曹雪芹，高鹗.红楼梦[M].长春：时代文艺出版社，2005.

[2]曹雪芹.红楼梦[M].昆明：云南人民出版社，2011.

[3]苗焕德.红楼梦：维吾尔文版本[M].乌鲁木齐：新疆人民出版社，1978.

[4]杨德明，景萍.维译本《红楼梦》翻译研究文献综述[J].民族翻译，2016（01）：17–25.

[5]麦尔瓦依提罕·麦麦提阿卜杜拉.《红楼梦》人物外貌描写维译研究[D].北京：中央民族大学，2019.

[6]李绍年.迷离幻境“真事隐”——金陵十二钗判词译文初析[J].语言与翻译，1994（02）：48-63.

[7]周楠.《葬花吟》维译本修辞风格传递管窥[D].喀什：喀什大学，2012.

[8]李少平.《红楼梦》维吾尔语译本的文化翻译[J].喀什大学学报，2014，35（02）：61-64.

[9]孟博文.《红楼梦》中塑造王熙凤性格的语句翻译分析[D].乌鲁木齐：新疆师范大学，2016.

[10]徐文婷.翻译目的论视角下的《红楼梦》维译策略研究[D].喀什：喀什大学，2017.

[11]卿萍.关联理论视角下《红楼梦》维译本中隐喻的翻译[D].喀什：喀什大学，2013.

[12]曹锋.探究《红楼梦》诗词与人物形象的塑造[J].佳木斯职业学院学报，2017（05）：60-61.

[13]陈淑莹，田欣欣.《红楼梦》诗词对人物塑造的作用——以第六十三回“寿怡红群芳开夜宴”为例[J].名作欣赏，2018（27）：34-36.

[14]刘杨乐.林黛玉人物形象分析[J].中外企业家，2014（30）：260.

[15]张旻，孔玺铭.浅谈林黛玉形象的审美内蕴[J].大众文艺，2019（09）：16-18.

[16]冯永芳.林黛玉的性格悲剧探论[J].湖北经济学院学报（人文社会科学版），2019，16（08）：100-102.

[17]王小艳.浅析《红楼梦》诗词中钗黛的性格差异[J].学周刊，2012（04）：208.

[18]彭小南.林黛玉、薛宝钗人物形象刻画的概念隐喻[J].宜宾学院学报，2012，12（03）：107-111.

[19]李少平.《红楼梦》维吾尔语译本的语用学分析[J].双语教育研究，2015，2（01）：65-70.

[20]张新艳.《红楼梦》的人物塑造和文体选择——以林黛玉、薛宝钗诗词为例[J].中州大学学报，2012，29（04）：37–40.

[21]郭真.《红楼梦》诗词与小说人物塑造探微[J].语文学刊，2015（15）：84–86，116.

[22]林春惠.论《红楼梦》中诗词歌赋对人物塑造的作用[J].湖北师范学院学报（哲学社会科学版），2016，36（04）：7–10.

[23]王龙.试论《红楼梦》诗词与人物形象的塑造[J].科技信息，2010（17）：837，852.

[24]王小军.浅析林黛玉人物形象[J].甘肃教育，2018（24）：98.

[25]彭小南，覃修桂.林黛玉、薛宝钗人物形象刻画的意象图式分析[J].石家庄铁道大学学报（社会科学版），2013，7（02）：38–43.

从维吾尔文译本《红楼梦》的翻译语言来看贾宝玉的人物塑造

关幸　杨德明

（西北民族大学中国语言文学学部　甘肃兰州　730030）

摘要：《红楼梦》一直是人们从不同的角度阅读欣赏、阐述解释，学者们研究分析的对象。语言学、翻译学、文学等各个领域对《红楼梦》及其各种译著进行的研究也在日益增多。

《红楼梦》维吾尔文翻译研究很早就开始了。这些研究多数从结构、语义等语法的角度做对比研究，从某一个具体理论的角度，尤其是从人物塑造的语言进行对比、分析的就更少了。

本文由四部分组成。第一部分绪论的内容是对本文开始研究进行的前期工作。围绕选题目的及意义，以及相关研究动态，现阶段研究现状等方面去铺垫整篇论文，展开研究。第二部分为人物塑造描写的概述，围绕本论文中心点人物塑造进行概述以及分类，让读者对于整篇论文的中心点有个了解。第三部分是整篇论文最重要的部分，整个研究过程都在第三部分，把《红楼梦》中贾宝玉的人物塑造用维汉进行对比，从中找出相同之处和不同之处，并找出不同点的分类以及原因。第四部分结语是对整篇论文的整个研究进行梳理和概括。

关键词：《红楼梦》；维吾尔语；翻译语言；贾宝玉；人物塑造

一、绪论

（一）选题目的及意义

1. 选题目的

《红楼梦》是我国四大名著之一，在中国文学史上享有很高的荣誉。《红楼梦》已被翻译成多种语言，维吾尔文被评为汉文和维吾尔文翻译的最佳译本。研究时会发现在汉语和维吾尔语翻译技术和方法中有很多东西要学习。《红楼梦》的人物特征塑造的描述特别细腻和复杂，但维吾尔文《红楼梦》的翻译达到了“相似”的程度，并且还考虑到了目的语的文化和表达习惯这些因素，因此，这些翻译技巧和翻译策略值得我们不断地研究和学习。

2. 选题意义

关于《红楼梦》的分析翻译在国内外早已开始了广泛的研究，但前人多从词语结构、语义等语法角度上进行研究，对维译本中进行人物塑造的相关研究并不是很丰富，而本文的重点则是放在维译本《红楼梦》中，对主角贾宝玉这一人物形象的塑造，探讨和分析维译本中对其人物形象的描写方式，可以借此为《红楼梦》的维译研究起到理论补充的作用；在比较分析人物塑造的翻译方法的同时也能为维吾尔语学习者提供帮助。

（二）相关研究动态

1.《红楼梦》简介

《红楼梦》的作者是清代曹雪芹，属于中国古代章回体体裁的小说，也是被世人熟知的中国四大经典之一。该著作的创作是以当时的薛、王、贾、史这四大家族兴衰为大背景完成的，这本小说从贾宝玉的视角看世界，显示出人类的真正美和悲剧的美。这是一部宏伟的作品，从各个角度展示了中国古代社会的妇女之美和世间百态。

这本小说的作者敦促自己完全根据自己的感情和事件，“谈论情况并记录主要目的的事实”，追随脚步，消除旧的，运用新鲜的和与众不同的风格，并且长期以来一直有很多猜测。自20世纪以来，学术界已经将《红楼梦》的内容知识作为研究的主题，这是红学的杰出艺术成就和《红楼梦》丰富而深刻的思想背景。

2.《红楼梦》维吾尔文译本研究概况

关于维吾尔语四大名著翻译的学术研究始于《红楼梦》的研究，涵盖了广泛的主题。

人物是否可以传达原著的爱好的问题是对翻译作品的更深层次的文化追求。总体而言，这项研究是广泛的，但更多地是在宏观层面上，探讨了维吾尔语和中国叙事视角之间的异同，文化传播的功能以及优缺点，很少涉及研究视角。从接受理论角度看原版本，以及维吾尔语翻译版本对翻译的影响，例如维吾尔文学中译者的文化身份。

二、人物塑造描写的概述

（一）人物塑造描写的定义

人物描写是经常被使用的描写方式，这种描写方式的主要目的便在于描述主人公的性格特征，并表达角色的精神观点，以便可以形象地再现“角色、人物”，并且使读者可以看到并想到此人。

角色的活动包括外部形态（心理、肖像、行为、语言）和内部世界（心理、微表情），两者是有机的统一。

通过肉眼看到的一切现实活动来给予自身一些经过升华了的实用的经验，并且还能够进一步对他人产生影响，就必须在文本中体现出角色的声音、表情、话语和行为。因为文本的创作是源于有人类参与的社会生活的，而在社会当中，人是社会实践的主体，有了人类的各项活动才产生了这些物质财富，换句话说生活就是因为有各种各样不同性格的人才组成了各种社会活动，所以从这可以看出，写出能够充分表现人物形象、性格等的好作品是十分必要和重要的。

（二）人物塑造描写的分类

1. 肖像描写（外貌描写）

它是指一个或多个部分，例如外观（面部形状、面部特征）、面部表情、身体形状、衣服、姿势、行为等，并以生动具体的语言表达。

外观描写不需要全貌，它着重于一个人的个性，对人的外貌的描写也称为肖像描写。它是为了准确、生动地解释一个人的外表和特征，并通过对外表的解释来表达精神，向读者表达该人的思想品质，他的精神视野和人格，以突出其特征。它的功能不仅是描绘角色的外表，还通过“形状”传达“神态”，也就是借助描写主体的一些非内部的、特殊的点来表现其性格特征的。

2. 语言描写

语言描写是塑造人物的重要方式。成功的语言描写，能使读者一目了然地看到角色的语言，生动地表达角色的感觉和思想，深刻地反映角色的内在活动，在两个或两个以上的人之间进行对话，用来描述角色的语言需要个性化，以及角色的语言的艺术性 。

它可以全神贯注地揭示内心世界，因此角色的口头描述就是角色的代表，是重要的成像工具。

语言描写应反映人物的性格特征。说话的内容和方式会因各种因素而有所不同，语言描写捕获可以表达角色个性的语言，并且像“这一个”一样，读者会听到声音，就像在看其内容一样。语言描写应该简洁、恰当，与角色的身份要相符，而不是拖拽文字。

3. 动作描写

动作描写即对描写主体的行为举止、动作状态等的描写。同时这种描写方式对突出表现描写人物主体的性格特点也有很大的作用效果。

对动作的描述是让角色在对于一些事情的反应以及行动上，可以更好地显示角色的特征。角色的举手投足都可以很好地表达角色本身。因此，描述角色的动作行为是显示角色和塑造角色形象的主要方法。

这里提到的行为不是角色的所有行为，而是最重要的，最能代表角色的行为，或者包括习惯性和潜意识行为等可以促进推动情节发展的行为。对动作的描述是为了让角色表现出他或她的价值观、情绪特征、性格、心理状态等。

4. 心理描写

心理描写是对角色的内在思想和感受进行描写。通过描写角色的思想和活动，可以镜像角色的性格并显示角色的内心活动。通过刻画角色的心理，可以直接渗透到角色的思想中，揭示角色的内在自我，并表达角色丰富而复杂的思想和情感。

通常，具有以下表达形式：内心独白、动作暗示、景物烘托、心理概述。

如果角色的肖像，文字和行为描述旨在显示角色的外表，并且读者可以通过这些描述看到或感觉到角色的内心活动，那么这些描写方式综合在一起使用，便能够达到相当的表达效果，不仅仅能够让描写主体的人物更加形象化、真实化，而且能够让这段描写更具艺术性，更能够深入人心，引起共鸣。

在进行人物主体的心理活动描写过程中，如果能够抓住那种瞬时性的思想和心理活动变化，并且将无数个瞬时变化连接在一起，无疑表达效果是非常棒的。心理活动的变化一定是有过渡变化的，而不是从一个状态直接跳到另一个状态。

（三）《红楼梦》人物塑造描写的特点

1. 注意性格的复杂与发展

人格世界必须具有复杂矛盾的相反统一性，而不仅仅是单一性。《红楼梦》特别注重刻画多方面的人物，总是刻画与外界有关的人物，并写出个性的复杂性。

2. 注意个性的独特与鲜明

《红楼梦》中所写的人物大多都是以女性角色为主，年龄都差不多，环境也差不多，也都是一个家里的人，所以从小受到的教育也是一样的，所以作者能够在人物这么相似的情况下写出各个人物不同的感觉，实属不易。为此，作家利用了以下手法：

首先，通过相互比较来区分个性。首先是相同的外部条件和不同的内部性格的对比：例如，住在贾府中的两位贵族小姐 —— 林黛玉和薛宝钗 —— 都漂亮而有才华，但其中一位胸襟开阔，有时不可避免地有一些矫揉造作；另一个是孤傲自许、目下无尘，有时不可避免地有一些任性和刁钻。一个是理性，无情和鼓舞人心的冷酷美女；一个是热情而冲动，痴迷于情感的女人。一个是为了现实而自律的人，一个是把追求情感作为生活的目标的人。对比鲜明地突出了这两个难以协调的人物的独特性。还有一种基本性格比较接近，也有类似的比较，但由于身份和背景不同，因此人物性格也不同的对比。例如，黛玉和晴雯都傲慢自大，目光尖锐，口齿伶俐，反对封建理念的约束，但是，受到家庭背景和受教育程度的影响，黛玉心灵柔弱且终日患得患失，晴雯性格刚劲且不愿受欺负。宝钗和袭人情商都比较高，但是一个人有着超强自尊心，另一个却终日忍让。平儿和袭人都听话温顺，但一个人善良可怜，另一个人甜美而妩媚，令人生厌。在作者的写作中，这些字符彼此形成对比，因此她们的个性不同。

其次，通过描述环境来强调个性。例如，林黛玉的潇湘馆是平静而凄冷的，周围有成千上万棵翠绿的竹树。进入院门时，到处都能看到竹子的影子，苔藓浓淡，让人联想起湘妃有能力在竹子上流下眼泪的古老神话，显示了黛玉的感伤，孤独和忧郁的悲剧性格。薛宝钗所住的蘅芜院，房间的外面很香，因为有那些奇草仙蔓的点缀，却与一般仙草不同，天气越发寒冷，它们反而越发茂盛翠绿。然房间里面又是一番景色，颜色单一没有什么色彩。这样简雅的处境，和薛宝钗那种守拙藏愚、不与世人争抢的寡淡性情十分吻合了，都与人物的性格，象征和延伸形成了鲜明的对比。

最后，用人物诗来表达人物的个性。《红楼梦》有200多首诗和韵文，其数量在历史上中国古典章回小说中名列前茅。其中，作者代表人物提出的大多数诗歌都有自己的人物性格，各不相同，各有特色。

（四）《红楼梦》贾宝玉的性格特点

贾宝玉是《红楼梦》的男主角。他是女娲补天时所剩下的一块顽石和神瑛侍者的转世真身，王夫人与荣国府贾政所生的第二个儿子，所以通称他为宝二爷。因为他出生的时候嘴里含着一块玉石，又是玉字辈，所以名字叫作贾宝玉。

性格特点：

第一，摒弃功名利禄。不喜欢仕途，而他的这种不想奋斗、不喜欢事业的性格，是和当时背景下对男性传统要求相违背的。他喜欢“风月诗酒”，并深陷其中而自得其乐。

第二，轻蔑封建伦理思想。贾宝玉这个人物形象特征中，叛逆是占主要表现的，无论是传统封建阶级对比中的逆行者，还是传统阶级社会性别对比中的逆行者，都在这一角色中表现得淋漓尽致。

第三，熟于女子，并产生暧昧关系。贾宝玉这个人物形象，与传统提倡的“男女有别”思想背道而驰，每天都跟女孩子一起厮混，这就是他的生活写照。其中他与多名女子的关系都非同凡响，但是毋庸置疑，他心中最在意的还是“林妹妹”。

三、汉维《红楼梦》中贾宝玉人物塑造描写的异同

（一）汉维《红楼梦》贾宝玉人物塑造描写的相同之处

维吾尔语和汉语体现出各自有各自的表达方式，然而因为人类的一切思想结论都是源自社会生活的，所以在一种语言中能够展现出来的文化和思想内涵，用另外一种语言也能够同样表达展示出来。维吾尔语译版《红楼梦》中的许多表达方式和思想内涵与汉语原版能够对应，不仅保留了原

始文本的样式，而且丰富了维吾尔语的表达方式和方法。能看出维吾尔语《红楼梦》的翻译在许多地方都通过“直译”来处理，以使周围的文本保持一致，并且可以看到逻辑清晰且易于理解。

直译是在翻译时尽可能地保持原始语言形式，例如单词、句子模式和比喻，并且语言必须流畅易于理解。文字翻译对表达式进行了必要的调整，使其更符合目标语言的习惯，文本更流畅，更易于读者理解，此外，还能够让译文读者有与直接阅读原文的读者近似的体会。例如：

（二）汉维《红楼梦》贾宝玉人物塑造描写的不同之处

1. 描写顺序不同

汉语和维吾尔语体现出来的文化内涵有所差异，具体表现为描写人物形象时，外貌的顺序描写会有所不同。

2. 表达习惯不同

语言是交流工具，从长远来看，每种语言都有其的特殊表达方法。同样，汉语和维吾尔语之间就存在这样的表达差异，所以在对人物形象进行翻译的过程中，有必要充分理解原文并选择目标读者熟悉的表达方式，实现对原文的准确和忠实的表达并遵守译文，以及受到语言表达习惯的影响而做出的变化。

四、结语

《红楼梦》是中国古代文学的杰作，在文学界占有很高的地位。从翻译领域来探讨，研究《红楼梦》的原著和翻译作品不仅可以促进各民族之间的文化交流，还可以促进目标语言的翻译水平的发展，并丰富翻译方法和技能。

本文的主要研究对象是“人物描写”，往往是指对文学著作中的某一人物的外貌、心理等方面进行描写。并且本文探讨的是《红楼梦》中的人物外貌形象，毋庸置疑，本著作中的人物形象描写也是具有很强的探讨性的，更何况译本中的人物形象，这样就更具探讨性和对比性了。

《红楼梦》的维译本中人物外貌描写的相当成功之处主要体现在以下几个方面：

第一，充分体现了翻译的严格标准，即“信、达、雅”三个字。这是翻译界泰斗严复提出来的观点，即在翻译过程中首先一定要忠实于原文，并且原文中的思想、情感等都要尽量体现出来；其次便是风格相当，例如修辞等描写手法。《红楼梦》作为我国经典著作之一，敢对其进行翻译工作的都是我国优秀且专业的语言专家，他们具备渊博的学识和丰富的语言经验，并且参与过很多相类似的翻译工作。通过全文的分析，可以总结出维吾尔文版的《红楼梦》中的人物形象塑造与汉语版人物形象大概是一致的，是能够准确传达相关内涵的。

第二，在汉语版《红楼梦》中对人物形象的外貌描写多采用一些结构稍复杂的长句，而不是一些结构简单的四字词语等，所以在译文中，为了更准确地进行对照表达，译者往往在翻译过程中会采用先合并句子成分，找出句子的准确结构之后再进行翻译的方式，或者是采用加译、省译的方式。采用了这样的表达方式之后，文章的整体结构更具紧密性，段落与段落之间也更具逻辑性，内容与内容之间也更具层次性。这样对原文进行处理之后，能够更有效地保留《红楼梦》原文的语言趣味性。

第三，维吾尔文版的《红楼梦》准确传达了原始文本的文化意图，即思想内涵。每部著作都是在一定的文化背景之下创作出来的，《红楼梦》自然也不例外。随着时代不断地发展，不同文化之间的交流也越来越具备必要性和急迫性，翻译事业也越来越受到大众的关注和重视，毋庸置疑对其翻译作品的质量要求也就需要不断提高了。如今，除了翻译行业对保真、表现力和优雅的基本要求外，还要求译本能够准确地传达原文的思想内涵。

《红楼梦》作为我国经典著作之一，需要和值得研究的部分还很多，本文所做的对比于前辈们所做的真的是浅尝辄止。惊叹于曹雪芹高超的艺术创作能力，也敬佩于译者们的再创造能力。在编写本文的过程中，尽管查阅了很多与之相关的研究资料和文献，并且还与老师们进行了多次探讨，但是因为维吾尔语是第二语言，难免会出现对维吾尔语中的部分表达方式理解不足的问题，所以多多少少存在一些欠缺之处，还望老师们海涵并批评指正。

参考文献：

[1]艾合买提·帕萨尔.论翻译理论与实践[M].北京：民族出版社，2007.

[2]曹雪芹，高鹗.红楼梦[M].3版.北京：人民文学出版社，1964.

[3]曹雪芹，高鹗.红楼梦：维吾尔文[M].热合曼·马木提，等译.乌鲁木齐：新疆人民出版社，2012.

[4]陈世民.汉维翻译教程[M].乌鲁木齐：新疆人民出版社，2012.

[5]范仲英.实用翻译教程[M].北京：外语教学与研究出版社，1994.

[6]方梦之.译学词典[Z].上海：上海外语教育出版社，2003.

[7]冯其庸，李希凡.红楼梦大辞典：增订本[Z].北京：文化艺术出版社，2010.

[8]韩金瑞，贾文忠.《红楼梦》人物大全：缩印版[M].北京：商务印书馆，2007.

[9]黄伯荣，廖序东.现代汉语[M].北京：高等教育出版社，1981.

[10]廖七.当代西方翻译理论探索[M].南京：译林出版社，2002.

[11]马俊民.翻译教程[M].乌鲁木齐：新疆人民出版社，2013.

[12]茫迪.翻译学导论：理论与应用[M].3版.李德凤，等译.北京：外语教学与研究出版社，2014.

[13]冉欲达.文学描写技巧[M].北京：中国青年出版社，1988.

[14]史震天.汉维互译实用教程[M].乌鲁木齐：新疆教育出版社，1999.

[15]史震天.语体翻译理论与技巧[M].乌鲁木齐：新疆人民出版社，2013.

维吾尔文译本《红楼梦》的译者风格浅析

李培莉　杨德明
（西北民族大学中国语言文学学部　甘肃兰州　730030）

摘要：自从维吾尔文译本《红楼梦》出版以来，诸多学者从多方面、多角度进行探讨研究，但迄今为止，还未有学者对维吾尔译本《红楼梦》的译者风格进行专门系统地分析。本文拟从翻译学和文化学的角度进行较深层次的微观研究，分析译者进行翻译时的表达习惯和思维方式，进而总结维吾尔文译本《红楼梦》的译者风格特征，并且探讨影响译者风格的因素，从而进一步丰富翻译实践和理论，为少数民族翻译研究拓展新思路。

关键词：维译本《红楼梦》；译者风格；翻译学；文化学

一、绪论

（一）选题的意义及背景

《红楼梦》因其精深的内涵和广博的文化知识一直受到国内外专家学者的青睐，因此其译本也是目前种类最多、版本最丰富的名著之一。自从《红楼梦》维吾尔文译本问世以来，对其进行全面的研究的作品还是比较少，相关研究有待进一步深化。译者风格研究有助于翻译实践的应用，对少数民族译本研究具有重要的价值，为维吾尔语学习者和汉语学习者以及翻译教学提供借鉴参考，具有一定的现实指导意义。基于前人未研究过此论题，维吾尔文译本《红楼梦》的译者风格弥补了之前翻译研究的不足，对于理论研究具有重要意义。

（二）文献综述

据统计，从1980年到2007年，《红楼梦》翻译方面的学术论文大约刊出了300余篇。自2000年以来，仅中国出版的较有影响的红楼译学专著和论文集就有5部：《〈红楼梦〉诗词曲赋英译比较研究》（王宏印著，陕西师范大学出版，2001年）、《红楼译评——〈红楼梦〉翻译研究论文集》（刘士聪主编，南开大学出版社，2004年）、《〈红楼梦〉管窥——英译语言与文化》（范圣宇著，中国社会科学出版社，2005年）、《红译艺坛——〈红楼梦〉翻译艺术研究》（冯庆华主编，上海外语教育出版社，2006年）以及《母语文化下的译者风格——〈红楼梦〉霍克斯与闵福德译本研究》（冯庆华著，上海外语教育出版社，2008年）[①]。从目前收集的相关研究文献来看，只有25篇论文与维译本《红楼梦》的翻译研究有关，并没有具体相关研究或出版物的研究。与其他语言翻译研究相比，数量明显较低[②]。

（三）研究方法、研究思路及内容

本文主要运用文献研究法、观察法、定性分析法。首先于知网查阅了国内外相关研究文献，大致了解维吾尔文译本《红楼梦》的相关研究后，以维吾尔文译本《红楼梦》中熟语和典型例句的翻译为切入点，从翻译学和文化学的角度，浅析译者在翻译创作过程中的表达方式和思维习惯，进而总体概括维吾尔文译本《红楼梦》的译者风格特征。

（四）创新与不足

维吾尔文译本《红楼梦》的相关研究虽然不少，但其广度、深度还有

① 肖维青.语料库在《红楼梦》译者风格研究中的应用：兼评《母语文化下的译者风格：〈红楼梦〉霍克斯与闵福德译本研究》[J].红楼梦学刊，2009（06）.

② 杨德明，景萍.维译本《红楼梦》翻译研究文献综述[J].民族翻译，2016（01）.

待拓展。译者风格研究在翻译学领域已有较多涉猎，大多是进行两译本对比分析。而维吾尔文译本《红楼梦》的译者风格至今尚无人涉及，本文拟从翻译学和文化学两个角度进行分析，并剖析影响译者风格的因素。因个人专业知识水平有限，在研究深度方面还存在不足，还望读者指正。

二、从翻译学角度浅析译者风格

翻译是把一种语言材料构成的文本用另一种语言准确而完整地再现出来的过程[①]。由于语言间存在共同性，所以它可以翻译；每种语言都有自己的独特性，因此无法完全转化为原作风格。对于一些难以翻译的作品，当然要进行再创作，但也是在原著风格基础上进行的。而文学翻译比翻译更上一层楼，翻译是将原作者的内容尽可能地表达，文学翻译则必须表达出原始的情绪、氛围、意境和思想感情，使译语读者能读懂作品，感受其风格。而翻译学是一门具有独特规律的科学，同词汇学、语法学、语音学、语义学特别是修辞学等其他语言学分科的联系十分密切。维吾尔文译本《红楼梦》中有相当多的熟语翻译及典型译句，可以体现出译者的翻译风格，本节便从这两方面来分析。

（一）维吾尔文译本《红楼梦》中的熟语翻译

熟语是一种语言中经历漫长岁月，通过人们的日常生活经验概括和总结出来的寓意深刻、富有哲理性的短语或短句[②]。熟语凝结着广大劳动人民的智慧，言简意赅，形式简练，具有口语化、浅显易懂、幽默风趣的特点。两个民族都有各自丰富多彩的熟语，带有各自明显的语言文化色彩。维吾尔文译本《红楼梦》中，有相当多的熟语体现出译者本民族的语言文化习惯和译者翻译风格，下面举例分析：

（1）平儿说道："'癞蛤蟆想吃天鹅肉'，没人伦的混账东西，起这样

① 史震天.汉维互译实用教程[M].乌鲁木齐：新疆教育出版社，1999：1.

② 史震天.汉维互译实用教程[M].乌鲁木齐：新疆教育出版社，1999：42.

念头，叫他不得好死！

— ئاسماندىكى غازنىڭ شورپىسىغا نان چىلاپ يۇرۇپتۇ-دە، ئۇ نومۇسنى بىلمىگەن رەسۋا،دېدى پېگىير ،-ئۇ شۇنداق نىيەتتىلا بولىدىغان بولسا ئاخىرى بېشىنى يەيدۇ.

维吾尔语字面义为：“‘把馕泡在天鹅肉汤里’，他是个不知廉耻的丑八怪，他要是有那样的念头的话，最终会吃苦头的。”此处具有明显的地方色彩，译者的翻译符合维吾尔语的表达习惯，采用直译兼意译的方法，生动形象地再现了原作的风格。

（2）刘姥姥道：“哎呦呦！可是说的，‘侯门深似海’，我是个什么东西……”

توۋا دېگىنە بالام ！《بەگنىڭ بوسۇغىسىدىن ئاتلاش دېڭىزدىن ئاتلاش》 دەيدۇ. مېنىڭ ئۇلارنىڭ ئالدىغا بارغۇچىلىكىم يوق! دېدى ليۇ موماي.

维吾尔语字面义为：“天呐孩子！都说‘跨王爷的门就像跨海’，我的身份地位不在人家之上！刘姥姥说。”译者的翻译符合原作的风格，采用意译，用词贴切，忠实原作的内容、内涵，表现出典型的人物形象。

（3）可知俗话说：“天下无难事，只怕有心人。”

«قىيىن ئىش يوق ئالەمدە، كۆڭۈل قويغان ئادەمگە» دېگەن ماقال توغرا ئېيتىلغان ئىكەن.

（4）今日林妹妹这五首诗，亦可谓命意新奇，别开生面了。

دەييۇ سىڭلىمنىڭ يازغان بۇ بەش شېئىرىدا يېڭى مەزمۇن ئىپادىلىنىپ، ئاجايىپ يېڭىلىق يارىتىلىپتۇ.

（5）宝玉笑道：“古人云：‘千金难买一笑’。几把扇子，能值几何？”

قەدىمقىلار، «بىر كۈلكىنى مىڭ تىللاغىمۇ سېتىۋېلىش تەس» دەپتىكەن. بىر نەچچە تال يەلپۈگۈچ نېمىگە ئەرزىيتتى؟ _دېدى باۋيۈ كۈلۈپ.

以上熟语均采用直译，简明准确，直观地展现了原作的语言风格，形象地表现了人物的性格特征。译者的翻译风格与原文风格协调一致。

（6）也没见过我们这位呆爷，“听见风儿就是雨”，往后怎么好？

بىزنىڭ بۇ ئەخمەق بەگزادىنىڭ «سۇنى كۆرمەي پۇشقاق تۈرىدىغان»لىقىنى كۆرمەپتىكەنسەن! بۇنىڭدىن كېيىن قانداق قىلىشارمىزكىن تاڭ، - دېدى.

（7）平儿咬牙道：“没良心的，‘过了河儿就拆桥’，明儿还想我替你撇谎呢！”

ۋىجدانسىز- دېدى پىڭئىر چىشىنى غۇچۇرلىتىپ تۇرۇپ، —《ئېشىكىم كۆۋرۈكتىن ئۆتۈۋالغۇچە》 ئىكەن`_ دە! سىز ئۇچۇن ئىككىنچى يالغان گەپ قىلغىنىمنى كۆرۈڭ ئەمدى!

（8）秦钟道：“这也容易，只是远水解不得近渴。”

شۇنداقمۇ بولۇپ قالار، ئەمما «ئەتىكى قۇيرۇقتىن بۈگۈنكى ئۆپكە ئەلا» دەپتىكەن،— دېدى چىن جۇڭ.

以上几个译句中的熟语均采用意译，译者的翻译符合维吾尔语读者的表达习惯和思维方式，更易于维吾尔读者理解。

综上分析，可以发现译者翻译熟语时，结合语境巧妙用词，注重词的搭配关系、词义的感情色彩和修辞作用，遵循了“信、达、雅”的翻译标准，通过掌握人物的身份、性格特征，揣摩各种人物的特点，表现出不同人物的不同个性。

（二）维吾尔文译本《红楼梦》中典型译句的翻译技巧分析

在进行翻译创作时，译者有时会根据自己的表达方式和思维习惯理解译文，从而选择相应的翻译技巧，一定程度上可以体现出译者的个人风格。因此，翻译技巧的选择也是译者风格的一种体现。本节选取了维译本《红楼梦》中的典型译句，通过翻译技巧的分析来总结译者的风格特征。

（1）天有不测风云，人有旦夕祸福。

…ھېكمىتى كۆپ،گاھى يىغلىتىدۇ، گاھى كۈلدۈرىدۇ، تەلەيىنىڭ تىكىچى يوق،گاھى تۆرگە سۆرەيدۇ، گاھى گۆرگە.

译句采用了引申法，进行转译、具体化、抽象化，是对译文表达的引申，含有语境意义、蕴含意义。译者着重于意义翻译，使得译作带有译者本土文化特点和译者个人风格。

（2）“你是什么东西，敢来拉扯我的衣裳！我不过看看太太的面上，你又有几岁年纪，叫你一声‘妈妈’；你就狗仗人势，天天作耗，在我们跟前逞脸。如今越发了不得了！你索性望我动手动脚的了！…… 你来搜检东西我不恼，你不该拿我取笑儿！”

كېلىپ - مېنىڭ كىيىممىنى تارتىشقا قولۇڭ بارغۇدەك قانچىلىك نېمىسەن! مەن ئاغىچا خېنىمنىڭ يۈزىنى قىلىپ ھەم يېشىڭغا قاراپ «ئانىكا» دەپ قويسام-زە، سەن ئىگىسىگە تايىنىپ ھەيۋە قىلىدىغان ئىتتەك ئەتىدىن كەچكىچە ئۇپۇراقچىلىق قىلىپ، بىزنىڭ ئالدىمىزدا ئۆزۈڭنى كۆرسىتىدىغان بولۇۋاپسەن. بۈگۈن تېخىمۇ ھەددىڭدىن ئېشىپ كەتتىڭغۇ! مېنىڭ ساڭا قول ياندۇرۇشۇمنى كۈتۈپ تۇرۇپتىكەنسەن-دە... . بۇ يەرگە كېلىپ نەرسىلىرىمنى تىنتىدىغىنىڭغا مەن خاپا بولمايمەن. لېكىن مېنى زاڭلىق قىلغۇچى بولما!

上例原文中，探春的话生动地体现了她此时愤怒的心情，实际上是指桑骂槐，口语色彩浓厚，译文如实地传达了原文信息，保持了语体色彩。译文适当采用了加词法，原文“狗仗人势”一词译者翻译成“靠主人耀武扬威像狗一样从早到晚鬼鬼祟祟”，忠实原文，合乎逻辑，译文显得生动流畅。

（3）“咱们家没人，俗话说的‘夯雀儿先飞’，省得临时丢三落四的不齐全，令人笑话。”

ئائىلىمىزدە باشقا ئادەم يوق، «قاشاڭ ئۆردەك بالدۇر ئۇچىدۇ» دەيدىغان گەپ بار. ۋاقتى كەلگەندە ئۇنى بۇنى ئۇنتۇپ قېلىپ، كېرەكلىك نېمىلەر تەق بولماي قالسا خەقنىڭ كۈلكىسىگە قالىمىز.

译句采用了转译法和减词法。“夯雀儿先飞”转译为“迟钝的鸭子要早飞”；“丢三落四的不齐全”译为“到时忘这忘那，需要的东西没有准备好……”。汉语中往往为了表强调重复某个词义，而维吾尔语一般不必重复才符合译文表达习惯。

（4）又听见给他二十两银子，喜得眉开眼笑道：“我们也知道艰难的……”

ئۆزىگە يىگىرمە سەر كۈمۈش ئىنئام قىلىنىدىغانلىقىنى ئاڭلىغاندىن كېيىن، خۇشاللىقتا ئاغزى قۇلىقىغا يەتتى،-دە: ئۆزلىرىنىڭ مۈشكۈلچىلىكلىرى بارلىقىنى بىزمۇ چۈشىنىمىز،— دېدى.

译者将“喜得眉开眼笑”转译为高兴得合不拢嘴，形象地表现了人物的心理特征。此句具有明显的时代特征，白银反映了古代人的生活，译作风格与原著风格相一致。

（5）姑娘是个明白人，没听见俗语说的：“万两黄金容易得，知心一个也难求！”

خېنىم ئۆزىڭىز ئەقىللىق قىز، كونىلارنىڭ «مىڭ سەرلەپ ئالتۇن تېپىش ئاسان، ئەمما كۆڭۈلدىكى كىشىنى تاپماق قىيىن» دېگەن گېپىنى ئاڭلىمىغانمىدىڭىز؟

（6）袭人在旁嗤的一笑，说道：“云姑娘，你如今大了，越发心直嘴快了。”

شياڭ يۈن خېنىم، سىز چوڭ بولغانسېرى كۆڭلىڭىز تۈز، ئاغزىڭىز ئىتتىك بولۇپ كېتىۋاتىدۇ! — دېدى شىرېن پاراققىدە كۈلۈۋېتىپ.

（7）贾政听了此话，不觉长叹一声，向椅上坐了，泪如雨下。

جياجېڭ بۇ گەپنى ئاڭلاپ ئۇلۇغ كىچىك تىنىدى ۋە ئورۇندۇققا ئولتۇرۇپ، يامغۇردەك ياش تۆكتى.

（8）可知我“井底之蛙”，成日家只说现在的这几个人是有一无二的。

مەن بولسام ئەتىدىن كەچكىچە مۇشۇ كۆز ئالدىمىدىكى بىر قانچەيلەننىلا بىردىن-بىرئېسىللەر دەپ بىلىدىغان «قۇدۇقتىكى پاقا» ئىكەنمەن.

此句译者采用了词序调整法，对原文翻译进行局部调整，“可知我‘井底之蛙’”放在了句尾翻译，更符合译者的思维习惯。

（三）探究译者风格特色

文学风格主要是指文学作品中呈现出来的作家创作个性①。译者在进行创作过程中，无可避免地会带有自身的主观色彩，创作动机是译者风格形成的内在根据；译者的风格特色要从整体把握，纵观全文将抽象的

① 《文学理论》编写组. 文学理论第二版[M].2版. 北京：高等教育出版社，2020：156.

事物化为具体，进行总体概括，因此，有机完整性是风格存在的基本条件。创造性人格作为作家潜在的心理组成部分，需要将其具体化和形式化，才能形成一种风格。独特的言语表达和文体特征是创作风格的外在特征。只有在特定的作品中，才能揭示译者的风格。译者的创作，最终是为了文化的输入，使目的语读者得到与原著读者大体相同的审美感受，这才是翻译的目的和归宿，因而引发读者持久的审美享受是译者风格的审美特征。

维吾尔文译本《红楼梦》是目前为止翻译界公认的最好的一部译作。它反映出了文学作品的时代性、民族性和地域性，正是由于文学作品的特征直接影响了译者的风格特征，译者的创作过程也被赋予了文学作品的特性，具备了文学作品的风格特征。

时代风格是一个作家作品所具有的特定时代特征的整体风格，它是时代的精神特征、审美要求和作家作品在审美理想中的表现。《红楼梦》描述了清代康熙、雍正、乾隆的社会生活，这是历史上所谓的康乾盛世。事实上，朝代繁荣的背后存在着各种矛盾和危机隐患，封建大家族由盛转衰，揭示了时代的没落。

地域风格是区域语言、神话传说、风俗、性格、审美理想、艺术等特点综合形成的风格。《红楼梦》中所写的忽南忽北、忽东忽西的地域一直以来是红学爱好者的研究话题。书中描述了北方和南方的生活场景，但书中讨论的大部分内容应该都在北方。胡适认为，作者曹雪芹应是在几岁或十几岁时离开南京，一直生活在北方。其他研究人员认为,《红楼梦》的作者对南方植物非常熟悉，他应该主要生活在中国南方。这里我们不多做探究，维吾尔文译本《红楼梦》译者在翻译过程中，对南北方文化或多或少有所熟知才能译出效果。

三、从文化学角度浅析译者风格

分析维吾尔文译本《红楼梦》的译者风格，需要了解译者笔下所反映的文化背景、生活习俗、民族习惯等。文化差异不仅仅是语言文字的差别，更多的是指渗入社会体系和生活的每个角落的生活习惯、默认习俗、衣食住行等方面。透过文化差异，思考译者进行翻译创作时的表达习惯和思维方式，以便帮助我们更好地分析译者风格。本节从历史文化、地域文化和饮食文化几个方面，就文化差异及翻译中应注意的问题加以论述。

（一）历史文化差异与翻译

历史文化是一个国家或民族在长期发展过程中社会沉淀而形成的文化。众所周知，在历史发展的长河中，不同的民族和国家历史文化不同。在翻译的过程中，不可避免会遇到由历史文化差异引起的翻译挑战。由于缺乏对历史文化的了解或在理解上有偏差，很容易出现翻译问题。

历史建筑是历史文化内容的重要表现之一。历史建筑是历史文化发展过程中的标志，是民族历史文化中的宝贵财富，具有浓厚的历史文化色彩和文化内涵，最能体现民族发展和历史文化的特点。要正确地翻译这些历史建筑，我们必须了解其丰富的历史故事和文化遗产，并使用恰当的翻译方法。例如,《红楼梦》中贾府的大观园是苏州园林的典型建筑代表，故事中的大观园早已不再是作者虚构的意象，而是中华民族园林建筑最完整、最盛大的典范。翻译时必须了解两种建筑的文化背景、文化底蕴，采取直译与意译相结合并辅之以注释的方法转换成译者本民族易理解的事物。

古典乐器也是传统历史文化的代表。汉族的古典乐器有琵琶、古筝、二胡、笛子等，它们都体现了中华文化的博大精深。由于两种文化存在着差异，这两类事物汉维互译没有直接对应的翻译，则需意译加注释。

（二）地域文化差异与翻译

地域文化一般是指某一特定区域内生态环境和风俗习惯综合形成的文

化表现形式。地域文化的形成是一个不断长期发展演变的过程。不同的自然地理环境造成了不同的地域文化，但在某一阶段具有相对的稳定性。

地域文化明显的表现形式有方言文化。我国的南北方言众多，方言的地理差异表现在南方的多样性和北方的统一性。在南方统一方言区，存在着许多相互不易理解的细分方言；北方的广大地区属于北方方言区，大都能听懂。维吾尔语也有典型的方言文化。在我国，现代维吾尔语种类分为中心方言、和田方言、罗布方言。不同的方言文化体现了不同的地域特点。

动物类词语的象征义也能体现地域文化方面的差异。一种文化里独有的，另一种文化里没有象征义的动物词有很多，比如：汉族文化里“仙鹤”“乌龟”“螃蟹”“蝙蝠”“麒麟”等等都有各自的象征义，但是维吾尔文化里这类动物没有什么象征义。而维吾尔族文化里，“小羊羔”“马驹”“雀鹰”等动物含有各自美好的象征义，汉族文化里却没有类似的象征义。或者一种语言文化中有褒义的事物，在另一语言文化中却含有贬义色彩。比如，在汉文化里，龙象征着吉祥、神圣、高贵，代表着民族精神。中国人自称为“龙的传人”，家长“望子成龙”“望女成凤”，男孩名字中许多带有“龙”字，新婚夫妇喜结“龙凤胎”等文化现象，都是一种美好的祝愿和寄托。而在维吾尔语中“龙”是神话传说里的一种庞然大物，是一种不祥的写照。因此，针对这类具有文化差异的词不能直译，要适当选取翻译技巧转换。

（三）饮食文化差异与翻译

饮食文化是民族文化中最具代表性和贴近生活的部分。由于地理位置、自然环境差异所形成的不同饮食文化，汉维两个民族的饮食文化差异也比较明显。

汉文化里历史悠久、技术精湛、种类丰富的中国菜，因地理环境、气候物产、文化传统以及民族习俗等因素的影响，形成了富有特色的“八大菜系”，分别为川菜、鲁菜、粤菜、闽菜、苏菜、浙菜、湘菜、徽菜。维吾尔族饮食方面，由于西北地区干旱的自然环境，没有如南方丰富的菜肴，主要以面食、牛羊肉为主，像拉面、汤饭、烤包子、烤肉、抓饭等，同样是北方民族的面食文化，汉维两个民族也各有特点。由于饮食文化的差异，在翻译上则需要注意有些音译词的表达，并附加注释，使译文表达清晰流畅，便于理解。

四、影响译者风格的因素

翻译是为了传播文化，促进不同民族文化的交流、融合及发展。文学作品通过翻译的再创造活动，进行文化的传递、沟通和融合。通过翻译学和文化学两方面浅析维吾尔文译本《红楼梦》的译者风格，了解两种民族背后的文化差异、思维方式和表达习惯，进而深入探讨影响译者风格的因素。本节主要从三方面分析，即译者的目的、译者的理解表达能力和读者群体直接或间接地影响着译者的翻译标准及风格。

（一）译者的目的

要翻译文学作品，首先译者要理清思路，通过翻译中国文学作品给维吾尔族人民传达中国文化的文学特征。文学翻译是为了文化的输入，为了让维吾尔族人民了解更多的中国文化。一个优秀的译者必定会遵循原著的内容，做到译文“真实可信”，即采用“异化”的翻译策略。而异化法是指尽可能地使一种文化及语言中的信息保持原本面貌传递给另一种文化及语言。这种译法使得目的语语言具有全新的言语组织，有利于文化和语言的交流、渗透和融合。因此，译者的目的一定程度上会影响译者的风格。例：

（1）彩霞咬着牙，向他头上戳了一指头，道：“没良心的，‘狗咬吕洞宾 —— 不识好歹’。”

ۋىجدانسىز !《ئىت ياخشى-ياماننى ئىلغىماي كۆرۈنگەننى چىشلەۋېرىدۇ.》 دېگەن

شۇدە،— دېدى سەيشيا چىشلىرىنى غۇچۇرلىتىپ ۋە ئۈنىڭ بېشىغا نوقۇپ قويدى.

“狗咬吕洞宾 —— 不识好歹”维吾尔语译成“狗不挑肥拣瘦”，符合译语读者的思维方式和理解，表现出原著中彩霞生气、无奈的心理特征。

（2）众人都笑道：“奶奶惯会说这话。成年家大手大脚的，替太太不知背地时赔垫了多少东西……”

كېلىن ئاغىچا مۇشۇنداق گەپنىمۇ دەيدىكەن،— دەپ كۈلۈشتى باشقىلار،- يىل بويى بەتخەجلىك قىلىپ ئاغىچا خېنىمغا بىلىندۈرمەي قانچە نەرسىلەرنى سەپلىۋەتتىلەركىن تاڭ، ...

译句着重表现人物语言特征，形象地再现了原著中嘲笑、暗讽的意味。

（二）译者的理解表达能力

译者对原著的理解表达，直接决定了一篇译作的翻译质量如何。翻译过程中，理解是基础，表达是关键，译者的理解表达能力直接影响着译者作品的风格。

理解原作需要译者紧扣上下文了解词义、搞清语法关系、具有广阔知识面等。理解透彻后，紧接着就要着重表达。理解了但不会表达，或理解正确而出现翻译病，这仍然是一个大问题。在正确理解的前提下，译文的质量取决于表达。表达需要注意用词贴切、行文简洁、语体风格一致等。因此表达是决定性的，表达就是用目的语将原文重新说一遍或写一遍，这就要求既不丧失原文的意思，又要保持原文的风格和特点，还要符合目的语的表达习惯。如何做到三者完美统一将直接影响到翻译的质量。因此，表达是整个翻译过程中的关键。译文能否忠实、流畅地表达出来，首先取决于对原文理解的深度，同时也取决于译者的语言修养程度。[①] 例：

文学语体要求突出生动性和形象性。《红楼梦》原著为文言文，具有浓厚的时代色彩，译文较好地保留了原文的语体色彩。译者在充分了解原

① 史震天.汉维互译实用教程[M].乌鲁木齐：新疆教育出版社，1999：8.

作所表达的内容、情感或思想后，恰如其分予以表达，符合译语读者的表达习惯。例：

平儿笑道：“‘得饶人处且饶人’，得将就的就省些事罢。”

كىشىنى ئەپۇ قىلىشقا توغرا كەلگەندە ئەپۇ قىلسا بولىدۇ، ئەپلەپ-سەپلەپ ئۆتكۈزىۋەتسە ئاۋارىچىلىق ئازىيىدۇ،— دېدى پىڭئېر كۈلۈپ.

原著人物语言较口语化，译者理解透彻后进行直译，译句则更书面语化，也忠实地表现了人物语言特点。

（三）读者群体

译者在进行文学作品翻译时，需要考虑到译语读者能否理解、认可、接受，需要考虑译语语言文化环境。是否容易看懂，行文是否顺畅，是衡量一本译作好坏的最佳标准。

读者水平差别很大，所以通俗性的翻译是最友善的。原文的文学性总是会被阉割的，因为原著中源语言的语调起伏和修饰手法只有在特定文化背景下才能被理解，译者经常对此无能为力，导致文中某些句子晦涩难懂。因此，译者要考虑到读者群体的特征，了解译文读者的受教育程度、社会阶层、年龄段等方面的特征。

面对不同的读者群体，译者会采用不同的翻译方法。要考虑到受众群体，有的是学术界专家，有的是普通大众，如何衡量好翻译标准为大多数人所理解是有很大难度的。因此，读者因素也间接地影响译者的翻译以及风格取向。

五、结语

综上，维吾尔文译本《红楼梦》的译者风格从翻译学和文化学两方面来体现。一篇好的译作，必定结合了原著的风格和译者的风格，必然展现了原著的艺术美感以及译者本身的创作风格。通过探讨维吾尔文译本《红楼梦》的译者风格，了解译者笔下所反映出的文化背景、生活习俗、民族习惯等；透过文化差异，思考在今后的相关研究领域和学习中，我们要批判性继承和发展译者的思想和翻译水平，不断学习优秀译者的创作能力，增强自身专业的学习能力和修养。当然，翻译能力的提升存在一定的难度，需要具有两种文化的文学功底，尤其是文学底蕴深厚的长篇著作的翻译。

本文一定程度上丰富了古典名著的少数民族语言翻译的译者风格研究，使译者风格的研究更加科学化、具体化，也为之后的译者风格研究提供新的研究思路和方法，对理论研究具有一定的价值；译者风格研究有助于翻译实践的应用，将有利于从少数民族译本研究中汲取经验，借鉴方法，为维吾尔语学习者和汉语学习者以及双语教学提供借鉴参考，具有现实的指导意义；宏观上也有利于汉维两种文化的交流融合，求同存异，弘扬中华民族的文化多样性，具有一定的文化意义。

参考文献：

[1]肖维青.语料库在《红楼梦》译者风格研究中的应用：兼评《母语文化下的译者风格:〈红楼梦〉霍克斯与闵福德译本研究》[J].红楼梦学刊，2009（06）.

[2]杨德明，景萍.维译本《红楼梦》翻译研究文献综述[J].民族翻译，2016（01）.

[3]史震天.汉维互译实用教程[M].乌鲁木齐：新疆教育出版社，1999.

[4]《文学理论》编写组.文学理论第二版[M].2版.北京：高等教育出版社，2020.

[5]狮艾力.维译本《红楼梦》俗语翻译研究[D].兰州：西北民族大学，2011.

[6]曹雪芹，高鹗.红楼梦[M].北京：人民出版社，2006.

[7]《红楼梦》翻译小组.红楼梦：维译本[M].乌鲁木齐：新疆人民出版社，1977.

[8]余金燕.浅谈风格翻译及译者风格的彰显[D].重庆：西南大学，2010.

[9]孔凡勇.简评《红楼梦》两译本中诗词翻译的译者风格[D].曲阜：曲阜师范大学，2011.

[10]澳丹，敖日格乐.从《红楼梦》熟语之蒙古语翻译中探究译者风格[D].北京：中央民族大学，2019.

试论维吾尔文译本《红楼梦》中汉语熟语的翻译原则和方法

周仁芳　杨德明

（西北民族大学中国语言文学学部　甘肃兰州　730030）

摘要：主要以《红楼梦》中的熟语及其在维吾尔语译文版中的翻译作为主要研究对象，通过对比汉维译本对于熟语翻译的差异，比如文化和语言的双层差异，来分析在翻译中的方法和在翻译过程中的特别注意事项。同时将维译本《红楼梦》中的维语词汇作出详细解释和优化。

关键字：维译版《红楼梦》；熟语；翻译

一、引言

本文在搜集整理维吾尔文译本《红楼梦》熟语翻译的基础上，通过分析、归纳的方法，将熟语的翻译做了一个归纳整理。在《红楼梦》中使用的熟语不仅数量非常多，画面感也较强，极大提高了小说的生动感，这也是翻译应用在小说中熟语的难点。

（一）选题目的及研究意义

《红楼梦》的研究价值非常丰富。作品中蕴含了大量的熟语，为我们深入分析其文化内涵提供了重要研究材料。《红楼梦》中的汉语熟语在翻译成维吾尔语的过程中，因为汉语熟语负载着浓厚的历史文化信息，所以很难表达汉语熟语所携带的语义文化内涵，很难找到一一对应的语义表达方式。因此，在汉语熟语维吾尔语翻译研究时，我们需要结合具体的上下文、故事情节和语境，在翻译理论、翻译方法的指导下对汉语熟语翻译问题进行深入的剖析和探讨。

二、《红楼梦》中的熟语

统计数据显示，《红楼梦》中运用的熟语数量非常多，俗语的例子达到二百条，惯用语和谚语共一百五十多条和数百条的成语。

文中有一段外貌描写“面若春花，目如点漆”就运用了成语。在文中的熟语运用，很少有单独出现的，更多的是好几种熟语的变形使用和交互使用。既体现了汉语熟语文化的博大精深，也给翻译文章带来了难度。

（一）熟语的定位

熟语是指：从古至今民间流传下来的句子或词语，在平常的应用中已经有了固定的格式，可以直接运用在句子中；运用的频率较高，其中蕴含道理较为经典的词语、句子和典故。

熟语多是来源于民间生活劳动中的经验道理，或者来源于古人书籍中具有意义的故事，也就是典故。

熟语的两个特点：其一，语言结构上具有稳定性。其二，语言意义上具有完整性。

（二）熟语的分类

1. 歇后语

歇后语是一种非常诙谐的语言形式，一般的歇后语具有讽刺、幽默、调侃的感觉。在平常的口语或者写作中都很常用，是一种很受欢迎的语言形式。

一般的歇后语都是由前部分的“引子”引出后一部分的“道理”。运用的时候只需说出前部分的“引子”，省去后一部分，所以叫作“歇后语”。这就需要译者充分了解歇后语的具体意义，准确分析它在文中所表达的含义。大多数歇后语为了幽默诙谐，很多都使用了谐音。不同语言的谐音是不一样的，这也是考验翻译者是否准确把握了原文的情感。因为歇后语的短小、幽默，所以受到人们的欢迎。歇后语中所蕴含的道理也更能被人们理解和接受，给人深刻的思考和启发。

2. 谚语

谚语是在人类生活发展中通过不断积累的生活经验而汇成的有教育意义的句子。谚语一般不含典故或者谐音，更加通俗易懂。一句完整的谚语是很短的，但意思表达得很明确完整。一般都用于口头表述。谚语的包含范围非常广，有关于生活的、农耕的、自然的、事理的等等。例如“种瓜得瓜种豆得豆”就是一句事理谚语，它表示了收获和付出是成正比的，付出越多，收获越大。但这句谚语没有直接表达付出与收获的关系，反而用“豆”和“瓜”的概念表达出来。这也考验着翻译者对于谚语的理解程度和对文章主旨的理解程度。例如：

失去祖国的人，坟墓也是狭窄的。

这句谚语就从国家的角度来揭示爱国的重要性，来警醒世人，具有教育意义。

3. 惯用语

惯用语在日常中出现运用的频率极高，它形式上简短精练，内容生动形象。惯用语也是随着生活的发展而不断增加的，具有固定的形式，常见的就是三音节的形式。惯用语多用于口语中，在写作中不常见。多用于比喻人或事而获得具体意义，在使用时应当注意明确惯用语在文中的意义，不要曲解它在文中的感情色彩。例如：

拍马屁

خۇشامەتچىلىك قىلماق

词语的意思是在讽刺那些阿谀奉承的人，在文章中常以贬义的情感色彩出现。

4. **成语**

成语是熟语中运用频率最多、表达范围最广的一种语言形式。常见的成语是四字形式，但也有其他形式的成语，例如“兵在精而不在多”。成语都是带有实际意义或者典故的，例如“东施效颦”，这就是有典故的成语。成语短小精悍，运用方便，蕴含的意义很多。在口语和写作中都有大量的运用,《红楼梦》也不例外。例如：

指桑说槐

قىزىم ساڭا ئېيتاي ، كېلىنىم سەن ئاڭلا .

5. **格言**

格言多出自名言或诗句，一般代表的意义都是积极向上的。格言一般都具有大智慧或者生活中的经验，在口语中的运用不多，多用于写作中。格言都是完整的句子，语言精练，理解简单，其中所表达的含义也是相对完整的。例如：

知识就是力量。

بىلىم كۈچ

三、《红楼梦》中熟语翻译方法分析

熟语的种类繁多，具有丰富的文化内涵。在翻译中要把这些蕴含着典故和具有特殊含义的熟语运用维吾尔语准确地翻译出来，就要先分析翻译方法。《红楼梦》中引用了大量的熟语，本部分会举出《红楼梦》中的例子来分析翻译方法对于熟语翻译的重要性。

（一）直译法

直译法是指尽量不改动原文语句的结构和规范，保留原句所表达的思想和文化。直译法是在翻译过程中最常用的一种翻译方法，因为这样的译文意义表达明确，方便读者理解，也不用改动文中的词语，对译者来说是较为简单的翻译方法。例如：

（1）刘姥姥：“……但只俗语说的：饿死的骆驼比马还大呢！……”

这是一句褒义谚语，原意是指即使是因为饥饿而瘦死的骆驼的体积，也是比马要大的。

在文中是贫困的刘姥姥向荣府求助的时候，面对哭诉的凤姐说的话，明确地表现出了贫富差距。刘姥姥的意思是：大富贵的人家再落魄也会比我这穷人富有。

而在维吾尔文译本中直译为瘦死的骆驼也比马巨大。

（2）贾政听了此话，不觉长叹一声，向椅子坐了，泪如雨下。

جياجېڭ بۇ گەپنى ئاڭلاپ ئىختىيارسىز بىر ئۇھ تارتتى-دە، ئورۇندۇققا ئولتۇرۇپ يامغۇردەك ياش تۆكۈشكە باشلىدى.

泪如雨下是形容人的心情悲痛，他流下的眼泪就像雨落下一样。在维吾尔文译本《红楼梦》中，有很多的成语是运用直译法来翻译的。所以在译文中，将泪如雨下翻译成يامغۇردەك ياش تۆكۈشكە，直译将成语的含义展现出来，便于读者体会文中情感，同时需要作者能够准确把握小说情感，结合小说的语境，也要贴合维语的语言规则。

（3）该卖的卖……断不要支架子做空头。

这句惯用语出自贾母在安排家产时对儿孙们说的话“该卖的卖……断不要支架子做空头。”

支架子做空头的意思是虚张声势，说大话，也就是现在说的摆架子。用直译法将这句惯用语的意义表达得更明确。

（4）王熙凤：“聋子放炮仗——散了。”

在原文中，王熙凤讲了个不好笑的笑话，指聋子听不见响声，所以放炮仗的时候只能看到烟消散了就知道炮仗放完了。但这则笑话却是为后来贾家被抄家做了铺垫，埋了伏笔。所以直译要求贴近原文，不改变原文结构和意义，将作者的思想表达出来。

（二）意译法

意译法不同于直译法按照原文逐字逐句翻译，而是通过结合上下文与故事情节来翻译。运用意译法常见于引用了典故或某些故事的词语，在文中能方便读者理解。例如：

（1）“并非明火执仗，怎算是贼？

明火执仗意思是举着火把，拿着武器，以形容明目张胆的做坏事。是贬义的成语。

在翻译中并没有翻译出拿着火把携带武器的字眼，而是翻译成不光明正大的，与上下文意思结合。

（2）“卖油的娘子水梳头。自来家里有好的，不知给了人多少！”

卖油的娘子水梳头，这句歇后语借用了故事举例，卖油的娘子有的是油，梳头时却只用水不用油。指贫困的人家，宁愿向他人求助施舍，也舍不得用自己富裕的东西。在《红楼梦》中是王夫人对宝钗说的话，王熙凤生病需要人参，但家里却没有了。在文中是暗含了贾府的下滑趋势。

（三）借译法

借译法也叫套译法，是指用维吾尔语中原本就有的谚语或大概意思相同的成语直接带入译文中，将原来的词语代替。

1. 全部借用

（1）俗话说：与人方便，自己方便。不过用我的一句话，又费不着我什么事。

قول-قولنى يۇسا،قول قوپۇپ يۈزنى يۇيىدۇ .

原意为帮助他人，让他人方便，后来人家也会帮助你让你方便。在此使用借译法将维吾尔语中现有的，词语意义大概一致的熟语用来替换。

在原著中，周瑞家的昔年买地多亏狗儿之力，也要显弄自己体面，于是答应为刘姥姥引荐。刘姥姥道：“全仗嫂子方便了。”周瑞家的忙道：“说那里话，俗语说的：‘与人方便，自己方便。’”周瑞家的引用这一俗语表达了自己的谦逊，其实以她的身份是不会要刘姥姥施与方便的。

（2）虚张声势

意义为假装装出强大的气势，借以吓唬他人。

在原著中，是凤姐发现贾琏偷娶尤二姐后，使了手段让二姐原定女婿去都察院状告贾琏，又派人前往都察院，虚张声势，警告糊弄贾府，利用贾琏新妾秋桐羞辱折磨，逼得尤二姐吞金自杀。

2. 部分借用

（1）临阵磨枪

سۇ كېلىپ بولغاندا تۇغان تۇتقان .

原意指马上要上战场了才想到要把枪磨亮。用来比喻做事不提前准备，临到头了才慌张行动。

（2）咱们家人多手杂，自古说的，知人知面不知心。

原意为认识一个人的相貌很容易，但要了解一个人的内心却很难。比喻人心难测，每个人的想法和内心都是不容易去了解的。

四、《红楼梦》中熟语翻译原则分析

从严几道提出“信、达、雅”的翻译口号以来，好多研究翻译的人以为翻译有三个标准。照严先生的说法，“信”是“达旨”，就是说明原文；“达”是“前后引衬，以显其意”；“雅”是“尔雅”。有些人认为这种说法太旧了，就另外提出三个标准来：“忠实”“通顺”和“优美”。忠实就是信，通顺就是达，优美就是雅。

任何一部作品都是由内容、形式、风格这三个要素组成的。内容是指作品中叙述的故事，说明的道理和景物的描写以及在这过程中所反映出来的作者的思想、观点和立场等。形式就是作者在表达作品所用的语言形式。下文就翻译原则来分析《红楼梦》中熟语的翻译。

（一）翻译原则之忠实原文

“信”主要是指忠实于原作的内容。译者必须把原作的内容完整而准确地表达出来，不得有任何篡改、歪曲、遗漏或任意增、删的现象。例如：

（1）我也知道你那老婆太难缠。如今把我姐姐拐了来做二房，“偷来的锣鼓儿——打不得”。

这句歇后语为“偷来的锣鼓——打不得，想（响）不得”，比喻偷偷摸摸做的事拿的东西，不能伸张，不能张扬，小心被人发现。在文中译成偷来的鼓不要敲响。忠实原文意思，将这句歇后语的意义表达得准确。

（2）吃着碗里的，看着锅里的。

这句俗语是在家宴上，凤姐为了讽刺薛蟠见一个爱一个的花花公子天性。本意是形容一个人碗里明明还有吃的，却开始惦记锅里的，有贪心，不知足的意思。但这句话在原文中其实不止有讽刺薛蟠的意思，凤姐也在借机嘲讽贾琏，一语双关。所以在维吾尔译本中运用了直译的方法翻译出来，忠实了原文，也把原作一语双关的内涵表达了出来。

（二）翻译原则之文章通顺

（1）我还再三的求了你几遍，你答应的倒好，如今还是“燥屎”。

这句歇后语原意为“燥屎——干搁着”比喻该处理的事情迟迟没有处理，只是放着不做的意思。在文中译为一直到今天为止都没有得到同意的答复。虽然没有将歇后语翻译出来，但是却将这句歇后语所表达的意思准确地翻译了出来，使全文通顺，也让读者好理解，在文中的意思也明确。

（2）没良心的！狗咬吕洞宾——不识好人心！

吕洞宾是一个具有典故的人名，在维吾尔语里翻译出来反而会让人不明白，于是省去人名直接翻译歇后语，便于理解本意。

（3）也亏你倒听他的话，我平日和你说的，全当耳边风，怎么他们说了的你就依，比圣旨还快些。

“耳边风”是一个惯用语，形容给某人说的话随着耳朵边的一阵风就不见了，具体意思是给某人说的话，某人听不进去或者忘记了，不放在心上。在维吾尔文译本中，用“右边进来，左边出来”来描述这句惯用语，有贬义。在文中意思明确，也使文章通顺。

（4）你们别和我装神弄鬼的，有什么我不知道！

ماڭا ئۇستاتلىق ئىشلەتمسەڭلارمۇ بولىدۇ، مەن بىلمەيدىغان نېمە ئىش بار ئىدى!

文中将“装神弄鬼”译为“ئۇستلىق ئىشلەتمەك”。因为在汉语成语中，经常会出现前两个字与后两个字意思差不多的四字成语，例如三更半夜、千姿百态等等。在碰到这种成语时，可以适当使用缩译法来翻译原文。用简短通俗的文字，联系上下文，将成语在文中的本意翻译出来。避免了文章的冗长和重复，也便于读者阅读和理解。

（三）翻译原则之语言优美

语言优美就是翻译三原则中的“雅”。在忠实原文和保持文章通畅的基础上，一部成功的译本需要适当的美化语句。当然，美化语句并不是让译者在文章中大做文章添油加醋，而是在通读了原文的基础上，根据不同语境和上下文的描述，恰当地使用翻译方法来将原作中的词语、比喻、意境和情感等要素翻译出来。使读者体会文中情感，切实思考文章内涵。例如：

（1）肉中刺，眼中钉。

بەدەنگە سانجىلغان تىكەن،كۆزگە قادالغان بۇ مىخ .

这段在原文中是香菱被夏金桂诬陷后，惨遭毒打时，被路过的薛姨妈看见了，薛姨妈气急了说出的话。这表面上是在说香菱，实际上暗讽夏金桂。译文选用了直译法，将原文直接翻译，保留了语境中的暗讽，也能让读者更接近原作中人物的情绪。

（2）宝钗见此光景，察言观色，早知觉了八分，于是将衣服交割明白。

باۋ چەي بۇ ئەھۋالنى كۆرۈپ ئۇلارنىڭ ئەپتىدىن ئىشنىڭ تەكتىنى خېلى ئوبدانلا پەملىۋالدى.

察言观色是指通过他人的表情和声色，暗暗猜测对方的心情，揣摩他人的用意。这句话中的成语并没有刻意翻译出来，而是巧妙地与整句话融合为一体，主要将句子的用意和与文章的联系翻译出来，字面意思或许并不完全一样。如果要完全照搬成语的翻译，效果可能会适得其反。

五、结语

通过部分对《红楼梦》熟语翻译的举例和分析，可以看出译者在翻译工作上的严谨和辛苦。熟语的运用非常广泛，表达的情感意义也是各不相同，因此在翻译中，熟语翻译的清晰决定了译文的水平。在熟语翻译的工作中，直译和意译是两种最基本，也是最常用的翻译方法。摸清原文作者的思想和在文中表达的情感意义是最先要了解的，这是翻译工作的第一步，通读原文，在文章内容和情感都有一定的掌握之后，翻译才能更顺畅，这也是对原文作者和读者的一种责任。另外，在直译时，我们应该灵活使用翻译方法，切忌按照模版毫无新意，同时要坚持翻译原则。在意译实践中，则应该避免主观臆断，适当加入对文章的理解，但是不要故意美化或故意丑化文中的人物，一切的中心要点应该都在文章中，毫无根据的随意组合也是禁忌。最终目标就是：译文必须忠于原作并且译语通顺流畅。

每一种翻译方法都是紧密相连、互不可分的。正是因为这些不同的翻译方法的互相交织，互相补充，才能使文章的结构更明了，文章的情感更饱满。如果在翻译的文章中不能将翻译方法和翻译原则完美地结合，所产生的作品就不会那么令人满意。钱歌川先生说，“翻译没有固定的规则和方法”。我们只能在实践中积累经验，寻找出一些规律，把直译和意译自由地运用到翻译实践中。

参考文献：

[1]阿比旦·居热艾提.《红楼梦》中拟声词的维译研究[D].喀什：喀什大学，2017.

[2]徐文婷. 翻译目的论视角下的《红楼梦》维译策略研究[D].喀什：喀什大学，2017.

[3]高姣姣.《红楼梦》中“死亡”用语及其维译研究[D].喀什：喀什大学，2016.

[4]彭杰.《红楼梦》成语维译方法研究[D].伊犁：伊犁师范学院，2016.

[5]杨德明，景萍.维译本《红楼梦》翻译研究文献综述[J].民族翻译，2016（01）：17–25.

[6]景玥. 浅谈《红楼梦》维译本中的成语翻译方法[D].乌鲁木齐：新疆师范大学，2012.

[7]李媛媛. 浅析《红楼梦》中歇后语的维译技巧[D].乌鲁木齐：新疆师范大学，2012.

[8]赛文娟.《红楼梦》中的双关语及其维译研究[D].乌鲁木齐：新疆大学，2012.

[9]狮艾力.维译本《红楼梦》俗语翻译研究[D].兰州：西北民族大学，2011.

[10]狮艾力.维译本《红楼梦》歇后语翻译初探[J].文学界（理论版），2010（12）：140–141.

[11]巩晓.《红楼梦》中的成语及其维译方法研究[J].喀什师范学院学报，2009，30（05）：61–64，68.

取经之途的韵味叙述

阿卜杜外力·艾萨
（内江师范学院文学院　四川内江　641000）

摘要：散文和韵文共存，形成小说风格是我国古典和近代小说的特色，也是严格区别于西方小说的民族特色。在欣赏和研究中国的小说时，这是不容不细加思索的问题。我国小说和韵文共存在一部文本里头，形成审美色彩是独具一格的传统。回归原题，“叙述和韵味”的兼备，接近中国人的审美情趣，能够满足中国人的审美追求。论文以1989年版电视剧《西游记》的主题词《敢问路在何方》为研究对象，探析蕴藏在歌词字句行间的意义。

关键词：《敢问路在何方》；歌词分析；意义

散文和韵文共存，形成小说风格是我国古典和近代小说的特色，也是严格区别于西方小说的民族特色。在欣赏和研究中国的小说时，这是不容不细加思索的问题。不然，阅读不能到欣赏叙述和韵味的完美结合，研究又探索不出独有的民族特色。对此，有人指出“这种小说和诗词的渊源关系非常久远深切，是一种极大的民族文艺的特色，性质不一，内涵丰富，作用多般，具有美学价值，是西方小说没有的宝贵成分”[①] 的观念。显而易见，现当代小说里很多作家模仿西方，不懂如何进行古典小说的韵味和叙述，使得我国民族文学离开了特有的灵魂，丢弃了自己民族传统的特点特色。据此可知，我国小说和韵文共存在一部文本里，形成审美色彩是独具一格的传统。回归原题，“叙述和韵味”的兼备，接近中国人的审美情趣，能够满足中国人的审美追求。

明朝晚期，我国文学达到空前的繁荣发展。此时，产生了神奇魔幻小说热，原有的通俗小说创作平淡了下来。这种魔幻小说，在儒家、道家和禅释三方的影响下，接受宋代以来的神奇故事、神仙故事的影响，吸收道家神仙、佛家故事的营养而诞生。虽然说明朝时期创作出来的神奇小说数量多，不过成就并不很高。其中比较有代表性的小说名叫《西游记》，《西游记》以自己独特的艺术构思，代表当时神魔小说的顶峰。该小说以自己生动的人物形象、神秘奇特的环境描写、成熟的语言，几百年以来对读者有着巨大的吸引力。

《西游记》是作者在民间流传的唐僧取经故事和有关话本、杂剧的基础上，经过再创作而成。前七回描写孙悟空出世、求道、闹龙宫、搅冥府和大闹天宫的故事。第八回至十三回写如来说法、观音访僧、魏征斩龙、太宗入冥、刘全进瓜和玄奘奉诏取经，交代取经缘起。第十四回至一百回是取经正文，写孙悟空等保护唐僧去西天取经，历经磨难，沿途降妖伏魔，共包括四十一个小故事，经历了九个人间国度，歌颂了孙悟空不畏强暴，战胜苦难的顽强精神，表现了热爱自由和对封建秩序一定的反抗[②]。《西游记》的成书，以唐朝及其更早时期传来的神话传说、古怪故事和民间杂剧为基础，其主线是唐朝和尚玄奘“西天取经的故事”。

① 李保初，吴修书.中国古典小说：卷中：诗词欣赏[M].北京：华文出版社，1993：序言.《敢问路在何方》是许镜清谱曲，阎肃作词的一首歌曲，由张暴默首唱，是1986年电视连续剧《西游记》的插曲和主题歌，在第11集后由蒋大为演唱。

② 李保初，吴修书.中国古典小说：卷中：诗词欣赏[M].北京：华文出版社，1993：123.

从如上所说的传统出发，以“叙述和韵味”结合的艺术形式定为满足审美情趣的重要手段，可以发现另一种值得探索的、具有研究价值的一点，是从小说编剧而成的电视剧或者电影的“主题曲歌词”和影视内容的内在关系。今天，笔者想将电视剧《西游记》的主题曲歌词作为探讨的关键，通过分析歌词“复述”“取经之途”。

众所周知，电视剧《西游记》是明代文人吴承恩作的一百回长篇神魔小说《西游记》改编成的。原著作者根据明代时期流传民间的唐僧西天取经的传奇、神魔古怪的故事、神话传说、话本和杂剧，通过对此进行进一步“熔裁”而成。因此，其主体沿着“唐玄奘西天取经”的故事基调，以唐僧之三位徒弟在西天的旅途中，并肩前进、攻击妖魔鬼怪的奇异故事为基本情节结构。作为电视剧的主题曲歌词,《敢问路在何方》一词可以看作为“取经之途”的缩影和韵味叙述。需要说明的是，歌词的“叙述者”是猪八戒，而不是孙悟空，歌词中现身的是猪八戒和沙僧，而不是唐僧、孙悟空或者其他。这一点值得注意，因为《西游记》主要是通过孙悟空的人物形象，叙述保护唐僧西天取经的故事，由一番番的磨难、奇异多彩的国度、甘苦与共的人物经历构成。

从《西游记》的观点来看，人们习惯于说出“这是歌颂孙悟空”的章回体小说。这一点确实使人再次感悟孙悟空形象在心目中的地位。不过，西天取经的全程中，猪八戒、沙悟净和白龙马的作用和贡献也不少。所以说把作品中的人物功劳全部给予孙悟空是不太公平的。从这一点说起，《敢问路在何方》以猪八戒为叙述者是应当的，值得注意的。例如：

你挑着担，我牵着马

迎来日出，送走晚霞

从剧中的镜头来讲，孙悟空手持金箍棒走在最前面，之后是牵着马的猪八戒和马上的唐僧，最后是背着扁担的沙和尚。镜头的这种安排，也给人只赞美孙悟空形象的感觉。因此，主题曲的作词家很可能想到这一点，把叙述的角色分配给猪八戒，把叙述的对象选择为猪八戒和沙和尚。这对突出孙猴子强大力量，百战不败的形象来看，更为突出。这种叙述，正是符合给小人物叙述权利，使故事更具普遍性和魅力的实证。猪八戒开始唱了“你挑着担，我牵着马”。很明显，猪八戒唱起歌，与沙和尚进行精神交流。这一点比较明显的突出这两个人物在观众心目中的影响。

小说的叙述中，把叙述权给予最重要的主人公的情况比较多。从《西游记》看，最重要的主人公是孙悟空。从头到尾，故事的叙述主线沿着孙悟空进行。小说改编成电视剧之后，为了让作品具有更大的魅力，演员、导演都给孙悟空的形象附加不少的魅力。这样，孙悟空这个猴子的形象更具有力量和感染力。在这样的实际情况下，作为主体韵味叙述的“歌曲”的叙述权委托给猪八戒具有一定的实际意义。

首先，电视剧中的孙悟空是老幼都喜爱的人物形象。不管从哪个方面来讲，孙悟空的实际力量和艺术感染力比猪八戒和沙僧强得多、多得多。不过有一点值得思考，就是说“要是没有猪八戒和沙僧，取经能否成功?”这很明显，看孙悟空的实力，取经的梦想应该可以实现。不过，一个人的精力还是有限的。最起码，孙悟空要上天求助，总得要有人陪唐僧、保护唐僧。唐僧又不会腾云飞天，所以孙悟空要出差了，要有人保护他，不然妖怪就要达到长生不老的目的。所以说，主题曲的内容，给猪八戒一个叙述的权利，这也很自然。其次，猪八戒是最懒、最好色、最好吃的，又是最悠闲的人物形象。他只带着自己的武器，要是遇到妖怪第一时间投降或者想救自己。从这一点，他跟孙悟空很不一样。孙悟空首先要拯救师父，其次再考虑自己。所以说，猪八戒更现实，孙悟空更具有理想主义的色彩。为什么说猪八戒很现实呢？因为，他拯救自己，才能有机会拯救师父。除了休息和吃饭，他其实别无他求。说到沙僧，他也是比较辛苦的。一路上，带着扁担，看护好通行证一直就是他的责任。所以说，唱歌的机会给猪八戒是再好不过了。他好吃好色，好色的梦想并不可能实现，因为他很丑陋。他吃完饭了，物质方面满足了，现在需要“好色”满足精神需求。不过现实很残忍，命运给了他一张丑陋的脸颊，他再怎么喜欢女人，都不会有现实的结果。因而，他要有一个“艺术”来满足精神需求的机会，所以他来唱歌。我觉得，这一点就是导演为什么把唱歌的机会分配给他的最重要的原因所在。因为“物质生活的满足才能给精神生活一个产生的机会”。最后，猪八戒虽然丑陋，不过他当过天庭大官的人生，这种历史和丑陋的脸颊之间形成不可和睦的悖论，悖论的精神状态给予他创造艺术的精神悲伤。从小到大，积累在精神世界的伤痕就是形成人艺术创造的内在动力。所以说，猪八戒唱歌就是理所当然的。如：

踏平坎坷，成大道

斗罢艰险，又出发，又出发

啦啦……

他们牵着马、挑着担，从清晨到晚霞，心里只有一个目标“踏平坎坷，斗罢艰险”。这是师徒四人（或者五人）在取经路上所经历的艰苦旅途的缩影。师徒四人经历了八十一难，最终实现“取经的梦想”。这旅途充满危险，充满不可预知的坎坷。坎坷曲折的道路，在歌词中成功地描写了出来。歌唱的机会委托给猪八戒，因为不少的观众都觉得猪八戒很不管用，并不很会除妖，也没有聪明的头脑，各个方面都很实在，真是一头笨猪。不过让我们想想，他也有不少的悲伤啊。一个大官突然变成了一头丑陋笨拙的猪，又不能实现与嫦娥满足需求的愿望。这是不是很惨呀。这样悲惨的经历，这么大的精神伤痕，必须要治疗，不然这位可怜的徒弟无法前去取经。一句话，唱歌的机会委托给猪八戒，因为他有精神伤痕，唱出心里的苦头，他就会轻松多了，伤痕也逐渐会被治疗，就具备取经的条件。导演巧妙地把这种叙述寄托给猪八戒形象。看起来，这种叙述模式把猪八戒和沙和尚的形象彰显了出来。其实是把师徒四人共同经历的全部过程，蕴藏到这两句话中。走到此处，感情激烈，达到顶峰，如：

一番番春秋、冬夏。

一场场酸甜、苦辣。

从东土大唐到天竺，有不少的困难、妖魔鬼怪、危险等着他们的到来。不管是夏天的暑热，还是冬日的寒冷，从不动摇他们“酸甜苦辣与共”的精神，实现“取经”最终目标的心思。所以，我们不敢再问他们“路在何方”，因为他们顽强的精神告诉我们“路在脚下”。猪八戒是实实在在的，所以他总知道“路就在脚下”。虽然说他并不聪明能干，不过由于他很实在，总是相信能有一条路可走，能有开路前行的机会。他一边治疗自己的精神伤痕，一边给师父、师哥、师弟一个精神安慰。就像“路在脚下”，他并不很担心明天，他的目的在眼前，他一个一个地面对眼前的一切。吃饱肚子，好好休息。在他眼里，这样才能具备取经的物质保障和精神保障。最终，他们在从晨曦到晚霞的镜头里走到永恒，留在我们的心底。例如：

你挑着担，我牵着马

翻山涉水 两肩霜华

风云雷电 任叱诧

一路豪歌，向天涯，向天涯

啦啦……

人的一生很短暂，一生中，活出有意义的生命真不容易。其实这并不很难。唐玄奘放弃世道的豪华生活，从小心向“求到真理”的理想。孙悟空大胆豪放，自娱自在的活在花果山，由于突然发现世间还存在“死亡”这个现象，打算求道问学，抵抗自己身上而来的“死亡”。于是，最终大闹天宫，被压在五行山五百年。猪八戒好吃好喝、好色放荡的人物，原来是天蓬元帅，不过由于好色放荡，被贬到凡间，最不幸的是被投胎猪肚，变得丑陋，这是对猪八戒好色放荡性格的最大挑战。沙悟净原来是天宫的卷帘大将，由于蟠桃会上不小心打碎玻璃盏，被贬到人间，下到流沙河。从这些人物的经历来看，都有一定的“赎罪”意味。孙悟空大闹天宫，最终还是被观音菩萨安排唐僧去救他。被救出来之后，孙悟空还是大胆豪放，为了避免不必要的麻烦和灾祸的发生，观音菩萨又让唐僧用“头箍”来控制他。从此以后，孙悟空不再是大胆豪放、自由自在的猴子了。猪八戒和沙僧也都是同样的命运。

有一点值得思考。唐僧的三位徒弟都是同样的罪源，就是说，三个人都在蟠桃会上犯错，受到神仙的力量惩罚。孙悟空也是在蟠桃会上闹事，打乱天宫。猪八戒也是在蟠桃会前后时期，对嫦娥乱开玩笑。沙悟净也是在蟠桃会上犯了错误。他们的命运是不是早就被策划好了呢？这当然是有可能的。这一点充分证明《西游记》嘲笑道教，赞扬佛教的主题思想。读者很可能想说这些与分析歌词有何关系呢？让笔者来回答。

电视剧《西游记》是否传递伟大的传统，培养开放的精神，适应时代的转型呢？笔者的答案是：是。

首先说《西游记》传递的传统。我们都能看到，西天取经的旅途首先是一种精神修养过程。这种修养的过程可以用“自强不息”的传统来解释更到位。

师徒四人的取经团队，旅途的全过程证明共同努力、共同进步的重要性。然而，这样的团队精神首先要求团队的每一个成员都有独自的精神力量，也就是“自强不息”的精神支柱。因为取经的旅途十分坎坷曲折，这样的事实，首先需要踏平坎坷的团队的每一个成员首先具备良好的精神素质，不然的话团队再团结，个体容易放弃的团队总会导致结果的失败。显然，西天取经的团队没有失败。

“自强不息”出自《周易》。《象》曰：“天行健。君子以自强不息。”“潜龙勿用，阳在下也。见龙在田，德施普也。终日乾乾，反复道也。或跃在渊，进无咎也。飞龙在天，大人造也。亢龙有悔，盈不可久也。用九，天德不可为首也。”

《象辞》上讲，天道周而复始地运行着，永远没有停息的时候。所以君子要以天为法，战胜自我，永远向上。（初九爻）“水中之龙出生，不要急于‘飞’”，因为这时阳气还很微弱。（九二爻）“龙到地上”，在阳光雨露的滋润下生长。（九三爻）“君子永远以天为榜样”，学习靠的是积累，这样才能学有所长。（九四爻）达到“能出入地上水中”的状态，才具有

“飞”的基础，这时候才不会因为飞而招致灾祸。（九五爻）“龙飞上了天空”，这离不开大人的帮助。（上九爻）“龙高高在上但有所悔悟”，这是因为认识到“盈不可长久”的道理。“用九”，上天的品德让他不会争夺对龙的领导啊[①]。

显而易见，“自强不息”是一种从头到尾不懈奋斗的“君子”精神。只有从不放弃，累积内在力量和精神沉淀的人，最终才能成为“君子”。这个沉淀和内在力量，来之不易。需要耐苦修炼，不怕艰难，不畏坎坷，不失志气。西天取经的团队，也就是师徒四人都是这种精神的化身。

唐僧始终牢记大唐国王的使命，一心一意追求获取真经。歌词中“一番番春秋、冬夏。一场场酸甜、苦辣”用韵文的形式复述西天取经的故事。从头到尾，孙悟空为了保护唐僧，除灭不少的妖魔鬼怪。有时候唐僧还错怪他，反而相信猪八戒。这说明，猪八戒虽然是好吃好色的人物形象，不过唐僧负在他身上的希望还很大，相信八戒总有一天必定回到正道，感悟到真佛。由于这样，歌词的叙述者角色由猪八戒担任。不仅让我们重新思考猪八戒的形象，最重要的还是唐僧给予他的希望。

简而言之，如前头所述，唐僧是从小养成仁义精神的人物，大事小事，无论何处，修心的理念铭刻在心，始终不忘“修成君子”的初心。旅途中，率领三个徒弟，战胜不少的苦难，最终实现自己获取真经的梦想。这一点，值得当代人学习。孙悟空是灵活精巧的人物形象。取经的旅途离不开他的贡献。虽然如此，始终吃最大的亏的还是孙悟空。唐僧从头到尾，没有一次赶走猪八戒和沙和尚，不过总是为难孙悟空，咒诅他，赶走他。不管猪八戒做了什么，沙和尚犯了什么样的错误，都不会赶走他们。唐僧以为孙悟空错杀人（其实也不是）是罪过，不适合取经。不过他一次都没有责怪过八戒的好色。其实，好色也是不小的罪。如果猪八戒释放好色的感情，唐僧只会说“八戒”，从不会责备他、骂他，从这一点出发，

① 易经[M].周鹏鹏，译.北京：北京联合出版公司，2015：8.

孙悟空好像吃亏不少。正因为如此，研究《西游记》的书籍都说“作为魔幻神秘小说,《西游记》以唐僧西天取经的故事为主线，讴歌孙悟空的胆量、勇敢、聪慧、敢于反抗不正义的精神”。没有人几乎如此说过猪八戒或者沙和尚。所以呢，主题词的叙述权寄托在猪八戒的身上。这一点明显区别于这里所说的“讴歌”。猪八戒最有精神积累，因为他有过悲惨的命运。他突然由一个俊俏的天蓬元帅变成笨拙懒惰的猪。这使得他比其他人更充满精神伤痕的人物形象，这股精神伤痕给予他创造艺术，演唱艺术的机会。所以说，导演为了治疗猪八戒的精神伤痕，通过他的精神叙述给其他人给予安慰和鼓励，把唱歌的机会委托给了猪八戒。从头到尾，这是理所当然的了。对此进行更深刻地研究和分析，当然是我之后的研究目的所在。沿着这样的思路，我们还可以讨论分析孙悟空、猪八戒、沙僧和白龙马被惩罚之后又被给予“赎罪”的机会的描写，可以比较他们的罪错和赎罪的方式。这一点可能有不少的研究空间和讨论的可能性。本论文是我初步的分析和研究，希望广大同行给予批评，便于纠正完善。

参考文献：

[1]易经[M].周鹏鹏，译.北京：北京联合出版公司，2015.

[2]江苏社会科学院文学研究所.西游记研究[M].南京：江苏古籍出版社，1984.

[3]王平.古典小说与古代文化讲演录[M].南宁：广西师范大学出版社，2008.

[4]高玉昆.国学经典论读[M].北京：中央编译出版社，2012.

[5]霍松林.古代文论名篇详注[M].上海：上海古籍出版社，2002.

[6]谭好哲.文艺学前沿理论综论[M].济南：山东大学出版社，2001.